JOSI WISMAR

# Words
# WE SHARE

Roman



WILHELM HEYNE VERLAG
MÜNCHEN

MIX
Papier | Fördert gute Waldnutzung
FSC® C083411

Penguin Random House Verlagsgruppe FSC® N001967

Originalausgabe 11/2022

Dieses Werk wurde vermittelt durch
die Literarische Agentur Michael Gaeb

Redaktion: Nina Basovic Brown
Umschlaggestaltung: UNO-Werbeagentur, München,
unter Verwendung von FinePic®, München
Satz: Satzwerk Huber, Germering
Druck und Bindung: CPI books GmbH, Leck
Printed in the EU
ISBN: 978-3-453-42522-4

www.heyne.de

Für alle, die sich schon mal verloren gefühlt haben.
Es wird besser, versprochen.

# Prolog

Tränen brannten in meinen Augen, meine Hand, die das Annahmeschreiben festhielt, zitterte. Die Schrift vor meinen Augen verschwamm und vermischte sich mit den blau-rot-weißen Farben der amerikanischen Flagge auf dem Briefkopf. *US National Swim Team*. Das hier war es. Mein Traum. Das, worauf ich meine ganze Karriere und all die Jahre als Leistungsschwimmerin in Yale hingearbeitet hatte.

*Herzlichen Glückwunsch!*

*Wir freuen uns, Ihnen mitteilen zu dürfen …*

Ich wandte meinen Blick ab und griff nach dem dunkelblauen Team-Shirt mit der amerikanischen Flagge auf dem linken Ärmel. Ich hatte es schon so lange tragen wollen. Doch anstatt mich zu freuen, zitterte ich am ganzen Körper. Die Tränen liefen mir über die Wangen, meine Lippen bebten. Schluchzend verbarg ich mein Gesicht in dem weichen Baumwollstoff. Ich wollte nichts mehr sehen. Nicht den Brief, der mich zur Aufnahme ins *US National Swim Team* beglückwünschte, nicht die Medaillen an meiner Zimmerwand, nicht die eingerahmten Urkunden oder meinen allerersten Badeanzug, der auch an der Wand hing. Auch nicht die an die Wand geklebten Fotos, auf denen ich stolz mit triefend nassen Haaren einen Pokal in den Händen hielt. Weil ich auf jedem dieser Fotos geglaubt hatte, das alles wirklich zu wollen. Diese Zukunft, die mir jegliche Luft abschnürte, seit sie zu meiner Realität geworden war. Das Schwimmen hat alles kaputt gemacht. Das Schwimmen hat *mich* kaputtgemacht. Ich zerknüllte den Brief und hoffte, dass dadurch alles verschwinden würde, wenn ich nur stark genug zudrückte, wenn ich nur wütend genug war. Mein ganzer Körper bebte, und ich stieß einen weiteren lauten Schluchzer aus. Ich verlor die Kontrolle.

Fuck. Fuck. Fuck.

Atmen, Tia.

Wenn ich mich nur genug konzentrierte, den Fokus wiederfand, konnte ich es schaffen. So, wie ich es seit Jahren schaffte. Doch ich wollte mich nicht konzentrieren, wollte mich nicht länger zusammenreißen.

Stattdessen begann ich zu schreien.

Ich schrie die Erinnerungen an, die an meiner Zimmerwand festgeklebt waren. Ich schrie jede Version der früheren Tia an, die mich hierhergebracht hatte. Zu diesem Moment, in dem alles über mir zusammenbrach. Und ich gleich mit.

»Tia?«

Ich hörte die Stimme meiner Mom, noch bevor ich ihre Hände auf meinen Schultern spürte.

»Tia, was ... was ist ...«

Ich konnte keinen klaren Gedanken fassen, konnte ihr nicht sagen, was gerade passierte.

»Tia!«

Mein Dad stürzte ins Zimmer, und einen kurzen Augenblick später kniete er neben mir.

Ich sackte zusammen und weinte stumm alle Tränen dieser Welt. Ich bekam keine Luft, hatte keine Kraft, mich selbst zu halten, wollte aber auch nicht von meinen Eltern gehalten werden. Es sollte aufhören. All das sollte einfach aufhören.

*Es*. Ich atmete zitternd aus.

*Sollte*. Meine Finger krallten sich in den Teppichboden. *Aufhören*.

Die Leere in mir fühlte sich so schwer an, dass ich nie wieder aufstehen wollte.

»Tia. Sieh mich an.« Die ruhige Stimme meines Dads drang sanft an mein Ohr. Er legte einen Finger an mein Kinn, hob meinen Kopf, sodass er auf einer Höhe mit seinem war. Ich öffnete meine Augen. Ich brauchte einige Sekunden, musste ein paar der Tränen wegblinzeln, bevor ich ihn wirklich sah. Mein Dad blickte mich an und ... lächelte?

Er lächelte, während Tränen in seine Augen stiegen. Es war ein schmerzhaftes Lächeln, das selbst mir einen Stich versetzte.

»Tia«, wiederholte er und lächelte mich weiter an. Doch in dem Moment, da ich aufhörte zu zittern und mir das Atmen etwas leichter fiel, wusste ich, dass ich genau das gebraucht hatte. Sein Lächeln, das mir zeigte, dass es okay war. Es war okay, und ich würde das schaffen. Ich schluckte, ließ den Brief und das Shirt los und griff nach den Händen meiner Eltern. Ich sah zwischen den beiden hin und her.

»Ich muss hier weg.«

# Kapitel 1

Der Kies knirschte unter meinen Füßen, während meine Laufschuhe im immer gleichen Takt auf den Boden trafen. Meine Nikes leuchteten fast in der gleichen Farbe wie der Sonnenaufgang, der sich hinter den massiven Bergen hervorkämpfte. Ich war froh, dass ich mich für die lange Leggings entschieden hatte, da der September in den Rockys um einiges kälter war als in New Haven, wo ich die letzten zwei Jahre am College gelebt hatte. Vor allem morgens um sieben, wenn ich meinen Atem in Wölkchen vor mir sah.

Ich lief den Bergen entgegen und erinnerte mich nicht einmal mehr, wann ich das letzte Mal ohne Ziel laufen war. Ohne geplante Strecke, ohne exakte Kilometerzeiten, ohne ... Druck. Einfach nur für mich.

Ich bog in einen kleinen Park ein, der an diesem Mittwochmorgen kaum besucht war. Der Teich, an dem ich vorbeijoggte, lag ruhig da, während die aufgehende Sonne, die sich im Wasser spiegelte, mich leicht blendete. Meine Oberschenkel brannten bereits. Mein Körper arbeitete, und ich liebte dieses Gefühl. Ich forderte ihn heraus, ging an meine Grenzen und bewies mir selbst, wozu ich fähig war. Meine Konzentration galt meinen Schritten, der Art, wie ich meine Knie immer höher hob, wie ich meine Fußballen in den harten Boden rammte, um mich mit geringer Kontaktzeit abzustoßen. Mein Atem ging flacher, meine Schritte wurden länger, und ich ...

Fuck.

Abrupt blieb ich stehen. Ich wollte das nicht. Ich wollte nicht weiter, schneller, besser laufen. Ich wollte ... laufen. Ich stemmte die Hände in die Hüften, nahm ein paar tiefe Atemzüge und sah mich um. Der Park war wunderschön, und die Amberbäume, die die Berge im Hintergrund schmückten, verfärbten sich schon leicht und ließen erahnen, wie schön der Herbst hier sein würde.

Es war schwer, Ansprüche an sich selbst und den eigenen Körper hinter sich zu lassen, wenn es jahrelang um nichts anderes gegangen war. Um nichts als die Bestzeiten im Becken und das Hinterherschwimmen der eigenen Träume. Jahrelang war ich selbst es, die das wollte, bis ... ich es nicht mehr wollte. Bis der bloße Gedanke daran mir die Kehle zuschnürte, weil ich das Schwimmen nicht länger liebte. Und nicht nur das. Ich hasste es.

Ich ging ein paar Schritte im Kreis, blickte mich ein letztes Mal um und entschied, in welche Richtung ich nach Hause zurücklaufen würde. Langsam. Entspannt. Ganz egal, wie lange es dauern würde.

Ich lief die Hauptstraße entlang und war wieder einmal froh über meine gut gepolsterten Schuhe, die jeden meiner Schritte abfederten. Die bunten Backsteinhäuser machten mich auf seltsame Art glücklich, und langsam hatte ich das Gefühl, die Stadt wachte auf. Das Vogelgezwitscher wurde vom zunehmenden Autolärm verdrängt. Die orangerote Morgendämmerung ging in einen wolkenlosen blauen Himmel über. Immer mehr Menschen drängten sich auf dem Bürgersteig, während ich meinen Blick neugierig umherschweifen ließ. Es entspannte mich, den Geräuschen der Menschen zu lauschen, die gerade in ihren Tag starteten und die Straßen füllten, nachdem es sich die letzten Stunden angefühlt hatte, als wäre ich allein in dieser Stadt. Mir wurde bewusst, dass ich hier nur mich und mein Leben kannte und jeden dieser Menschen von außen betrachtete. Und auch ich war eine Fremde für sie. Sie wussten nicht, wer ich war oder wie mein Leben bisher ausgesehen hatte. Genau deshalb war ich hierhergekommen. Deshalb, und weil Amber Falls, die Stadt inmitten der Berge, mich nicht mehr losgelassen hatte, nachdem meine Freundin Drew aus dem Schwimmteam mir jedes Jahr zum Start des Semesters erzählt hatte, was für schöne Sommer sie hier mit ihrer Familie verbracht hatte.

Ein süßer Buchladen mit grünen Fensterfronten fiel mir auf. Das unscheinbare Schild mit der verschnörkelten Aufschrift *Book Attic* ließ mich schmunzeln. Das passte. Mein Blick schweifte über die Bücher im Schaufenster, die bunten Cover und Titel in allen möglichen Schriftarten, die mir absolut gar nichts sagten. Früher konnte ich meinen Freundinnen auf Anhieb fünf Bücher empfehlen, die ich in den Wochen davor gelesen hatte. Jetzt war die einzige Fünf, die mit Büchern zu tun hatte, die Anzahl der Jahre, die vergangen waren, seit ich das letzte Mal ein Buch gelesen hatte. Ich dachte an die Abende, die ich heimlich mit einer Taschenlampe unter der Decke *Die fünf Freunde* gelesen hatte, und wie ich danach zu meinen Eltern ins Bett gekrochen war, weil die Geschichte auf der Geisterinsel doch zu gruselig war. Kurz stahl sich ein Lächeln auf meine Lippen bei dem Gedanken daran, wie ich jeden Tag ein Buch in meinen Schwimmbeutel geschmissen hatte. So lange, bis neben den Trainingsplänen, Wechselbadeanzügen und Faszienrollen gegen die ständig verspannten Muskeln kein Platz mehr für ein Buch war.

Ich wollte gerade meinen Weg nach Hause fortsetzen, als ein weißer Zettel, der mit zwei Klebestreifen im Fenster des Buchladens befestigt war, mein Blickfeld streifte: **»Aushilfe gesucht«** stand da groß und fett geschrieben. Ich brauchte einen Job, und der Gedanke, umgeben von Büchern zu arbeiten, gefiel mir. Seit meiner Entscheidung waren alle Stipendien weggebrochen. Noch hatte ich genug Erspartes, und mein Dad hatte versprochen, mir immer finanziell unter die Arme zu greifen, doch ich wollte das Geld meiner Eltern nicht. Ich wollte für mich selbst sorgen.

Ich kam an meiner Einzimmerwohnung an, von der ich auf den Burberry Park schauen konnte. Zumindest hatte mir Google Maps das vorhin mitgeteilt, als ich auf meinem Handy die Karte hin- und hergeschoben hatte. Ich kramte einige Sekunden in der eingenähten Tasche meiner Leggings, bis ich den Schlüssel endlich zu greifen bekam. Das Schloss öffnete sich mit einem leisen Klicken, und noch während ich die Tür hinter mir zuzog, streifte ich die Schuhe von meinen müden Füßen. Ich tapste durch den kurzen Flur in das einzige große Zimmer und sah mich um. Ich hatte die Decke zwar ordentlich zusammengelegt, aber ein echtes Bett wurde aus der Matratze auf dem Boden dadurch noch lange nicht. Daneben lag mein großer Koffer, aus dem ich seit ein paar Tagen lebte und aus dem ich auch jetzt frische Wäsche fischte, die ich mit ins Bad nehmen würde. Ein trauriger Anblick. Ich stellte mir vor, wie die Wohnung aussehen würde, sobald meine restlichen Möbel und Kartons vom Umzugsunternehmen geliefert waren. Was ich vielleicht noch aus ihr machen konnte, wenn ich die Zeit fand, ein paar Pflanzen oder einen passenden Teppich zu besorgen. Ich wusste nicht, was ich in den kommenden Tagen tun oder was passieren würde. Das Wissen, oder eher gesagt das Unwissen, war beängstigend und doch aufregend schön. Es war neu, anders und außerhalb meiner Kontrolle, doch genau darum ging es.

`Wohne direkt am Burberry Park!`
`Tipps für die nächsten Tage?`

Ich schickte die Nachricht an Drew, die vermutlich gerade in der Schwimmhalle von Yale war. Ich wollte nicht an die Halle denken, genauso wenig wie an Aaron, meinen ehemaligen Trainer, der Drew vermutlich gerade über ihre Grenzen trieb, so wie er es auch mit mir immer getan hatte.

```
Du musst an den Stadtrand Richtung Berge spazieren
oder auf den Mount Amber wandern!
Die Aussicht ist der Hammer.
```

Ihre Antwort folgte unerwartet schnell. Ich bedankte mich und freute mich auf alle weiteren Tipps, die Drew mir geben konnte. So fühlte ich mich nicht ganz so verloren in dieser fremden, neuen Stadt.

Ich nahm ein Top aus meinem Koffer, als auf einmal eine hellblaue Badekappe mit einem roten Luchs, dem Maskottchen der Madison High, vor meinen Füßen landete. Ich bewegte mich nicht, starrte sie an, als würde sie von selbst verschwinden, wenn ich nur lange genug wartete. Wie war dieses blöde Stück Silikon in meinem Koffer gelandet? Ich hasste es, dass eine Badekappe es schaffte, dass ich mich gleichzeitig wütend und schrecklich schwach fühlte. Ich ging duschen und wollte jedes dieser Gefühle mit ganz viel kaltem Wasser wegspülen.

## 2016 – Madison High, letztes Jahr der Junior Highschool

*»Ich glaube, ich mache mir gleich in die Hose.« Ich hüpfte von einem Bein aufs andere und musste aufpassen, auf den nassen Fliesen nicht auszurutschen.*
*»Na ja, falls es dir im Wasser passiert, sieht das immerhin keiner«, antwortete Dad.*
*Ich riss die Augen weit auf. »Dad!«*
*Meine Mutter sah ihn ebenfalls von der Seite an, doch ihr Lächeln verriet sie.*
*»Ihr seid so peinlich.« Ich schüttelte den Kopf und hoffte, der Wettkampf würde gleich beginnen.*
*Meine Mom zuckte mit den Schultern. »Ich glaube, dann machen wir alles richtig.«*
*»Ja, ich habe auch gehört, Kindern im Teenageralter müssen die Eltern peinlich sein«, stimmte Dad ihr zu.*
*»Wir sind einfach der Knüller«, setzte Mom noch eins obendrauf und sah Dad ernst an.*
*»Abklatschen«, meinte Dad nur, und kurz darauf hörte ich, wie die beiden sich tatsächlich ein High five gaben. Mitten in der Schwimmhalle meiner Highschool.*
*Ich wollte im Boden versinken. Genervt verdrehte ich die*

*Augen und starrte auf die Wanduhr. Ich hatte noch fünf Minuten, bevor wir uns mit dem Team an den Umkleiden treffen würden, um danach gemeinsam in die Halle einzulaufen. Das Warmmachen hatten wir bereits hinter uns gebracht, weshalb mein nasser Badeanzug eine kleine Pfütze um mich bildete. Es war üblich, dass wir etwa fünfzehn Minuten bekamen, bevor wir in die letzte Vorbereitungsphase gingen, die uns mental in den Wettkampfmodus brachte. Diese Minuten nutzte ich jedes Mal, um kurz mit meinen Eltern zu sprechen, die ausnahmslos immer da waren. Ganz gleich, wie weit weg ein Wettkampf stattfand, sie saßen auf der Tribüne und schrien am lautesten.*

*»Tia?«, fragte Dad.*

*Ich drehte mich zu ihm und sah ihn an. »Hmm?«, machte ich, obwohl ich genau wusste, was jetzt kam.*

*»Du schaffst das.« Er griff meine Hand und sah mich eindringlich an.*

*»Wir glauben an dich.« Meine Mutter nahm meine andere Hand, und ich sah sie kurz dankbar an, bevor ich mich wieder meinem Dad zuwandte.*

*»Und klar, keine Frage, wir sind heute ein bisschen extra nervös, weil diese ganzen Scouts da oben sitzen, die uns seit Wochen schreiben, dass sie dich auf ihren Colleges haben wollen«, sagte Dad und nickte in Richtung der Tribüne.*

*Ich ließ mich nicht verleiten, seinem Blick zu folgen, und sah ihm stattdessen weiter in die Augen.*

*»Du schaffst das, weil du DU bist, Tia Rhodes.« Er drückte meine Hand ganz leicht. »Ich glaube an dich,*

*und deine Mom glaubt an dich. Aber das Wichtigste ist, dass du an dich glaubst.«*

*Ich machte eine Pause, atmete ein und langsam wieder aus. »Glaubst du an dich, Tia?« Dads Worte waren ein leises, aber eindringliches Flüstern.*

*Dieser Moment gehörte nur uns dreien.*

*»Ich glaube an mich«, antwortete ich, und meine Stimme strahlte die Sicherheit aus, die ich fühlte. Die Sicherheit, die meine Eltern mir gaben. Noch bevor ich etwas anderes sagen konnte, zog mein Dad mich und meine Mom an sich, und ich fand mich in einer festen Umarmung inmitten meiner Familie wieder.*

*»Ihr werdet ganz nass«, nuschelte ich an das Shirt meiner Mom gepresst, das den großen roten Luchs der Madison High vorne aufgedruckt hatte.*

*»Und du glaubst, das interessiert uns? Ein bisschen Chlorwasser an unseren Klamotten?« Meine Mutter lachte und strich mir über die feuchten Haare, die ich gleich wieder unter der engen Badekappe verschwinden lassen musste.*

*»Außerdem hatte ich sowieso vor, die Shirts nach dem heutigen Tag zu waschen, falls dich das beruhigt.« Die tiefe Stimme meines Dads brummte in seiner Brust, an der ich immer noch lehnte. Wir lösten uns langsam aus der Umarmung.*

*»Das glaubt mir doch niemand von den anderen Eltern, wenn ich erzähle, dass mein Mann mir die Wäsche wäscht.« Mom lachte auf. »Ich glaube, wenn ich das zu laut sage, bin ich in den Augen mancher eine wirklich schlechte Hausfrau. Ich darf auf keinen Fall erzählen,*

*dass ich auch noch halbtags arbeite.« Sie zuckte mit den Schultern. Kurz sah sie mich an und drückte mir einen letzten Kuss auf die Stirn. Ich verabschiedete mich von den beiden und drehte mich um.*

*»Du könntest den anderen Müttern erzählen, dass du die Wäsche bügeln darfst, falls das hilft. Darin bist du nämlich unschlagbar«, hörte ich die Stimme meines Dads und sein leises Lachen, während ich schon ein paar Schritte entfernt war. Auf meinem Gesicht breitete sich ein Strahlen aus. Sicher legte er gerade einen Arm um Moms Schulter und begleitete sie eng an sich geschmiegt auf die Tribüne.*

*Ich stand auf meinem Startblock, das erste Signal ertönte, und ich ging in die Hocke. Mein Herz pochte wild, das Adrenalin kribbelte bis in meine Fußspitzen, während ich jeden Muskel in meinem Körper anspannte.*

Du schaffst das, Tia.

*Das sagte ich mir in Gedanken wieder und wieder, und mit jedem Mal verstummten die Geräusche um mich herum ein kleines bisschen mehr, und ich konzentrierte mich voll und ganz auf mein Innerstes. So lange, bis ich ganz bei mir war, meinen Herzschlag hörte und meine Hände ein kleines bisschen fester um die Kante des Startblocks krallte.*

*Das hohe Piepsen ertönte, sofort stieß ich mich mit aller Kraft ab, streckte meine Beine und tauchte mit den Händen zuerst ein. Ich hielt die Luft an, machte einen großen Zug unter Wasser, war endlich in meinem Element. Und noch bevor ich auftauchte und die ersten schnellen Züge machte, war ich mir sicher. Ich würde gewinnen.*

# Kapitel 2

Der Karton rutschte mir fast aus der Hand, doch ich bekam ihn gerade noch so zu fassen und stellte ihn auf dem Treppenabsatz ab, um durchzuatmen. Das Umzugsunternehmen hatte heute Morgen um acht Uhr geklingelt, eine Menge Kartons und auseinandergebauter Möbel auf dem Bürgersteig abgestellt und mich auf einem Formular unterschreiben lassen, dass alles erledigt sei. Seit ungefähr einer Stunde schleppte ich Stück für Stück alles nach oben in meine Wohnung. Ich stemmte die Hände in meine Hüften, schaute auf den Karton und hatte das dringende Bedürfnis, frustriert gegen die Pappe zu treten. Ich fühlte mich wie nach einem stundenlangen Schwimmtraining. Morgens um halb zehn. Ich packte den Karton, trug ihn die letzten Meter in den ersten Stock, stellte ihn auf einem anderen ab und trat den Rückweg nach unten an. Zum Glück hatte ich heute nichts mehr vor.

Ich trat aus der Eingangstür und blickte auf meine restlichen Sachen, die auf dem Bürgersteig aufgetürmt waren. Kurz linste ich an den Kartontürmen vorbei in den Park, der direkt auf der anderen Straßenseite begann. Es war sehr verlockend, einfach an all meinen unerledigten Aufgaben vorbeizuschauen und mir einen Spaziergang in der Herbstsonne vorzustellen. Stattdessen krempelte ich meine Ärmel hoch und stemmte die Hände in die Hüften in der Hoffnung, meiner Motivation damit den nötigen Anschub zu verleihen. Beim näheren Anblick der auf mich wartenden Kartons, die mit Klamotten und Krimskrams gefüllt waren und an denen auseinandergebaute Regale lehnten, stieß ich resigniert die Luft aus. So hatte ich mir die Mission »Wir beauftragen ein Umzugsunternehmen, das den Umzug regelt« nicht vorgestellt. Scheinbar war irgendwo in der Eile ein Missverständnis passiert, denn meine Möbel allein in den ersten Stock eines Mehrfamilienhauses zu tragen, war nicht Teil meines Plans. Doch das Umzugsunternehmen wusste von nichts, und den Aufpreis von mehreren hundert Dollar für den *Premium Einrichtungsservice* wollte und konnte ich nicht bezahlen. Mein Blick klebte an der Kommode, in deren Schubladen bisher meine Schwimmsachen verstaut gewesen waren. Ich wusste, wie schwer das Echtholz war, seit ich mit vierzehn den von Tumblr ausgelösten Drang hatte, die Möbel in meinem Zimmer umzustellen. Damals hatte ich meinen Dad um Hilfe bitten müssen. Doch der war jetzt nicht hier. Ich blickte den Bürgersteig entlang und sah einen Mann mit blonden Haaren, der mir entgegenkam. Er musste Anfang zwanzig sein, etwa in meinem Alter. Sein weißes Shirt spannte an seinen breiten Schultern. Er nippte an einem durchsichtigen Becher, dessen Inhalt verdächtig nach einem Iced Matcha Latte aussah. Er trug eine Sporttasche, auf der in weißer Schrift *Sharks* stand, und schüttelte sich gerade lässig die blonden Locken aus dem Gesicht. Ich wollte ihn nicht ansprechen, trotzdem starrte ich ihn weiter an. Würde er mich für komisch halten, wenn ich ihn um Hilfe bat, oder einfach an mir vorbeigehen? Die ganze Situation war mir mehr als unangenehm.

Ich blickte zur Kommode und dann wieder zu ihm. Das Bedürfnis, eine andere Lösung zu finden, wie ich diese Kommode allein in meine Wohnung brachte, war groß, aber alles, was ich denken konnte, war: *Jetzt oder nie, Tia.*

»Hey«, sagte ich schnell, »Sorry, aber ähm ... hättest du vielleicht fünf Minuten, um etwas mit mir hoch in meine Wohnung zu tragen?« Ich rieb mit meinem Schuh an meinem Schienbein und sah den Mann mit den blonden Locken an. Sein Blick wanderte von mir zu dem Berg voller Sachen und wieder zurück. »Ich bin umgezogen, und das Umzugsunternehmen hat alle Sachen angeliefert. Aber leider nur bis hierher«, plapperte ich weiter. »Und das ist gar kein Ding, echt nicht, die meisten Kartons sind eh schon oben, und ich schaffe auch den Rest, aber da ist so eine schwere Kommode aus Echtholz und ...« Ich presste meine Lippen aufeinander in der Hoffnung, mich so davon abzuhalten weiterzureden.

Ich wartete gebannt, doch zu meiner Erleichterung fing der Mann nur an zu lächeln. Er steckte eine Hand in die Tasche seiner dunklen Jogginghose und nippte an seinem Getränk, während er mich einen Augenblick musterte.

»Klar.«

Klar. Als sei das selbstverständlich. Ich blinzelte ein paarmal. Ich weiß nicht, mit was für einer Reaktion ich gerechnet hatte, aber garantiert nicht damit, dass es so einfach sein würde.

»Danke«, sagte ich lediglich. Der Typ, der gerade dabei war, meinen Tag zu retten, ging zu meinen Sachen, und ich folgte ihm. Ich stellte mich neben die Kommode und zog den Haargummi von meinem Handgelenk, um meine Haare schnell zu einem Knoten zusammenzubinden. Er streifte sich seine Sporttasche von den Schultern und stellte sie zusammen mit seinem Getränk in den Hauseingang.

»Ich bin übrigens Tia«, sagte ich und suchte nach einer guten Stelle, an der ich die Kommode greifen konnte.

»Jake«, sagte er nur und tat scheinbar dasselbe wie ich.

Ich griff das raue Holz und schaute ihn an. »Es ist nur ein Stockwerk«, versuchte ich ihm Hoffnung zu machen. Oder mir.

»Das schaffen wir schon«, antwortete er.

Wir gingen beide in die Knie und hoben auf drei gemeinsam die Kommode an. Sie war noch schwerer als ich dachte, doch zu zweit ging es. Mein Griff war fest an das Holz geklammert, und auch wenn ich bereits nach wenigen Schritten am Schnaufen war, fühlte es sich nicht unmöglich an.

»Geh du vor«, hörte ich Jake schwer atmend sagen.

Ich musste zwar rückwärts die Treppe hoch, konnte aber im Gegensatz zu ihm sehen, wo ich meine Füße hinsetzte.

»Geht's?«, fragte ich, als wir die ersten Stufen erklommen hatten.

»Jap«, antwortete er knapp.

Wir kamen gut um die Ecke der Zwischenetage und schafften mit ein paar kurzen Absprachen auch den Rest des Treppenhauses.

»Abstellen«, keuchte ich, während ich die Kommode vorsichtig absetzte. Ich atmete durch und lehnte mich gegen das Holz. »Gib mir ein paar Sekunden, ich mach die Tür gleich auf, ich muss nur ...«, ich streckte mich, » ... meine Arme wieder spüren.« Ich dehnte meine Schultern und hörte Jake sanft lachen. »Hmm?«, machte ich, während ich ihn ansah und feststellte, dass er amüsiert den Kopf schüttelte.

»Ach nichts.« Er zuckte lässig mit den Schultern. »Ich kenne nur nicht viele Frauen, mit denen ich so ein Monstrum von Kommode hier hätte hochtragen können.«

Ich schmunzelte ebenfalls. »Ach ja? Wie viele Frauen fallen dir spontan ein?« Ich nahm den Schlüssel, den ich an einem Band um meinen Hals trug, ab und fragte mich, warum ich die Tür überhaupt zugezogen hatte.

»Na ja, mit dir eingerechnet, jetzt genau eine.«

Ich zog verwundert die Augenbrauen hoch und öffnete die Tür, bevor ich wieder zur Kommode trat.

»Aha.« Ich griff die Kommode wieder und ging bereits in die Knie. »Machen starke Frauen dir etwa Angst?«

Ich sah Jake herausfordernd an. Mit einem Ruck hoben wir die Kommode wieder an und bewegten uns in kleinen Schritten in meine Wohnung.

»Haha«, stieß er aus, »das glaubst du auch nur so lange, bis du meine beste Freundin kennenlernst.«

Hatte er gerade wirklich laut »Haha« gesagt? Ich wollte lachen, doch die Angst, die Kommode fallen zu lassen, war zu groß. Wir stellten sie ab und schoben sie an die Wand im Flur. Ich war überglücklich, das Möbelstück endlich in meiner Wohnung zu haben.

»Aber eine Kommode tragen kann deine beste Freundin dennoch nicht?« Ich griff eine der Schubladen, die ich vorher bereits ausgehängt und hochgetragen hatte, und schob sie in die dafür vorgesehenen Schienen.

»Zugegeben, ich habe es noch nie ausprobiert.« Jake griff sich ebenfalls eine der Schubladen. »Aber Lexie würde es mit Sicherheit schaffen, andere Leute dazu zu bringen, eine Kommode für sie zu tragen. Und die wären auch noch glücklich darüber, das für sie tun zu dürfen.« Jake lachte, und mir fiel auf, dass ich den Klang seiner Stimme mochte.

Wir hatten die Schubladen alle eingehängt und betrachteten zufrieden unser Werk. Jake schaute sich in meinem kleinen Appartement um, das mehr als chaotisch war. Normalerweise würde ich hier niemanden reinlassen, solange es so aussah. Der explodierte Koffer voller durchwühlter Klamotten, eine Menge herumstehender Umzugskartons, scheinbar wahllos verteilte Regalbretter. Nichts hier drin glich einem einladenden Heim, in dem man gerne Besucher empfing.

»Danke noch mal«, sagte ich und hoffte ein bisschen, ihn mit diesen Worten aus meiner Wohnung schieben zu können. Immerhin hatte ich noch einiges zu tun.

»Gerne.« Er wartete auf meine Antwort, doch ich wusste nicht recht, was ich noch sagen sollte. Er ließ seinen Blick durch mein Zimmer schweifen. »Kommt gleich noch jemand, der dir mit dem Rest hilft?«

Ich zog die Augenbrauen zusammen. Glaubte er, ich hätte ihn auf der Straße angesprochen, wenn ich jeden Moment Hilfe erwartete?

»Nein, ich mach das schon.« Ich winkte ab und ging zu einem der Kartons, auch wenn ich absolut nichts daran zu tun hatte. »Mach dir keine Sorgen, ich schaff das schon«, ergänzte ich und lächelte ihn verhalten an.

»Das habe ich nie infrage gestellt.« Jake musterte mich. »Immerhin hast du eine Kommode mit mir getragen.«

Der Sarkasmus seiner Worte brachte mich zum Schmunzeln.

»Ich habe nur gefragt, ob dir jemand hilft, oder ob du ...«, er stockte.

»Ich bin allein«, nahm ich es ihm ab, die Frage zu stellen. Ich wollte noch etwas sagen, ihm erklären, dass das alles gar nicht so traurig und einsam war, wie es vielleicht wirkte, doch ich wusste nicht, wie. Ich schaute Jake an, hätte gerne gewusst, was in ihm vorging und was er gerade dachte. Denn er stand einfach nur da, inmitten des Chaos, das bald hoffentlich mein neues Leben sein würde, und musterte mich.

Er räusperte sich. »Ich ... ich hab noch etwas Zeit. Ich bin sehr früh dran fürs Training und könnte noch ein paar Kartons tragen oder so.« Er sah mich unsicher an. »Natürlich nur, wenn du meine Hilfe möchtest. Ich will mich da jetzt gar nicht aufdrängen oder so«, fügte er schnell hinzu.

Kurz dachte ich nach. Auch wenn die Stille zwischen uns unangenehm war, ließ ich ihn warten.

»Okay«, sagte ich nach einer Weile lediglich. Natürlich könnte ich ihn auch fragen, ob er wirklich Zeit dafür hatte, aber wir waren erwachsen, und wenn er sagte, er hatte Zeit, würde das schon stimmen. Ich lief zurück ins Treppenhaus, Jake folgte mir.

»Findest du es nicht ein bisschen komisch, einer Fremden zu helfen, Kartons zu schleppen?«, rief ich ihm zu.

Ich hörte Jake hinter mir schnauben, während ich die letzten Treppenstufen runterging, doch in meiner Vorstellung war auch ein kleines Lächeln dabei.

»Findest du es nicht ein bisschen komisch, dir von einem Fremden Kartons schleppen zu lassen?«, konterte er.

Ich drehte mich zu ihm um. »Ich glaube, ich hab mir da einfach ein Beispiel an deiner besten Freundin genommen. Den Gedanken, andere für mich die Arbeit erledigen zu lassen, fand ich irgendwie reizvoll.« Ich zuckte mit den Schultern und ging zu einem der Kartons, die darauf warteten, hochgetragen zu werden.

»Du lernst schnell.« Er griff sich ein paar Regalbretter und folgte mir zurück ins Haus.

Wir liefen zahlreiche Male die Treppenstufen rauf und wieder runter, bis nur noch ein letzter Karton übrig war. Jake kam hinter mir aus dem Wohnhaus gelaufen, während ich ihn gerade angehoben hatte. »Der Letzte?«, fragte er.

»Jap«, antwortete ich und hob den Karton noch ein kleines Stückchen höher, als könnte ich meine Antwort damit noch unterstreichen.

»Dann haben wir es wohl geschafft.« Jake klang fast ein bisschen stolz.

Ich war auch sehr froh, dass ich nur noch einmal diese elenden Treppen hochmusste, bevor ich mich erschöpft auf meine Matratze fallenlassen konnte. »Sieht ganz so aus.« Ich lächelte Jake dankbar an.

Er griff nach seiner Sporttasche am Hauseingang und hängte sie sich über die Schulter. Doch anstatt zu gehen, stand er einige weitere Sekunden einfach vor mir.

»Wenn du dann jetzt in Amber Falls wohnst, sieht man sich bestimmt mal im *Basil* oder so.«

»*Basil?*«, fragte ich verwirrt nach und griff den Karton etwas fester.

»Du bist wirklich neu hier.« Er schmunzelte über meine Unwissenheit und sah dabei irgendwie ... süß aus.

»Ich dachte, ich konnte das bisher ganz gut verstecken«, erwiderte ich.

Aus dem Schmunzeln wurde ein Lächeln. »Ich hätte dir sicher geglaubt, dass du nur innerhalb der Stadt umgezogen bist, aber das *Basil* hat dich verraten.«

»Jetzt hast du schon zweimal das *Basil* erwähnt, so als müsste ich wissen, wovon du redest, aber ich fürchte, du musst mir auf die Sprünge helfen.«

Jake nahm sein Getränk auf, das vermutlich nicht mehr so erfrischend war wie zuvor.»Das *Green Basil* ist nur so ungefähr DAS beste Restaurant in Amber Falls. Ich würde dir ja gerne noch länger davon vorschwärmen, aber ich muss jetzt leider zum Training. Außerdem bin ich mir sicher, dass du dich noch früh genug selbst davon überzeugen kannst.«

»Ist das so?« Ich wollte die Arme vor der Brust verschränken, doch mit dem Karton in meinen Händen musste ein skeptischer Blick reichen.

Jake nickte und schob die freie Hand in die Tasche seiner Jogginghose. »Na dann.«

»Na dann«, wiederholte ich und fragte mich, wie ich mich am besten von ihm verabschiedete.

Er lächelte mir noch einmal zu, und ich war froh, dass sich die Frage nach einer Umarmung wegen des Kartons in meinen Händen nicht stellte. Ich schaute ihm noch einige Sekunden nach und lief dann die Treppen hoch. Ich stellte den Karton im Flur ab, schmiss die Tür ins Schloss und ließ mich auf meine Matratze fallen.

Ich hatte es geschafft. Dank Jakes Hilfe waren alle meine Sachen in meiner Wohnung. *Meine Wohnung*. Diesen Erfolg würde ich erst mal mit einem ausgiebigen Mittagsschlaf feiern.

Ich schob die Schublade zu und atmete erleichtert aus. Wieder ein Karton ausgepackt. Ich hatte mir vorgenommen, jeden Tag ein paar Kartons auszuräumen und nach und nach anzukommen. Nur noch ein Karton für heute, dann war ich durch, beschloss ich. Im Anschluss wollte ich noch ein bisschen durch die Stadt spazieren, mein neues Zuhause erkunden und vielleicht noch irgendetwas zu essen finden.

Ich öffnete den Karton und stockte. Meine Hände krallten sich in die Pappe, mein Blick klebte fest am Inhalt. Die Medaillen spiegelten das Sonnenlicht, das durch mein Fenster fiel, und die Urkunden darunter weckten Erinnerungen, für die ich noch nicht bereit war. Wieso war dieser Karton hier? Ich griff nach meinem Handy. Das Freizeichen ertönte schnell.

»Tia?«

»Mom?«, fragte ich unnötigerweise. Wer sonst sollte an ihr Handy gehen und genau so klingen wie die Frau, die Jahre ihres Lebens meiner Schwimmkarriere gewidmet hatte?

»Alles gut, Schatz?« Sie klang besorgt. Natürlich.

»Ja, ich ...« Ich schluckte. »Ich hab nur gerade den Karton mit den Schwimmsachen geöffnet.« Schwimmsachen. Dieses Wort klang nach einem Badeanzug und Schwimmflügeln. Dabei war in diesem Karton meine halbe Karriere verstaut. Der Beweis und die Erinnerungen an jeden gewonnenen Wettkampf und jedes weitere Jahr, in dem es mein Ziel war, die Beste zu sein. Und ich war es. Ich war die Beste.

»Luft oder Lösung?«, fragte sie mich lediglich.

Ich schmunzelte und war mir sicher, sie tat das Gleiche. Wann immer ich ein Problem hatte, stellte sie mir diese Frage. Wollte ich nur Dampf ablassen, meinen Problemen und Gedanken Luft machen, jemanden haben, der mir zuhörte? Oder fragte ich gerade wirklich nach Hilfe? Meine Mutter kannte mich. Ich musste bereit sein, ihren Rat zu hören, um ihn wirklich anzunehmen.

»Lösung«, schnaubte ich und kaufte es mir selbst kaum ab. Doch ich wollte hören, was sie zu sagen hatte.

»Es tut mir leid, dass der Karton bei dir gelandet ist. In der Eile muss etwas schiefgelaufen sein. Aber pack ihn nicht aus, Tia. Du hast Yale verlassen und bist umgezogen. Du hast dem *US National Swim Team* abgesagt, um das Schwimmen hinter dir zu lassen. Stell den Karton in den Keller, oder räum den Kram in die hinterste Schublade, die du finden kannst.«

Der Gedanke gefiel mir, doch ich bezweifelte, dass mir das wirklich half.

»Komm erst mal in Amber Falls an, Tia. Mach es dir nicht schwerer als nötig. Ich weiß, du willst, dass immer alles gleich funktioniert. Aber erlaub dir, kleine Schritte zu machen, Schatz.« Meine Mom atmete langsam aus. »Der Karton mit den Sachen, die deine gesamten letzten Jahre bestimmt haben, ist kein kleiner Schritt.«

Ich schlenderte durch den Raum, sah den Karton an, meine Kommode und dann wieder den Karton.

»Okay?«, fragte meine Mom, nachdem ich eine Weile nichts gesagt hatte.

»Okay«, sagte ich und faltete mit der freien Hand den Karton wieder zu. Ich wusste noch nicht, ob ich ihn genau so lassen würde, oder ob die Sachen irgendeine dunkle Ecke finden würden, doch das war kein Problem, das ich heute angehen musste. Kleine Schritte.

»Sonst alles gut? Wie ist die Stadt? Und deine Wohnung?«

Ich lachte in den Hörer, ging zu meinem Fenster und schaute nach draußen auf die Berge. »Ich bin gerade mal vier Tage hier, Mom. Was genau erwartest du jetzt?« Sie wollte immer alles wissen, um es dann am besten direkt Dad zu erzählen.

»Ich weiß nicht, vielleicht hast du ja bereits einen Lieblingsort oder irgendwelche coolen Freunde kennengelernt.«

»Hast du gerade ›coole Freunde‹ gesagt?« Ich lachte auf und schüttelte den Kopf.

»Vielleicht«, flüsterte sie.

»Falls so was passiert und ich ›coole Freunde‹ finde, dann sage ich dir Bescheid. Aber ich weiß nicht, wie realistisch das ist. Ich bin nämlich zum Glück weder in der Highschool noch zwölf Jahre alt.«

»Du machst dich über mich lustig.«

»Ach Mom, das würde ich nie tun. Ich bin einfach nur froh, dass du in deinem Alter noch gelernt hast, wie iMessage funktioniert.« Ich öffnete das Fenster und genoss die frische Herbstluft.

»Dann schreib mir doch das nächste Mal eine E-Mail anstatt anzurufen, wenn dir das lieber ist«, zog sie mich auf.

»Mom.« Ich holte tief Luft und wäre gerade lieber bei meinen Eltern gewesen. »Ich hab dich lieb.« Ich schluckte schwer, hätte sie jetzt gerne in den Arm genommen.

»Ich dich auch«, hörte ich sie antworten, während meine Augen sich mit Tränen füllten.

»Sag ihr, dass ich sie auch lieb hab und vermisse«, hörte ich meinen Dad im Hintergrund rufen.

Ich lachte leise und wischte mir eine Träne aus dem Augenwinkel. »Schon gut, Mom, hab es gehört«, sagte ich schnell.

»Dann ist ja gut«, meinte Mom.

»Ja ... dann ist ja gut.«

Ich schwieg. Meine Mom schwieg. Wir alle schwiegen.

»Bis bald, Tia«, sagte Mom schließlich.

»Bis bald, Mom«, erwiderte ich und legte auf. Ich schmiss mein Handy auf die Matratze. Auch wenn es ein bisschen schmerzte, tat es gut, die Stimmen meiner Eltern zu hören. Und auch wenn ich sie vermisste, tat es gut, nach Amber Falls gekommen zu sein. Ich würde ab jetzt hier leben, ganz gleich, wie dieses Leben aussehen würde.

Ich blieb einige Minuten liegen, bis ich wieder nach meinem Handy griff und Drew eine Nachricht schrieb.

`Der Ausblick aus meiner Wohnung hält schon mal, was deine Erzählungen versprochen haben.`

Ich richtete die Kamera auf das bodentiefe Doppelfenster und schickte Drew zusammen mit meiner Nachricht ein Bild meiner Aussicht auf den Burberry Park.

Drew antwortete mit ein paar Herzchenaugen-Smileys, und ich schmunzelte. Gleich darauf kam eine weitere Nachricht von ihr an.

`Was hast du heute noch vor?`

Ich stützte das Kinn auf meine Hand und starrte ein paar Augenblicke auf das Display, bevor ich ihr antwortete.

`Keine Ahnung, überlege, mir Abendessen zu holen.`
`Mir wurde ein Restaurant empfohlen.`
`Green Parsley oder so.`

Drew schickte zwei Reihen Lach-Smileys, und ich runzelte die Stirn, als bereits eine neue Nachricht von ihr eintraf.

`Green Basil, Tia … Aber ja, das Essen dort`
`ist der Hammer! Finde, das wäre ein gebührender`
`Abschluss für deinen Tag heute.`

Ich schlüpfte in meine Schuhe und griff nach meiner Jacke, die hinter der Tür auf dem Boden lag. Gleichzeitig tippte ich meine Antwort.

`Wie war dein Tag?`

Mit unsicherem Gefühl schickte ich die Nachricht ab und hoffte, dass Drew verstand, wonach ich sie fragte.

`Komisch … ohne dich ist es nicht dasselbe.`

Ich schluckte schwer und wartete geduldig, was sie, Tausende Kilometer von mir entfernt, tippte, während ich in die Innenstadt ging.

Aaron ist schlecht drauf. Noch schlechter als sonst, und ich sag's dir, meine Muskeln merken das. Kann mich nicht mal mehr aufs Klo setzen, ohne zu ächzen wie eine 80-jährige Oma.

Ein kleines Schmunzeln trat auf mein Gesicht bei dem Gedanken an den Muskelkater, von dem Drew sprach. Ich hob meinen Blick, lief die Straße mit den bunten Backsteinhäusern entlang, über die ich vor ein paar Tagen erst gejoggt war. Ich stockte bei dem Anblick eines kleinen, unscheinbaren Schildes, das als Wegweiser in meine Richtung zeigte. *Amber Falls College* war darauf zu lesen, und ich hoffte, dass ich auf dem Weg ins *Basil* nicht daran vorbeilaufen würde. Dafür war ich nicht bereit.

Tut mir leid.

Drew war nie jemand, den ich mir als kleines Kind als meine beste Freundin vorgestellt hatte, doch sie war meine einzige Freundin. Wir hatten uns jeden Tag beim Training gesehen, und weil unser Leben aus nichts als dem Schwimmen bestand, lernten wir während der letzten zwei Jahre einfach alles über das Leben der jeweils anderen.

Schon gut, du weißt, ich bin dir nicht böse.

Ich hatte das dringende Bedürfnis, Drew zu umarmen, und tippte meine Antwort.

Du nicht …

Ich schickte die Nachricht ab und presste meine Lippen aufeinander bei dem Gedanken daran, wie das restliche Team zu mir und meiner Entscheidung stand.

Mach dir jetzt mal nicht so einen Kopf.
Du bist weg, und es ist nicht mehr dein Job,
dich mit denen rumzuschlagen. Genieß jetzt erst
mal dein Abendessen.

Ich atmete tief ein und aus, bedankte mich bei Drew und ließ das Handy in meiner Manteltasche verschwinden.

Ich betrat das *Green Basil* durch die großen Glastüren und knöpfte den obersten Knopf meines Mantels auf. Ein Blick auf die Uhr an meinem Handgelenk verriet mir, dass es halb acht war. Kein Wunder also, dass jeder Tisch besetzt war. Ich starrte einen Moment zu lange auf das Display der Smartwatch, sah die Schrittanzahl, die mir angezeigt wurde, neben all den Daten über meine Aktivität und meinen Körper, die mich nicht mehr interessierten. Ich löste den Verschluss und ließ die Uhr in meine Manteltasche gleiten. Es war ein Automatismus, ich hatte nicht einmal darüber nachgedacht, während ich die Uhr nach dem Duschen wieder angelegt hatte. Ich ging zum Tresen und setzte mich auf einen der Hocker. Während ich auf jemanden wartete, der meine Bestellung entgegennahm, ließ ich meinen Blick durch das Restaurant schweifen. Bewunderte die zahlreichen Pflanzen, die von der Decke hingen, betrachtete die Holzpaletten an der Wand, die von duftenden Kräutern überwuchert waren, und die Menschen, die gerade zu Abend aßen oder auch nur mit einem Getränk beisammensaßen.

Ich stockte kurz, weil ich glaubte, an einem der Tische ein bekanntes Gesicht erkannt zu haben. Dass ich hier in Amber Falls jemanden kannte, war unmöglich, doch ...

»Hey, was kann ich für dich tun?« Ein großer schlanker Mann riss mich aus meinen Gedanken. Er fuhr sich durch die braunen Haare und lächelte mich freundlich an.

»Ich wollte etwas zu essen bestellen, aber hab noch nicht mal in die Karte geschaut«, sagte ich schnell.

»Kein Problem, lass dir Zeit und sag einfach Bescheid, wenn du was gefunden hast. Magst du hier essen oder etwas zum Mitnehmen bestellen? Hier wird es wohl noch etwas dauern.« Er ließ seinen Blick über den gut besuchten Gastraum wandern und schien genau zu wissen, wer wohl noch wie lange bleiben würde.

»Zum Mitnehmen«, nuschelte ich.

Er schenkte mir einen letzten freundlichen Blick und begann, Getränke hinter der Theke abzufüllen und andere Gäste zu bedienen, die ebenfalls nur noch auf den Hockern an der Bar einen Platz gefunden hatten. Ich überflog die laminierte Karte, die vor mir lag, und blieb recht schnell bei einem Gericht hängen. Ich zögerte nicht und bestellte die Gnocchi zusammen mit einem hausgemachten Eistee und freute mich bereits, es mir auf meiner Matratze mit einem Netflix-Film bequem zu machen.

Froh über meine Entscheidung, saß ich gleich ein bisschen entspannter auf dem Barhocker und wartete. Ich schaute zurück zu dem Tisch, an dem mein Blick bereits vorhin hängengeblieben war. Mit einem Mal wurde mir klar, warum der Mann mit den blonden lockigen Haaren mir bekannt vorkam. Er sah zu mir rüber, für eine Sekunde sah ich erst Überraschung, dann Erkennen in seinen Augen aufblitzen. Er schenkte mir das gleiche zaghafte Lächeln, das ich schon so mochte, während er mir angeboten hatte, die restlichen Kartons in meine Wohnung zu tragen. Für einen Moment sahen wir uns an, die Geräusche im *Basil* wurden auf einmal viel leiser, und ich war in seinem Blick gefangen. Doch da war nichts Anzügliches, kein unangenehmes Zwinkern, es war ... friedlich. Freundlich. Nett.

»So, das wäre alles. Dreizehn Dollar achtzig macht das dann.«

Ruckartig drehte ich mich um. Es war der Kellner von vorhin, der eine Papiertüte auf dem Tresen abgestellt hatte und mich freundlich ansah.

Ich zahlte, nahm die braune Papiertüte und rutschte vom Hocker. Mein offener Schnürsenkel verhedderte sich an einem der Holzbeine. Ich stellte die Papiertüte neben mir auf den Boden, um mich zu befreien. Schnell entwirrte ich den Schnürsenkel und band mir den Schuh wieder zu. Dieses Mal mit Doppelknoten. Ich schnappte mir wieder die Tüte, richtete mich auf und erschrak, als ich in zwei dunkle braune Augen sah. Ich taumelte zurück und wäre fast über den Barhocker gestolpert, doch Jake griff mich am Oberarm und hielt mich davon ab, mich mitsamt meiner Gnocchi auf den Boden zu legen.

»Sorry«, stammelte er, während ich meinen Mantel glatt strich und mein Gewicht auf meine Zehenspitzen verlagerte aus Angst, wieder nach hinten zu kippen.

»Schon gut.« Ich räusperte mich und griff die dünnen Papierlaschen fester.

»Du hast Sommersprossen«, stellte er fest.

Ich biss mir auf die Lippe, unsicher, was ich tun wollte. Mit einem Mal war mir bewusst, wie aufmerksam er mich musterte, und ich nickte nur.

Jake steckte die Hände in die Taschen seiner Jeans und lächelte mich an. »Ich mag Sommersprossen.«

»Ich auch«, antwortete ich nur und fragte mich direkt danach, wieso ich das gesagt hatte.

»Gut zu wissen.«

Ich legte den Kopf schief und sah ihn fragend an.

Er zuckte nur mit den Schultern. »Na, dann kann ich mir nächstes Mal, wenn wir uns sehen, welche ins Gesicht malen.« Ich schüttelte lachend den Kopf und stellte mir vor, wie Jake sich mit Eyeliner kleine dunkle Tupfer auf die Wangen malte. Ich musterte sein

Gesicht, senkte meinen Blick zu seinen breiten muskulösen Schultern und war erstaunt, was mir alles an ihm auffiel, jetzt, da keine schwere Echtholzkommode mehr zwischen uns stand.

»Keine Sorge. Ich habe in nächster Zeit nicht noch einmal vor, so verzweifelt vor einem Möbelstück zu stehen.« Ich lachte, doch auf Jakes Gesicht trat ein nachdenklicher Ausdruck, der mich verwirrte. Ich hielt bedeutend meine Papiertüte hoch und sah ihn entschuldigend an. »Ich will dich gar nicht länger aufhalten, außerdem wird mein Abendessen sonst kalt. Und ich habe heute noch ein Date mit Netflix. Da kann ich wirklich nicht zu spät kommen.« Ich überlegte, ob mir mehr nach *Modern Family*, *Gilmore Girls* oder *The Summer I Turned Pretty* war.

»Okay«, wiederholte Jake, und ich konnte seine Reaktion nicht wirklich einordnen. Dennoch nickte ich nur freundlich und ging mit meinen vermutlich nur noch lauwarmen Gnocchi an ihm vorbei. Ich verließ das *Basil,* atmete die frische Abendluft ein und fragte mich, warum ein Teil von mir sich wünschte, dass Jake mir gerade nachsah.

# Kapitel 3

Ich öffnete die Holztür und erschrak etwas über die Klingel, die ertönte. Ich ließ die Tür ins Schloss fallen und schaute mich um. Der *Book Attic* war angeblich die älteste Buchhandlung Colorados, und ich stellte mir vor, wie es hier früher wohl ausgesehen hatte.

Eine ältere Frau mit welligen weißen Haaren kam um die Ecke und lächelte, sobald sie mich sah. Dabei zeigten sich zahlreiche Lachfalten, die mich vermuten ließen, dass sie sicher schon Ende fünfzig war.

Ich lächelte zurück und schaute mich um.

»Kann ich dir helfen?« Sie hob fragend die Augenbrauen und schob den Bund ihrer weiten, bunt bedruckten Stoffhose zurecht.

»Nein, danke, ich will nur ein bisschen stöbern«, antwortete ich freundlich und wandte mich den Bücherregalen aus dunklem Ebenholz zu. Ich fühlte mich an meine Kindheit erinnert. Früher hatte ich meinem Dad auch immer gesagt, ich wolle nur stöbern, um am Ende doch immer mit mindestens drei neuen Büchern nach Hause zu gehen. Ich schüttelte schmunzelnd den

Kopf. Die Unbeschwertheit dieser Tia von damals fehlte mir.

»Wobei, doch ... irgendwie schon«, stammelte ich und drehte mich noch einmal zu der Frau um, die mich fragend ansah.

»So?«, sagte sie lediglich und runzelte die Stirn.

Kurz musterte ich ihr weites Beatles-Shirt und fragte mich, ob sie mal ein Livekonzert der Band erlebt hatte. »Ich bin vor zehn Tagen hergezogen, und am ersten Morgen war ich direkt laufen und habe diese wunderschöne Buchhandlung hier gesehen«, begann ich. »Und da ist mir das Schild aufgefallen, dass hier gerade eine Aushilfe gesucht wird. Ich habe mir das jetzt einige Tage durch den Kopf gehen lassen und wollte eigentlich erst mal schauen, wie es hier so ist. Aber, zugegeben, ich habe mich gerade auf den ersten Blick in diesen süßen Laden verliebt und ...« Ich stockte, bremste mich selbst. Am liebsten hätte ich mir eine Hand vor den Mund gehalten, um mich davon abzuhalten weiterzureden. Ich plapperte wie ein Wasserfall. So komisch werden Menschen wohl, wenn sie tagelang mit niemandem redeten und lediglich ihren Eltern ein paar kurze Nachrichten schrieben. Ich versuchte mich an einem entschuldigenden Lächeln. »Eigentlich wollte ich nur wissen, ob die Stelle noch zu haben ist.«

Das Gesicht der Frau hellte sich auf, während ich mir verlegen über den Unterarm rieb. Die tiefen Furchen, die sich auf ihrem Gesicht abzeichneten, sobald sie die Mundwinkel hob, ließen sie nur noch sympathischer wirken. »Ja, die Stelle ist noch zu haben.«

Ihr sanftes Lächeln beruhigte mich. Bis vor Kurzem wollte ich noch im Boden versinken, doch ihre freundliche Ausstrahlung änderte das schnell.

»Heißt das«, fuhr sie fort, »du würdest dich gerne auf den Job bewerben?« Fragend sah sie mich an. Eine lockige Strähne ihres fast schon beindruckend weißen Haares fiel ihr ins Gesicht, und sie schob sie hinter ihr Ohr.

Ich nickte, um mich selbst davon abzuhalten, mehr Worte als nötig auszusprechen.

»Ich bin übrigens Helen.« Sie streckte mir die Hand entgegen.

Ich schüttelte ihre warme Hand und schob ein »Tia« zusammen mit einem Nicken hinterher. Ich stellte mich wirklich selten dämlich an. An ihrer Stelle würde ich mich nicht einstellen. Doch mit Kunden war ich anders. Glaubte ich zumindest. Woher sollte ich das auch wissen? Im Alter, in dem die meisten meiner Mitschüler angefangen haben, Zeitung auszutragen, war ich bereits damit beschäftigt, mich auf die Jugend-Nationalmannschaft vorzubereiten. Während meine Freunde die Zeitungen in der Nachbarschaft verteilten, war alles, was ich damit zu tun hatte, ein Bericht über einen von mir gewonnenen Wettkampf, der darin zu lesen war.

»Freut mich!« Helens freundlicher Gesichtsausdruck schien ihr dauerhaft anzuhängen. Zumindest hatte ich sie bisher in jeder Sekunde unseres Gesprächs lächeln sehen.

»Mich auch«, sagte ich etwas hilflos. Aber ihre Unbeschwertheit löste langsam auch meine Anspannung.

»Wofür genau braucht ihr denn Hilfe? Ich habe prinzipiell noch nicht viel Erfahrung, lerne aber gerne und schnell.«

»Also *ihr* ist eigentlich nur *ich*. Mir gehört der *Book Attic*.« Sie machte eine ausholende Geste. »*Ich* könnte allerdings ein bisschen Hilfe in allen Bereichen des täglichen Geschäfts gebrauchen. Meine letzte Aushilfe hat vor Kurzem das College abgeschlossen und ist weggezogen.« Ihr Unterton ließ mich glauben, dass sie diese Aushilfe vermisste. Ich hoffte, dass ich sie gut ersetzen würde, vorausgesetzt, ich bekam den Job überhaupt.

Sie rückte ein Buch zurecht. »Es wäre super, wenn du mir die üblichen Bewerbungsunterlagen zuschickst. Die Mail-Adresse findest du auf der Homepage.«

Ich nickte eifrig und fragte mich, ob ich heute überhaupt noch etwas anderes tun würde, als meinen Kopf hoch- und runterzubewegen, während sie weitersprach.

»Und eine kurze Info, wie gut du dich auf dem Buchmarkt auskennst, wäre auch super, damit ich einschätzen kann, ob du eher nur für die Kasse und das Verräumen zuständig wärst, oder ob ich dich auch auf der Ladenfläche einsetzen kann.«

Ich biss mir auf die Zunge, um nicht ganz automatisch weiter zu nicken.

»Na klar, kein Problem!« Am liebsten hätte ich noch hinterhergeschoben, dass sie alles bis heute Abend bekommt, doch ich wollte keine Versprechen machen, die ich am Ende nicht halten konnte. Stattdessen würde ich es mir dick und fett in den Kalender schreiben und dreimal mit gelbem Textmarker drüber fahren.

»Woher kommst du denn?«, fragte Helen und schob ein paar Stapel Bücher gerade.

»New Haven«, flüsterte ich und räusperte mich schnell, um meine Stimme wieder zu finden. »Ich habe in Yale studiert.« Helen hob ihren Blick und sah mich neugierig an. »Yale? Wie aufregend! Was hast du studiert?« Sie verschränkte die Arme vor der Brust und lehnte sich gegen einen hüfthohen Tisch.

»Sportwissenschaften.« Ich wollte lachen. Sportwissenschaften. Als hätte ich das wirklich jemals ernsthaft studiert oder etwas damit anfangen wollen. »Ich war mit einem Schwimmstipendium dort«, schob ich hinterher und wusste selbst nicht, warum ich erwähnen musste, dass ich an einem der besten Colleges des Landes gelandet war. Ivy League.

»Und jetzt, nachdem du dein Grundstudium beendet hast, willst du ein bisschen die Welt erkunden, bevor du in Yale deinen Master machst?«, hakte Helen nach.

Ich wandte den Blick ab, blieb an ein paar Klassikern hängen und biss mir auf die Lippe.

»Nicht wirklich. Es ... ist kompliziert.« Ich verlagerte mein Gewicht auf das andere Bein, schaute wieder zu Helen, während sie ihren Blick über mich gleiten ließ.

»Ach, weißt du was, wo du schon mal hier bist«, sie bedeutete mir, ihr zu folgen, »kann ich dir gleich ein paar Sachen zeigen und erklären. Du bleibst etwas, arbeitest zur Probe und schaust, wie es dir hier gefällt.« Ich konnte mein Lächeln nicht zurückhalten, doch Helen stoppte abrupt und drehte sich zu mir um. »Natürlich nur, wenn du spontan Zeit hast.«

»Ja, das geht. Absolut kein Problem», antwortete ich, kaum dass sie ihren Satz beendet hatte. Ich wollte ihr nicht unter die Nase reiben, dass ich keinerlei Termine und nichts zu tun hatte. Es schien sie zu freuen, dass ich blieb, und ihre Freude sprang direkt auf mich über, während sie mir die ersten Aufgaben zuwies.

Ich räumte gerade ein Pappbilderbuch in die Wühlkiste der Kinderbuchabteilung, als die Klingel über der Tür bimmelte.

»Hey, Helen!«, grüßte die junge Frau, die hereinkam, und strich sich eine braune Haarsträhne aus dem Gesicht. Verdutzt sah sie mich an.

Helen kam aus ihrem Büro und strahlte den Neuankömmling an. »Emely! Ich bin froh, dich zu sehen, die Leseexemplare auf meinem Schreibtisch nehmen überhand, du musst unbedingt ein paar davon mitnehmen!«

Emely schmunzelte und sah kurz zu mir rüber. »Ich glaube, diesen Gefallen kann ich dir tun.«

Helens Blick wanderte zu mir. »Ach, das ist übrigens Tia.« Sie zeigte mit einer kurzen Geste auf mich. »Sie hat sich auf die Aushilfsstelle beworben, und, unter uns gesagt, bin ich mir ziemlich sicher, sie bekommt den Job.«

Hatte sie mir gerade beiläufig mitgeteilt, dass ich eingestellt war? Ein unerwartet strahlendes Lächeln breitete sich auf meinem Gesicht aus.

»Du kannst mich Em nennen«, sagte die junge Frau zu mir und lächelte mich an. »Vermutlich werden wir uns ja ab jetzt häufiger sehen.«

Ich nickte freundlich und fragte mich, ob ich in diesem Laden je wieder was anderes tun würde, als höflich nicken und freundlich gucken.

»Em arbeitet zu unserem Glück eng mit dem *Book Attic* zusammen und versorgt die Kunden mit Buchempfehlungen«, erklärte Helen und ging zurück in ihr Büro. »Em, sag mir einfach, wenn du noch was brauchst.« Helen nickte uns beiden noch einmal zu und schloss die Bürotür hinter sich.

Em lächelte verlegen. Kurz sahen wir uns an, dann ließ sie ihren cremefarbenen Rucksack von der Schulter gleiten und machte sich am Reißverschluss zu schaffen.

Ich verräumte einige Bücher, aber mein neugieriger Blick klebte an Em. »Seit wann arbeitest du mit Helen zusammen?«

»Puh, das müsste jetzt bald schon ein Jahr sein.« Sie machte eine Pause, als würde sie sich wundern, wie schnell die Zeit vergangen war. »Das Ganze hat mit meinem Buchblog angefangen«, schob sie hinterher.

»Du bloggst?« Erstaunt hob ich die Augenbrauen und verräumte ein weiteres Buch.

»Ja, seit einigen Jahren. Ich habe einen eigenen Blog und mache vor allem viel auf Instagram.« Em griff nach einem Stift und begann, in Schönschrift eine Empfehlung zu schreiben.

Ich stellte mir vor, wie sie mit ähnlichem Perfektionismus Bilder von den Büchern machte, über die sie online sprach. Die einzigen Bilder auf meinem Instagram-Kanal waren von einer Geburtstagfeier 2019.

Die Bilder von mir auf dem Kanal des *Yale Swim and Diving Teams* mussten reichen. Woher hätte ich auch die Zeit nehmen sollen, mich neben dem Schwimmen auch noch um Social Media zu kümmern?

Ich schob *Die unendliche Geschichte* zwischen *Jim Knopf* und *Tintenherz* und dachte kurz daran, wie ich die Bücher vor Jahren selbst zusammen mit meinem Vater gelesen hatte.

»Und du arbeitest jetzt hier?«, fragte Em.

»Ja, also nein«, sagte ich und schüttelte leicht verwirrt den Kopf. »Ich habe mich heute beworben und bin mir noch nicht so ganz sicher, ob ich den Job bekomme.« Ich wollte mir selbst nicht zu große Hoffnungen machen und mehr in Helens Worte hineininterpretieren, als da eigentlich war. Ich griff nach *Pippi Langstrumpf* und sah Em einige Augenblicke an.

Sie lachte auf. »Du stehst hier und darfst Bücher einsortieren, während Helen nicht mal mit dir im gleichen Raum ist, um dir ständig über die Schulter zu schauen. Das hier ist praktisch dein erster Arbeitstag.« Em zog ein paar beschriftete längliche Zettel aus ihrem Rucksack. Sie bemerkte meinen verhaltenen Blick und zögerte. »Helen hat eine beeindruckende Menschenkenntnis, Tia. Ich weiß selbst nicht, wie die Frau das macht, ob das ihr Hippie-Gen, die Lebenserfahrung oder die Kombination aus beidem ist, aber ihr Bauchgefühl liegt einfach immer richtig.« Sie lachte wieder kurz auf. »Sie hätte dich nicht einmal zum Probearbeiten hierbehalten, wenn sie sich nicht ab der ersten Sekunde sicher gewesen wäre, dass du ihre neue Aushilfe wirst.«

Ich lächelte Em an. Es war etwas beunruhigend, dass Helen mich nach Ems Aussage bereits besser kannte, als ich mich vielleicht selbst gerade. Aber ich freute mich über ihr Vertrauen. Em griff sich ein Buch vom Stapel an der Kasse, den Helen dort wohl vorher extra für sie platziert hatte. Sie faltete eine Banderole an den dafür vorgesehenen Kanten und wickelte sie gekonnt um das hellblaue Buch, dessen Titel ich nicht erkennen konnte. Ich beobachtete sie eine Weile und widmete mich dann wieder meiner eigenen Arbeit. Es war seltsam, wie wohl ich mich umgeben von Büchern fühlte, obwohl ich schon so lange nicht mehr in einem Buchladen gestanden hatte. Aber vielleicht war genau das der Grund. Vielleicht liebte ich es, weil es mich an nichts aus den letzten Jahren erinnerte. Nicht an das Training, nicht ans Schwimmen, nicht an all die Dinge, die ich während meiner Teenagerzeit verpasst hatte, weil ich jede Minute meines Lebens dem Schwimmen geopfert hatte. Alles, woran der *Book Attic* mich erinnerte, war die kleine Tia, die ihrem Dad in der Shoppingmall davongelaufen war, um sich in der Buchhandlung zu verkriechen und das nächste Buch zu finden, das er ihr vorlesen würde.

»So, ich glaube das war's«, hörte ich Em eine gute Viertelstunde später sagen, während ich ein Schildchen am Empfehlungstisch mit den Neuerscheinungen befestigte.

Em platzierte ein Buch im Schaufenster und betrachtete zufrieden ihre Arbeit.

Ich stellte mich zu ihr und sah mir an, was Em aufgebaut hatte. »Das sieht wirklich schön aus.« Jedes Buch war zweimal auf den doppelseitigen Buchhalterungen platziert: Ein Buchcover zeigte zur Straße und das andere in den Buchladen.

Ich sah von den Empfehlungen über die Bücherregale zu den Tischen mit den Neuerscheinungen und lächelte zufrieden. »Der *Book Attic* ist wirklich eine der schönsten und gemütlichsten Buchhandlungen, die ich kenne.«

»Bist du neu in Amber Falls?«, hörte ich Em fragen.

»Jap«, sagte ich lediglich. Mein Blick blieb an einem Cover hängen, auf dem eine Frau in einem dunkelgrünen Abendkleid prangte. Ich griff danach und strich über das Cover, während das weiche Taschenbuch sich unter meinem Griff leicht bog.

Em blickte erst zum Buch in meiner Hand und dann zu mir. »*Die sieben Männer der Evelyn Hugo*. Ein wirklich gutes Buch.«

Ich nickte. »Weißt du was, ich glaube, ich kaufe es mir später, wenn ich hier fertig bin.«

»Du wirst es nicht bereuen.« Em strahlte mich an. »Wirklich, es ist so gut gemacht. Taylor Jenkins Reid hat einen ziemlich einzigartigen Erzählstil, und ich glaube, man muss das mögen. Aber wenn du dich darauf einlässt, wirst du das Buch nicht mehr so schnell vergessen.«

Ich lachte, während Em mir weiter von dem Buch vorschwärmte. »Sorry«, schob sie zaghaft hinterher. »Ich könnte stundenlang über gute Bücher reden.«

»Wer nicht?«, antwortete ich und versuchte mich zu erinnern, welches Buch ich als letztes in meinem Leben gelesen und geliebt hatte. Alles, woran ich mich noch erinnern konnte, waren die Schullektüren in der Highschool, die ich über mich ergehen ließ.

Kurz sagte keiner von uns etwas.

»Du, Tia«, Em presste kurz ihre Lippen aufeinander, bevor sie fortfuhr. »In ein paar Tagen startet das *Fall Fest*. Wenn du neu in Amber Falls bist und den Herbst auch nur ein ganz kleines bisschen magst, darfst du das auf keinen Fall verpassen.« Sie machte eine kurze Pause. »Ich fände es schön, wenn wir uns da sehen würden. Ich ... könnte dir noch ein bisschen was über den *Book Attic* erzählen, oder vielleicht weißt du bis dahin auch schon alles über das beeindruckende Leben der Evelyn Hugo und ... Wir könnten ja einfach einen entspannten Abend mit Freunden verbringen.« Sie sah mich an und ließ ihre Worte wie eine unsichere Frage klingen.

»Das klingt wirklich schön«, antwortete ich.

Ich mochte Em, und der Gedanke, während eines gemeinsamen Abends sie und die Stadt noch besser kennenzulernen, gefiel mir. Und wer weiß, vielleicht konnten Em und ich so was wie Freundinnen werden.

Em zog einen Stift aus ihrem Rucksack. »Weißt du was? Ich gebe dir einfach mal meine Nummer.« Sie riss ein kleines Stück Papier aus ihrem Notizblock, den sie ebenfalls aus dem Rucksack gefischt hatte. »Wenn du Lust hast mitzukommen, sag einfach Bescheid.« Sie reichte mir das Papier. »Ich würde mich wirklich freuen.«

Ich sah kurz auf den Zettel mit ihrer Nummer und lächelte Em freundlich an. Wir verabschiedeten uns, und

Em verließ den Laden, während ich immer noch das Buch und Ems Nummer in der Hand hielt. Und alles, woran ich denken konnte, war ein Anruf bei meiner Mom, bei dem ich ihr erzählte, dass ich vielleicht doch ein paar coole Freunde finden würde.

# Kapitel 4

Ich stand am offenen Fenster und wartete auf das Freizeichen. Mein Fenster nach Südosten sorgte für so viel Licht, dass ich mich jeden Tag ein kleines bisschen mehr in meine Wohnung verliebte. Die Sonne schien mir ins Gesicht, während ich über die Häuser hinweg zu den Bergen schaute, wo sich die Amberbäume in den letzten Tagen rasant verfärbt hatten.

Meine Mom hob ab. »Tia?«

»Hey, Mom«, sagte ich und war mir sicher, dass sie das Lächeln, welches auf meinen Lippen lag, in meiner Stimme hörte.

»Wie geht es dir, Liebes?« Ich hörte das Klappern von Geschirr im Hintergrund und vermutete, dass sie gerade die Spülmaschine ausräumte.

»Wirklich gut.« Ich fuhr mit dem Finger die Dichtung des offenen Fensters nach und bereute es direkt, als meine Fingerkuppe sich schwarz verfärbte. »Das Wetter ist wunderschön, und die Stadt ist wirklich ein Traum. Ich entdecke jeden Tag etwas Neues. Und ich habe jetzt einen Job. Nur ein Aushilfsjob, aber immerhin.«

»Das klingt wirklich schön. Was ist das denn für ein Job?«

Ich hörte die zaghafte Sorge durch den Hörer. All das war nicht nur für mich neu. Auch für sie war es ungewohnt, mich nur durch das Telefon zu hören und ein Leben weit weg von mir zu führen. »Ich arbeite in einer kleinen Buchhandlung, dem *Book Attic*. Du und Dad würdet den Laden lieben. Die Besitzerin ist unglaublich nett, und der Job macht viel Spaß«, erzählte ich und fragte mich kurz, ob man das über jeden Job sagte, den man erst seit vier Tagen hatte. Ich schloss das Fenster, stellte es auf Kipp und begann, durch meine Wohnung zu tigern.

»*Book Attic*, das ist ja ein besonderer Name.«

Es schien mir so, als legte sie sich jedes Wort vorher genau zurecht, damit sie nicht falsch reagierte.

»Mom«, sagte ich ruhig und setzte mich auf meine Matratze, die auf dem Boden lag. »Es geht mir gut.« Ich hörte, wie sie einen Teller auf der Anrichte abstellte, der vertraute Klang ließ mich schlucken.

»Bist du glücklich, mein Schatz?«, fragte sie, und ich war mir sicher, dass sie gerade eine ihrer lockigen Haarsträhnen um den Finger zwirbelte. So, wie sie es immer tat, wenn sie verunsichert war. So, wie ich es immer tat, wenn ich verunsichert war.

»Bestimmt bald wieder, Mom.« *Mach dir keine Sorgen*, wollte ich noch nachschieben, aber sie sorgte sich ohnehin, ganz gleich, was ich ihr sagte. Außerdem wollte ich sie nicht anlügen. Wir schwiegen eine Weile, und ich wusste nicht, wie ich diese Stille brechen sollte.

»Ach, übrigens«, meinte Mom schließlich, »unsere Waschmaschine hat den Geist aufgegeben. Dad muss demnächst eine neue bestellen, und er lässt fragen, ob er dir gleich eine mitbestellen soll. Dann hast du deine eigene in der Wohnung.« Ich hörte meine Mom wieder in der Küche hantieren. »Alles gut, Mom. Wir haben einen Waschkeller, den ich mitbenutzen kann.«

»Okay, aber wenn du doch ...«

»Mom, bitte«, unterbrach ich sie. Ich wollte nicht, dass sie noch mehr Geld für mich ausgaben. Einen Moment hörte ich nichts, nicht das Geschirr im Hintergrund, nicht die Stimme meiner Mom, nur ihren ruhigen Atem, der mit einem konstanten leisen Rauschen das einzige Geräusch in der Leitung zwischen uns war.

»Du weißt, wir wollen nur das Beste für dich, Tia.« Ihre Worte wogen schwer, auch wenn sie es nur gut meinte. Was war das Beste für mich?

»Ich weiß.» Ich zog die Beine an und legte meinen freien Arm um meine Knie. »Ich weiß das, Mom. Aber ihr habt schon immer alles für mich gegeben. Zeit, Geld, Entscheidungen, die nur für mich getroffen wurden.« Ich erinnerte mich zurück, wie meine Mom ein Jobangebot ausgeschlagen hatte, nur weil wir dafür hätten umziehen müssen. »Du und Dad habt mir neue Badeanzüge gekauft, wenn ich welche gebraucht habe, und ihr seid meilenweit mit mir zu Wettkämpfen und Auswahltagen gefahren. Ihr habt mein Leben mehr gelebt als euer eigenes.« Ich fuhr durch eine lange dunkle Strähne und zwirbelte sie um meinen Zeigefinger. »Und jetzt, wo ich euch nicht mal irgendwas davon zurückgeben kann, weil ich durch meine Entscheidung all meine Stipendien verloren habe, kann ich das nicht mehr zulassen. Ihr könnt nicht immer noch alles für mich tun.«

Auch wenn mir das die Unsicherheit nehmen würde, die ich bei dem Anblick dieser kahlen Wohnung voller unvollendeter Pläne verspürte.

»Aber das ist unser Job, Tia«, sagte Mom und lachte leise. »Es ist unser Job«, wiederholte sie, »alles für dich zu tun. Es ist mein Job, dich zu beschützen und alles in meiner Macht Stehende zu tun, damit es dir gut geht. Mein Job und der von Dad. Und schlag dir den Gedanken, du wärst uns irgendwas schuldig, mal ganz schnell wieder aus dem Kopf. Du bist meine Tochter, Tia. Sicher, ich habe Dinge für dich getan, genau wie dein Dad. Aber das war meine Entscheidung, weil alles, was wir wollen, was wir schon immer wollten, dein Bestes, dein Glück ist.«

Hinter meinen Augen brannte es gefährlich, und ich konnte nichts sagen.

»Aber was du uns gegeben hast, ist viel mehr wert, als die paar Badeanzüge, die wir über die Jahre gekauft haben.«

Ein leises Lachen entwich mir.

»Du hast mir das Glück geschenkt, das ich empfunden habe, als du das erste Mal gelächelt hast. Du hast mir Erinnerungen an unvergessliche Momente geschenkt: als du an Dads Hand deine ersten Schritte gemacht hast, als du mit mir Fahrrad fahren gelernt hast, als du uns Gedichte vorgetragen hast, die du mit sieben geschrieben hast. Und als du mit zehn nicht mehr aufhören konntest zu heulen, weil du erfahren hattest, dass es keinen Cornflakes-Baum gibt.«

»Mom», sagte ich und spürte eine kleine Träne über meine Wange kullern.

»Alles, was ich will, ist, dass du glücklich wirst.«

Ich nickte, auch wenn meine Mom das nicht sehen konnte, doch mein Schweigen war Antwort genug. Ich versuchte es, ich versuchte es wirklich.

»Du, Mom«, begann ich, nachdem wir bestimmt eine Minute lang geschwiegen hatten. »Ich ...« Mein Blick wanderte zur winzigen grauen Küchenzeile. »Ich habe hier so eine kleine eingebaute Spülmaschine in der Küche, aber bräuchte da mal deinen Rat.« Kurz raschelte es, als wechselte meine Mom die Seite, auf der sie den Hörer an ihr Ohr drückte.

»Ich höre?«

»Wir hatten doch immer dieses Spülmaschinensalz und besondere Tabs, die so gut zusammenpassten, aber ich erinnere mich nicht mehr daran, wie die Marke hieß und worauf ich achten muss.«

Meine Mutter begann zu erzählen, nannte Marken, bestätigte fünfmal, dass sie mir gleich im Anschluss noch Bilder der Verpackungen schicken und mir alles, was sie sagte, auch noch mal aufschreiben würde. Ich begann zu schmunzeln, während sie mir erzählte, wie ich das Salz nachfüllte.

»Danke, Tia«, sagte sie ganz am Ende.

»Wofür?«, fragte ich verdutzt und stand auf, um ein paar Schritte zur Spülmaschine zu gehen, über die ich mir eben so viel anhören durfte.

»Dafür, dass du unsinnige Fragen stellst, damit ich mich weiter hilfreich fühlen kann.«

Natürlich hatte sie mich durchschaut. Kurz war ich versucht, ihr zu widersprechen, doch das hätte eh keinen Sinn gemacht.

»Hab dich lieb, Mom.«

»Ich dich auch, Tia.« Ich hörte unsere knarzende Haustür, eines der vertrautesten Geräusche, das ich kannte.

»Ist das Dad?«, fragte ich, während sich meine Mundwinkel automatisch ein kleines Stück hoben.

»Ja, er kommt gerade von der Arbeit.«

»Dann esst ihr bestimmt jetzt, oder?«

Mein Dad arbeitete seit einiger Zeit nur noch halbtags als Unternehmensberater und das nur noch vier Tage die Woche. Jeden Mittag, wenn er heimkam, aßen die beiden zusammen und unterhielten sich über ihren Tag.

»Dann will ich gar nicht länger stören«, sagte ich schnell.

»Du störst nie, erzähl nicht so einen Quatsch», lachte sie in den Hörer. »Aber die Lasagne muss tatsächlich in wenigen Minuten aus dem Ofen.«

Das Wasser lief mir im Mund zusammen, während ich an die Lasagne meiner Mutter dachte. »Sag Dad ganz liebe Grüße von mir. Ich glaube, ich gehe noch eine Runde laufen bei dem schönen Wetter.«

»Mach ich.«

Ich presste die Lippen aufeinander, weil ich gerne bei meinen Eltern wäre und doch viel lieber in Amber Falls war.

»Bis bald, Schätzchen.« Moms sanfte Stimme beruhigte mich.

»Bis bald, Mom.« Ich legte auf und starrte auf das Display meines Handys. Es brachte nichts, Entscheidungen hinterherzuhängen, die ich längst getroffen hatte. Ich legte das Handy weg, stand auf und ging zur Kommode. Ich zog eine schwarze Leggings aus der obersten Schublade und suchte das passende Oberteil dazu. Laufen gehen hatte mir schon immer geholfen, das Chaos im Kopf zu sortieren, und so würde es auch heute sein.

# Kapitel 5

Die gedämpfte Musik war das Erste, was ich hörte. Ich bog um die Ecke und war mit einem Schlag noch nervöser. Die Wiese lag voller Strohballen und Kürbisse, und zwischen den Bäumen hingen Lichterketten. Ich klammerte mich an den schwarzen Gurt meiner kleinen Handtasche, während ich mich dem Eingang zum *Fall Fest* näherte. Em und ich waren für heute Abend hier verabredet, und ich war ganz aufgeregt, auch Ems Freunde kennenzulernen. Vor allem aber war ich aufgeregt, Menschen außerhalb einer Schwimmhalle zu treffen.

Ich ging durch den aufgebauten Torbogen, um den Ranken voller orangerot leuchtender Blätter gewickelt waren. Überall, wo ich hinsah, saßen Menschen auf den Strohballen, tanzten vor der kleinen Bühne zur Musik oder holten sich etwas Frittiertes zu essen.

»Hey, Tia!«, hörte ich Em rufen.

Ich blickte mich um und wurde im gleichen Moment in eine feste Umarmung geschlossen.

»Ich freu mich so, dass das geklappt hat!«, sagte Em und schenkte mir ein freundliches Lächeln.

Ich strahlte sie ebenfalls an und versuchte, so gut es ging die vier Menschen um sie herum auszublenden. Doch so richtig gelang es mir nicht, weil ich ihre neugierigen Blicke auf mir spürte und mir die Hitze bereits in die Wangen stieg.

»Hey«, sagte ich, halb zu Em, halb in die Runde fremder Gesichter.

Em griff nach meiner Hand und zog mich zu sich in die Runde.

Eine Frau mit langen blonden Haaren lächelte mich an. »Okay, bevor das hier jetzt eine schreckliche Vorstellungsrunde mit Selbsthilfegruppe-Vibes wird ... Ich bin Lexie«, stellte sie sich vor, und noch bevor ich ihr meine Hand entgegenstrecken konnte, hatte sie mich schon in eine Umarmung geschlossen. Schnell und unkompliziert. »Das ist Nate«, fuhr sie fort und deutete auf den großen breitschultrigen Mann neben ihr. »Mein unfassbar attraktiver Freund. Und ja, ich frage mich selbst jeden Tag, wie ich diesen Fang gelandet habe.«

Ich lachte.

Nate stellte sich hinter Lexie, legte seine Arme um seine Freundin und gab ihr einen sanften Kuss auf den Scheitel. »Lexie vergisst in diesem Szenario immer wieder, dass sie viel besser aussieht als ich, und diese massive Ungläubigkeit, dass wir zwei zusammen sind, auf Gegenseitigkeit beruht.«

Lexie verdrehte gespielt die Augen, doch ihr Lächeln verriet sie.

»Ich bin Will, Ems Freund«, schaltete sich noch ein junger Mann mit braunen welligen Haaren ein, und ich fragte mich, ob ich in einer unangenehmen Pärchenrunde gelandet war, während er weitersprach und einen Schritt zur Seite trat. »Und das hier ist ...«

»Jake!« Ungläubig riss ich die Augen auf.

»Tia!«, sagte er ebenfalls mit deutlicher Verwunderung in der Stimme.

»Ihr kennt euch?« Will zog die Augenbrauen zusammen.

»Nein, also ja. Irgendwie ... nicht wirklich.« Ich stotterte und hielt meinen Blick immer noch fest auf Jake gerichtet, der mich ebenfalls anstarrte.

Er fuhr sich mit der Hand durch seine blonden Haare. »Ich hab ihr sozusagen beim Umzug geholfen.«

Kurz schwiegen alle.

»Der Abend ist ja mit einem Mal SO viel interessanter geworden«, meinte Lexie.

Wir schlenderten alle gemeinsam über das Festgelände. Em und Jake holten sich einen Corn Dog, Will und ich entschieden uns für Crêpe, und Lexie und Nate holten sich beides. Damit setzten wir uns an einen Holztisch, hörten der Liveband zu und genossen die ausgelassene Stimmung um uns herum.

Em sah mich erwartungsvoll an. »Hat Helen eigentlich schon mit dir über ein paar spannende Titel aus dem kommenden Frühlingsprogramm geredet?« Sie biss ein weiteres Mal in ihren Corn Dog.

Will legte seiner Freundin eine Hand auf den Oberschenkel. »Schatz, nicht jeder will immer und überall über Bücher oder die Arbeit reden.« Er sah sie mit hochgezogenen Augenbrauen an.

Ich winkte ab. »Alles gut, mir macht das nichts.« Eigentlich freute ich mich sogar, endlich ein Thema zu haben, über das ich wirklich Bescheid wusste. »Helen hat mir einen Katalog von *Peak Press* mit markierten Buchtiteln gegeben, und wir haben ganz grob über die nächsten Monate gesprochen«, sagte ich an Em gewandt und spürte die Ruhe, die sich in mir breitmachte, sobald ich über etwas sprach, mit dem ich mich wohlfühlte.

»Falls ihr Lust auf ein größeres Buch-Event hättet, kann ich gerne mal mit dem Verlag sprechen«, bot Em an.

Ich war direkt von ihrem Vorschlag begeistert. Wir sprachen noch einige Zeit über weitere Ideen, die wir für den Laden hatten, und mindestens fünf weitere Bücher, die Em mir empfahl. Nach einigen Kapiteln von *Die sieben Männer der Evelyn Hugo* vertraute ich ihren Buchempfehlungen blind.

Lexie sprang auf. »Mir ist langweilig. Ich brauche etwas Bewegung«, meinte sie und zeigte auf einen Stand, an dem man Dosen werfen konnte.

Lexie marschierte voraus und spendierte jedem von uns eine Runde. »Okay, machen wir die Sache doch ein bisschen spannender.« Sie warf den Ball ein paarmal in die Luft und fing ihn wieder auf.

Jake stand neben mir und sah von Lexie zu der Pyramide aus silbern glänzenden Dosen. »Da bin ich jetzt aber mal gespannt.«

»Wir bilden Zweierteams.« Lexie zeigte auf Jake und mich. »Wer trifft, stellt dem anderen eine Frage, die er oder sie ehrlich beantworten muss.«

Verwirrt zog ich die Augenbrauen zusammen und musterte erst Lexie, dann Jake, der genauso wie ich etwas ratlos blickte.

Lexie griff nach dem Ball in meiner Hand. »Immer muss man alles selbst machen.«

Sie warf auf die Pyramide und brachte drei Dosen zum Fall. Triumphierend hob sie die Hände in die Luft und nickte Jake zu.

»Bitte nicht«, begann er.

Nate streckte seine Hand nach Jakes Ball aus. »Keine Sorge, diesen Kampf muss ich gewinnen!«, rief er, räumte ebenfalls drei Dosen ab und sah Lexie mit hochgezogener Augenbraue an. Sowohl er als auch Lexie waren um die Beantwortung einer Frage herumgekommen.

»Gut«, sagte Lexie und grinste. »Dann haben wir jetzt wohl alle das Prinzip verstanden und können loslegen.« Sie drückte Em den Ball in die Hand.

Nate schmunzelte, während er Jake einen Ball zuwarf. Er fing ihn gekonnt auf, doch schaute er nicht zu Em, sondern zu ... mir. Mir wurde immer wärmer, je länger er mich musterte.

Em warf ihren Ball in die Luft und griff beim Versuch, ihn wieder aufzufangen, unbeholfen daneben. Sie hob ihren Ball vom Boden auf, während sie Jake herausfordernd anschaute. »Wirfst du zuerst?«

Jake warf zuerst, dann Em. Beide verfehlten die Dosen. Jake kratzte sich verlegen am Hinterkopf und sah in die Runde. »Ist wohl nicht meine Sportart.«

Em zuckte nur mit den Schultern. »Ihr braucht mich gar nicht so anzusehen, ich rede mich da nicht raus. Ihr wisst, wie gut ich werfen kann.« Sie drückte ihren Ball Will in die Hand und gab ihm einen flüchtigen Kuss auf die Lippen.

Jake gab mir seinen Ball.

»Danke«, sagte ich knapp.

Will betrachtete den Ball kurz, als würde er sich dadurch eine Extraportion Glück erhoffen. »Also dann ...«, murmelte er und warf. Er räumte zwei Dosen ab und sah mich an.

Ich räusperte mich. »Stellst du erst eine Frage, oder werfe ich zuerst?«

Will lachte und verschränkte die Arme vor der Brust. »Ich frage zuerst.«

Ich verstärkte den Griff um den weichen Ball und hoffte, seine Frage würde nicht dazu führen, dass mein Puls noch schneller ging.

»Bisheriger Lieblingsort in Amber Falls?«

Ich schaute auf den Ball in meiner Hand und dachte nach, wo ich bisher überall gewesen war. »Ich würde sagen, der Burberry Park. Aber ich habe Hoffnung, dass der Mount Amber ihn ablöst, wenn ich mal die Zeit finde, wandern zu gehen.«

Will nickte.

Kurz zögerte ich, dann wandte ich mich der Dosenpyramide zu. Ich visierte die Dosen an und ... räumte die gesamte Pyramide ab. Ich drehte mich um und starrte in fünf erstaunte Gesichter.

Lexie reichte mir die Hand. »Ich weiß noch nicht, wie sympathisch ich das finde, aber ich bin zugegebenermaßen beeindruckt.«

Ich schüttelte unsicher Lexies Hand und fragte mich, was ich hier gerade tat. Erst als alle um mich herum zu lachen begannen, fiel die Anspannung auch von mir ab.

Jake steckte die Hände in die Taschen seiner Jeans und musterte mich neugierig. »Wo hast du denn gelernt, so zu werfen?«

»Ich stelle hier die Fragen«, erwiderte ich grinsend und sah zu Will. »Lieblingsfarbe?«

»Viridian«, antwortete Will und ging an mir vorbei in Richtung eines gigantischen Kürbisses.

Verdutzt sah ich Will nach, während ich ihm gemeinsam mit den anderen folgte.

»Viridian? Was soll das denn sein?«, fragte Em.

»Du hast doch ein Handy, Schatz. Google es.«

Em verdrehte die Augen, zückte aber dennoch ihr Handy und zeigte uns schließlich den Farbton, den Google bei der Suche nach Viridian ausspuckte. »Woher weißt du nur solche Sachen? Das könnte ich mir nie merken!«

Will zuckte nur mit den Schultern, und wir beschlossen, weiter zu gehen und uns um den gigantischen Kürbis zu versammeln, der hinter einem Flatterband auf einem Holztisch aufgestellt war.

Nate umrundete den Kürbis. »So, und wie genau läuft das jetzt hier ab?«

Lexie griff sich einen Zettel und einen Stift, die neben dem Kürbis ausgelegt waren, und drückte Nate beides in die Hand. »Angucken, Schätzung zum Gewicht abgeben, nicht gewinnen.«

»Nicht gewinnen?«, wiederholte ich und nahm mir ebenfalls Stift und Zettel vom Tisch.

Lexie nickte. »Niemand kann das gewinnen, das ist einfach nicht möglich.«

Doch ich hörte Lexie gar nicht mehr aufmerksam zu. Ich biss mir konzentriert auf die Unterlippe und tippte mir mit dem Ende des Bleistifts ein paarmal an die Stirn.

»Du siehst ein bisschen aus, als würden in deinem Gehirn gerade ganz viele mathematische Prozesse ablaufen«, sagte Em und lachte, als ich kurz zusammenzuckte.

Ich winkte ab und starrte weiter das orangene Monstrum an. »Mathe war noch nie mein Ding, und es scheitert gerade ehrlich gesagt schon daran, dass ich nicht mal mehr die Formel für die Berechnung des Volumens kenne.« Ich zuckte mit den Schultern, obwohl es mich fuchste, dass ich der Lösung auch durch Anstarren des Gemüses nicht näher kam.

»Bei mir würde es bereits daran scheitern, den Umfang einzuschätzen. Darin bin ich wirklich miserabel.« Em sah mich mitfühlend an und füllte ihren Zettel mit einer vermutlich völlig absurden Schätzung aus.

Kurz beneidete ich sie darum, dass sie sich nicht so sehr in einen einfachen Wettbewerb verbiss.

Lexie sah Em über die Schulter. »Das ist aber nicht deine Schuld. Wir bekommen ja auch andauernd eine falsche Vorstellung davon vermittelt, was angeblich dreißig Zentimeter sind.«

Em lachte und sah mich kopfschüttelnd an. Ich erwiderte ihr Lachen, während Lexie ihren gefalteten Zettel in ein Glas warf.

Jake stellte sich neben mich und sah grübelnd den Riesenkürbis an. »Ich glaube, wenn wir grob den Umfang schätzen und dann noch mit der Dichte eines Kürbisses arbeiten, könnten wir dem echten Gewicht ziemlich nahekommen.«

Ich sah zu ihm hoch. »Ich habe ehrlich gesagt keine Ahnung, wovon du redest.«

Jake sah mich fragend an.

»Sorry, in Mathe war ich nie so talentiert.« Ich sah aus dem Augenwinkel, wie auch Em ihren Zettel einwarf und mit den anderen zu einem Tisch in der Nähe ging.

Jake spielte mit dem Bleistift in seinen Händen. »Worin bist du denn talentiert?«

»Dosenwerfen?«, sagte ich und musterte den Kürbis.

Ich versuchte, mich auf Mathe und die Dichte von Kürbissen zu konzentrieren und hoffte, dass Jake das Thema fallenließ. Kurz darauf ging Jake näher an den Kürbis heran und nuschelte immer wieder Zahlen vor sich hin.

Ich schrieb eine krakelige Hundert auf das Blatt, warf meinen Zettel ins Glas und ließ Jake allein am Kürbis stehen, während ich zu den anderen an den Tisch ging. Hoffentlich nahm er es mir nicht übel, aber ich wollte jetzt wirklich nicht mit ihm über meine Talente sprechen.

Etwas später saßen wir alle gemeinsam wieder an unserem Tisch, lauschten der Livemusik und genossen die untergehende Sonne.

»Sag mal, Tia, woher kenne ich dich eigentlich?«, platzte es plötzlich aus Jake heraus.

Verwirrt sah ich ihn an.

Em stupste Jake in die Seite. »Hast du nicht vorhin noch gesagt, du hättest bereits Umzugskartons für sie geschleppt?«

Will klopfte ihm auf die Schulter. »Muss ich mir Sorgen um dein Gedächtnis machen?«

Jake stützte sein Kinn auf eine Hand auf. »Nein, es ist nur ...« Seine Stimme war ein leises Flüstern.

Lexie schüttelte den Kopf. »Jake, dein Kopf ist wahrscheinlich voller Chlor, da kommen solche Totalausfälle häufiger vor, habe ich gehört.« Sie lachte über ihren eigenen Witz, doch ich war plötzlich sehr hellhörig. Chlor.

»Du ... ähm ... Chlor?«, begann ich unsicher und hatte nicht einmal eine präzise Frage parat.

»Jake ist Schwimmer im College-Team von Amber Falls, den *Sharks*«, erklärte mir Em schulterzuckend und ohne die geringste Ahnung, was ihre Worte für mich bedeuteten.

Jake schaute nachdenklich auf den Tisch und knibbelte an einem abstehenden Holzspan herum. »Vielleicht habe ich im Training heute wirklich ein bisschen zu viel Wasser geschluckt.«

Ich war weg aus Yale, lief vor meiner Vergangenheit und vor allem meiner Zukunft davon in der Hoffnung, neu anzufangen und mich irgendwo zwischen Büchern und Bergen wiederzufinden. In der Hoffnung, jemand Neues zu sein. Nicht nur die Tia, die auf ihr Schwimmtalent reduziert wurde. Und jetzt, gerade als ich dabei war, neue Freunde zu finden und die ersten Nächte wieder ohne ein rasendes Gedankenkarussell einschlief, saß ein blond gelockter Mann mit breiten Schwimmerschultern vor mir und behauptete, mich zu kennen. Und das Schlimmste daran war, dass ich mir sicher war, dass es stimmte.

# Kapitel 6

Ich stand an der Kasse und nutzte die Zeit ohne Kunden im Laden aus, um mich ein bisschen durch den Computer zu klicken. Helen hatte mir heute Morgen die wichtigsten Programme erklärt, doch es konnte nicht schaden, ein paar Sachen noch mal nachzuschauen, damit ich sie heute nach meinem Arbeitstag im Schlaf beherrschte. Ich wollte, dass Helens Bauchgefühl sie wirklich nicht täuschte und sich ihr guter erster Eindruck von mir bestätigte. Normale Abrechnungen waren einfach, doch wie ich bestimmte Gutscheine im System abrechnete, kostete mich ein paar Versuche, bis ich die richtigen Klicks in der richtigen Reihenfolge beherrschte.

Das Glöckchen über der Tür klingelte. Schnell straffte ich die Schultern und setzte mein freundlichstes Lächeln für den neuen Kunden auf. »Guten Morgen, wie kann ich ... Jake ... Du hier?«

Jake stand mit zaghaftem Lächeln vor mir im Buchladen und vergrub die Hände in der Hosentasche seiner dunklen Jeans. »Ich ...«, er griff nach einem Buch, »... wollte nur ein bisschen stöbern und dachte, du hättest vielleicht die eine oder andere gute Empfehlung für mich?« Seine Haltung entspannte sich etwas, und er grinste mich an, während er mit dem dünnen Buch in seiner Hand wedelte.

Ich verschränkte lachend die Arme vor der Brust und sah mit gehobenen Augenbrauen auf den Roman in seiner Hand. »Und du dachtest, der Duke of Hastings könnte dir ein paar schöne Lesestunden bescheren?«

Jake sah sich das Buchcover an. »Oh. *Bridgerton*.« Er zuckte mit den Schultern. »Vielleicht kann ich noch ein bisschen was von dem Duke lernen.«

Ich schmunzelte und legte meinen Kopf schief. »Vielleicht, wie man ein Menuett tanzt?«

»Ach ...«, begann er und blätterte durch die Buchseiten. »Ich dachte da eher an ein paar Tipps, wie man ein Juwel für sich gewinnt.« Er sah von den Buchseiten auf, direkt in meine Augen.

»Ein Juwel?« Ich lachte auf. »Ich glaube, ich muss dich enttäuschen. Das letzte Mal, als ich durch die Stadt gelaufen bin, habe ich keine Frau in engem Korsett gesehen und schon gar nicht in Kleidern, aus denen die Brüste rausfallen, wenn man einmal zu tief Luft holt.« Ich begann ein paar Bücher auf dem Empfehlungstisch zurechtzurücken.

»Ein Juwel muss nicht immer ein cremefarbenes Kleid tragen«, hörte ich Jakes Stimme und sah auf. Er ging einen Schritt auf mich zu und blickte mich dabei eindringlich an. »Manchmal überzeugen auch die Augen der richtigen Menschen.«

Ich betrachtete ihn ungläubig. »Und du bist dir sicher, dass du das Buch bisher nicht gelesen hast?« Fragend hob ich eine Augenbraue. »Du musst dich nicht schämen, ich hab die anderen Bände hinten, du musst mir nur sagen, welchen du brauchst.«

»Nein ... ich ...«, stotterte Jake.

»Okay – aber falls du auf royale Liebesgeschichten stehst, gibt es hier eine ganze Abteilung, in der du dich austoben kannst.« Ich zeigte über meine Schulter in die Ecke mit den passenden Büchern.

»Nein, ich, also ...«, wiederholte sich Jake und zog kurz die Augenbrauen kraus, bevor sich seine Gesichtszüge wieder normalisierten. »Ich stehe auf Liebesgeschichten, das stimmt.« Kurz musterte er das *Bridgerton*-Buchcover, dann schnellte sein Blick wieder zu mir. »Ich bin aber gerade eher bemüht, meine eigene zu schreiben.« Jake schob eine Hand in seine Jeans, die andere war immer noch fest um *Bridgerton* geklammert.

»Du schreibst?«, fragte ich erstaunt. »Das ist ja total cool!«, sagte ich mit ehrlichem Interesse.

»Ich ... Was?« Jakes Mund stand offen.

»Was, *was* ...?«, fragte ich unsinnigerweise nach.

»Du verwirrst mich.« Jake trat von einem Bein aufs andere.

Ich ging um den Tisch herum an eines der Wandregale und nahm ein falsch einsortiertes Buch heraus. »Warum verwirre ich dich denn?« Ich schob einige Bücher ein paar Regale tiefer zur Seite, um an der alphabetisch korrekten Stelle Platz zu schaffen.

»Nur so.« Jakes Stimme klang unsicher.

Ich schob das Buch in die Lücke, dabei fiel mir eine meiner dunklen Haarsträhnen ins Gesicht, die ich schnell hinter mein Ohr schob. Ich richtete mich auf und drehte mich zu Jake. Kurz dachte ich an den gestrigen Abend auf dem *Fall Fest.* Wie er mich gemustert und gesagt hatte, ich käme ihm bekannt vor. Unsicher, was ich noch sagen sollte, schüttelte ich kaum merklich den Kopf und ging zur Kasse.

»*Bridgerton* also?« Ich zeigte auf das Buch in seiner Hand.

Kaum merklich zuckte er zusammen. Dann nickte er und legte das Buch auf den Tresen.

Ich scannte es ein und war ziemlich verwirrt von Jakes Verhalten. »Das war alles?«, fragte ich, bevor ich im Kassensystem zum Bezahlvorgang klickte.

Jake nickte und kratzte sich am Hinterkopf. »Ja ... Das war wohl alles.« Er bezahlte, nahm das Buch an sich und verließ den Laden, ohne sich noch einmal zu mir umzudrehen.

Ich sah ihm noch einige Momente nach, ehe ich mich zur Bürotür wandte und erschrak, weil Helen dort am Türrahmen lehnte und mich angrinste.

»Wie lange stehst du da schon so?«, fragte ich zögerlich.

»Lange genug.«

»Oh.« Ich biss mir auf die Lippe. »Ich weiß, ich habe mich ewig mit ihm unterhalten, aber ich kenne ihn seit ein paar Tagen, und ich habe in der Zeit auch ein bisschen aufgeräumt. Er hat auch ein Buch gekauft«, plapperte ich los in der Hoffnung, Helen – und mich selbst – davon zu überzeugen, dass sie mich nicht nur fürs Rumstehen und Quasseln bezahlte.

Sie zog die Augenbrauen hoch und grinste mich an, während sie ihre Arme vor der Brust verschränkte.

Ihre Reaktion ergab für mich absolut keinen Sinn.

Helen nickte in Richtung der Tür, durch die Jake eben gegangen war. »Der Junge wollte ganz klar was von dir.«

»Was?« Ich fragte mich, ob für Helen alle Männer dieser Welt Jungs waren, wenn sie jünger waren als sie selbst. »So ein Quatsch ...« Ich schüttelte den Kopf und zwirbelte eine Strähne meiner dunklen Haare um meinen Zeigefinger. »Das ist doch ... lachhaft.« Dennoch verunsicherten mich Helens Worte.

»Lachhaft war nur, mit anzusehen, wie er ein ums andere Mal versucht hat, mit dir zu flirten, und kläglich an dir gescheitert ist.« Helen lachte auf und stieß sich vom Türrahmen ab.

»Jake hat nicht mit mir geflirtet.« Ich schüttelte vehement den Kopf und drehte mich zum Kassentresen, um meinen Händen irgendeine Beschäftigung zu geben.

»Das stimmt, das hast du erfolgreich verhindert.« Helen kam ein paar Schritte auf mich zu. »Aber ich glaube, wenn du auch nur im Geringsten darauf eingegangen wärst, hätte er dich gebeten, deine Telefonnummer auf den Kassenbon zu schreiben.«

Ich wollte Helen widersprechen, doch während ich über Jakes Worte nachdachte, begann ich zu überlegen, ob sie nicht vielleicht doch recht hatte. »Flirten ... mit mir?«

»Jetzt sag bloß nicht, das macht keinen Sinn, weil niemand mit dir flirten würde. Das ist Unsinn, Kind.«

Ich mochte die Art, wie sie mich Kind nannte. Ich zuckte mit den Schultern und starrte auf den Sperrbildschirm des Computers. »Gut, dann sag ich es eben nicht. Denken kann ich es ja trotzdem.«

»Was ist los, Tia?«

Ich spürte Helens Hand auf meiner Schulter. »Nichts ...«, begann ich und war froh um Helens Berührung, die mir Halt gab. »Ich dachte nur, ich würde es mitbekommen, wenn jemand mit mir flirtet.«

# Kapitel 7

Meine orangenen Laufschuhe reflektierten die ersten Sonnenstrahlen des Tages. Mein Atem ging flach. Statt auf die Zahlen meiner Smartwatch zu achten, die irgendwo zu Hause in einer Schublade lag, hörte ich auf meinen Körper. Ich spürte, wie die Muskeln in Schultern und Nacken entspannten, wenn ich die Form behielt, und wie sie sich sofort zusammenzogen, sobald ich zu lange einen besonders schön verfärbten Amberbaum anstarrte. Ich verlangsamte mein Tempo, wenn meine Lunge brannte oder meine Beine schwerer wurden. Es gab nur mich, meinen Körper und den Lauf, den ich gerade brauchte.

Es war immer noch ungewohnt, nicht mehr jeden Tag stundenlang zu trainieren, doch seit ich nur noch tat, worauf ich Lust hatte, fühlte sich jeder Tag so viel besser an. Der Waldweg machte eine Rechtskurve, und langsam nahm auch die Steigung zu. Ich war mir sicher, dass ich dabei war, den Mount Amber hochzujoggen, auch wenn das nie meine Absicht war. Die kühle Morgenluft, die über meine nackten Arme zog, fühlte sich gut an. Während ich dem Takt meiner Schritte zuhörte, verstummten alle meine Gedanken.

Ich konzentrierte mich auf das Zusammenspiel von Körper und Geist und nicht auf die vorwurfsvollen Nachrichten, die meinen gesamten Morgen bestimmt hatten. Es war zwar bereits mehrere Wochen her, dass ich Yale verlassen hatte, doch scheinbar hatte man dort erst jetzt wirklich realisiert, dass es mir ernst war. Ich folgte einer weiteren Rechtskurve, die sich in einer Serpentine den Fuß des Berges entlangzog, und erinnerte mich an die Nachrichten, die ich bekommen hatte.

*Wie kannst du uns so was antun?*

Das Sonnenlicht warf durch die Baumkronen hinweg wunderschöne und einzigartige Muster auf den laubbedeckten Weg.

*Ich bin so enttäuscht von dir.*

Meine Schritte wurden kürzer und schneller, während ich gegen die Steigung ankämpfte.

*Du wirfst einfach alles weg!*

Meine Lunge brannte bei jedem Atemzug, und meine Oberschenkelmuskeln waren bereits müde. Doch ich wollte nicht aufgeben. Ich wollte nicht aufhören, bevor ich es bis ganz nach oben geschafft hatte.

Abrupt blieb ich stehen. Ich musste nichts schaffen, ich hatte kein Ziel. Ich hob meine Arme und verschränkte meine Hände auf dem Kopf. Meine Lunge füllte sich mit Sauerstoff, und mein Puls raste, während ich langsam im Kreis ging. Mein Herzschlag sollte sich nur beruhigen, denn wenn ich jetzt stehen blieb oder mich gar hinsetzte, würde mein Kreislauf absacken.

Mir war bewusst, dass ich Menschen mit meiner Entscheidung im Stich gelassen, einige vielleicht sogar verletzt hatte. Doch diese Menschen waren weder meine Freunde, noch war ich irgendjemandem von ihnen etwas schuldig. Mein Herzschlag kam wieder im Normalbereich an, und ich atmete tief durch. Es tat trotzdem weh, all diese Vorwürfe zu lesen. Zu lesen, wie enttäuscht sie waren, was sie mir vorwarfen, wie wütend ich sie gemacht hatte. Doch es änderte nichts an meiner Entscheidung. Da musste ich jetzt wohl durch. Ich musste die Nachrichten meines Trainers Aaron ertragen, in denen er mir vorwarf, alles wegzuwerfen, in denen er mir Schuldgefühle machte. Er hatte durchaus recht. Ich warf alles weg. Meine Karriere, meine Zukunft als Schwimmerin, mein Talent. Doch ich würde nicht eine Sekunde weiter in seiner Mannschaft trainieren. Ich würde nicht einen einzigen weiteren Moment meines Lebens für diesen Sport opfern, der mir alles genommen hatte. Nicht mehr. Nicht, nachdem ich das viel zu lange getan hatte. Ich schlenderte den Waldweg zurück ins Tal und war in diesem Moment froh über den Schatten, den die Bäume spendeten, da mein Kopf von dem Sprint noch glühte. Sobald ich am Fuß des Berges angekommen war, begann ich wieder ganz entspannt zu joggen. Lockeres Auslaufen nach Hause, mehr war sowieso nicht drin.

Zu Hause schlüpfte ich aus den Laufschuhen, öffnete mein Fenster und legte mich flach auf den Boden meiner Wohnung. Es war nicht einmal neun Uhr morgens, und ich war platt, doch genau dieses Gefühl hatte ich so vermisst. Ich war bereit, für mich selbst zu laufen, gegen die schlechten Gedanken anzulaufen. Ich hatte den Stress im Wald zwischen all dem bunten Laub gelassen, und es gab kaum ein besseres Gefühl auf dieser Welt.

Aaron und das gesamte Team würden nie verstehen, was das Leistungsschwimmen in mir angerichtet hatte. Außer Drew vielleicht. Drew verstand, wie es war, jeden Morgen aufzuwachen und diesem Sport und den Trainern, denen man egal war, alles zu opfern. Doch wir hatten keine andere Wahl. Das Los der Leistungssportlerinnen.

Resigniert stieß ich ein lautes Schnauben aus. Ich lag wie ein kleiner verschwitzter Seestern auf dem kühlen Parkett und beschloss, dass hier ein ziemlich guter Platz für einen flauschigen Teppich war. Ich wollte noch ein bisschen liegen bleiben, mir die Sonne noch ein Weilchen auf meinen Bauch scheinen lassen und dem Zwitschern der Vögel irgendwo da draußen vor meinem Fenster lauschen.

All diese Menschen hatten kein Recht mehr, mich zu beeinflussen. Ich hatte mich gegen das Schwimmen, aber vor allem *für* mich entschieden. Ich schadete niemandem mit meiner Entscheidung. Alle anderen konnten weiterschwimmen, jeder auf seiner Bahn. Es machte keinen Unterschied, ob ich auf halber Strecke meine verlassen hatte. Ich wollte nur so weit vom Beckenrand weg, wie nur irgendwie möglich.

Einige Stunden später hatte ich mehrere weitere meiner Kartons ausgeräumt, ein Regal zusammengebaut und für etwas Ordnung in meiner Wohnung gesorgt.

Am Nachmittag holten mich Lexie und Nate ab. Nates Wagen brummte, während er einer kurvenreichen Straße folgte, die sich einen Berg hochschlängelte.

»Ich glaube, es wird dir gefallen«, meinte Nate, und ich konnte das Grinsen in seinem Gesicht über den Rückspiegel sehen.

»Es ist ein ganz besonderer Ort«, fügte Lexie hinzu und griff nach Nates Hand, verschränkte ihre Finger mit seinen.

Bei dem Blick, den Lexie ihrem Freund schenkte, fühlte ich mich mit einem Mal, als wäre ich bei einem sehr intimen Moment anwesend, der eigentlich nur den beiden gehörte. Ich wollte gerne wissen, wohin es ging, doch ich hatte keine Chance, wenn Lexie sich in den Kopf gesetzt hatte, dass es eine Überraschung bleiben sollte.

»Jake war gestern im *Book Attic*«, platzte es aus mir heraus. Ich wusste nicht genau, wieso, doch ich musste meine Gedanken mit jemandem teilen.

»Ich weiß«, erwiderte Lexie lediglich.

»Du weißt das?«, fragte ich verdutzt nach.

Lexie drehte sich auf dem Beifahrersitz zu mir um und sah mich an. »Ich weiß immer alles, Tia.« Sie grinste mich an, und ich stellte nicht einmal infrage, dass es stimmte.

Ich rutschte auf meinem Sitz hin und her. »Okay, weißt du dann auch, warum er da war?«

»Na, bestimmt nicht, um sich *Bridgerton* zu kaufen.« Sie schüttelte lachend den Kopf.

Ich hielt mich an dem Griff über dem Fenster fest, um in den Kurven nicht so sehr hin und her zu schaukeln. »Das ist doch alles total verwirrend.«

»Witzig, so was Ähnliches hat Jake auch über die ganze Situation gesagt.« Lexie umklammerte die Kopfstütze und sah mich durch den kleinen Spalt dazwischen an. »Jake ist es nicht gewöhnt, dass eine Frau nicht auf seine Flirtversuche eingeht.« Lexie hob vielsagend die Augenbrauen.

Okay, Jake hatte sogar über unser Gespräch im *Book Attic* geredet. »Lexie, kannst du kurz *meine* Freundin sein?« Ich sah sie fragend an und hoffte, sie würde mich jetzt nicht für völlig bescheuert halten.

»Sind wir nicht auf dem besten Weg, so was wie Freunde zu werden?« Lexie sah kurz zu Nate. »Was meinst du, Schatz?«

Nate nickte. »Wir mögen Tia.«

»Nein, nicht so«, sagte ich schnell. »Ich meine, dass Jake mit jemandem über diese gesamte verwirrende Begegnung sprechen konnte, um das Chaos zu sortieren, und ich könnte so jemanden jetzt gerade auch gebrauchen. Meine einzige andere Option wäre meine Mutter, aber die würde mir nach dem ersten Satz nicht mehr richtig zuhören, weil sie Jake in ihren Gedanken schon zu ihrem Schwiegersohn gemacht hätte.«

Ich schmunzelte bei dem Gedanken, mit meiner Mom über einen Mann zu reden, der mit mir flirtete. Oder es zumindest versucht hatte.

Lexie zuckte mit den Schultern. »Na ja, das könnte ja auch wirklich passieren.«

»Was?« Verwirrt starrte ich durch den Spalt zwischen Sitz und Kopflehne.

»Na, dass Jake ihr Schwiegersohn wird. Ihr müsstet dann zwar noch das Sender-Empfänger-Problem eurer Kommunikation in den Griff bekommen, aber sonst steht dem nicht sonderlich viel im Weg.«

Ich starrte sie mit offenem Mund an.

»Schatz«, mahnte Nate.

Lexie lachte. »Schon gut, schon gut«, sagte sie kopfschüttelnd und schob ihren Kopf zwischen die Vordersitze. »Schieß los.«

»Ich hab nicht mal gemerkt, dass er mit mir flirtet«, begann ich und schaute aus dem Fenster.

»So etwas kam mir bereits zu Ohren.« Auf Lexies Lippen lag ein schmales Lächeln. »Aber an der Tatsache, dass er es versucht hat, ist doch erst mal nichts auszusetzen, oder?«

Ich presste meine Lippen sanft aufeinander und dachte nach. »Ich weiß nicht, vielleicht nicht«, antwortete ich und sah sie kurz an.

»Was glaubst du, hättest du getan, wenn du es gemerkt hättest?«

»Hm?«, machte ich, obwohl ich Lexie ganz genau gehört hatte.

»Angenommen, Jake hätte dich nach deiner Nummer gefragt oder vorgeschlagen, ihr zwei solltet mal essen gehen. Sind da eher Schmetterlinge im Bauch, oder bahnt sich spontaner Brechreiz an?«

Ihre Frage sorgte dafür, dass sich meine Mundwinkel hoben.

»Ich weiß nicht. Bisher kannte ich die Typen einfach immer von irgendwoher. Man war plötzlich zusammen, weil man eh so viel Zeit zusammen verbracht hat.« Ich erinnerte mich an die Zeit in der Highschool zurück. Es war so schön unkompliziert, jemanden bereits von irgendwoher zu kennen und ohne großes Zutun in einer Beziehung zu landen. »Aber ich glaube, ich bin nicht abgeneigt.«

Ich konnte nicht von Schmetterlingen sprechen, dazu kannte ich Jake viel zu wenig, aber ... Ich dachte an seine blonden Locken und an seinen unsicheren Blick, als er mit dem *Bridgerton*-Buch vor mir gestanden hatte. Ich konnte mir Schlimmeres vorstellen.

Lexie drehte sich wieder nach vorne, während Nate den Wagen auf eine Lichtung lenkte. »Sehr gut, mit *nicht abgeneigt* können wir definitiv arbeiten.«

»Was genau meinst du damit?« Verwirrt blickte ich auf Lexies Hinterkopf.

Sie zuckte mit den Schultern und sagte nichts.

»Mach dir nichts draus, Tia«, schaltete Nate sich ein und parkte den Wagen hinter einem alten Ford. »Die meiste Zeit verstehe nicht mal ich sie.« Er legte eine Hand auf Lexies Oberschenkel. »Aber in der Regel wird am Ende alles gut.«

Lexie und Nate stiegen aus. Ich öffnete die Wagentür, rutschte vom Sitz und landete sanft im knöchelhohen Gras. Ich konnte nur hoffen, dass Nate recht behielt. Vielleicht wurde wirklich einfach alles gut.

»Wow.« Staunend ließ ich meinen Blick erst über den kristallklaren See schweifen und dann hoch zu den Bergen, die ihn umgaben. Aus der Ferne sah ich Em, Will und Jake am Ufer stehen.

»Das ist der Lake Neelam. Hab doch gesagt, es wird dir gefallen«, sagte Lexie und öffnete den Kofferraum. »Hier!« Der Beutel flog genau auf mich zu, und ich fing ihn gerade noch mit beiden Händen auf, bevor er mich am Kopf treffen konnte. »Der Bikini sollte dir passen, und falls du schwimmen willst, ist auch noch ein Handtuch drin.«

Verwirrt sah ich erst zu Lexie, dann zu dem Beutel in meiner Hand. *Falls du schwimmen willst,* hallte es in meinem Kopf nach. Ich drehte mich zum See zurück und beobachtete, wie sich das Wasser fein kräuselte. Ich wollte das kühle Nass auf meiner Haut spüren, untertauchen mit dem Gefühl, nie wieder auftauchen zu müssen. Ich wollte mit großen Zügen durch das Wasser gleiten oder einfach nur faul an der Oberfläche treiben. Doch dann dachte ich an Aaron, an Bestzeiten, an unzählige, schmerzhafte Trainingseinheiten. Mein Griff um den Beutel wurde stärker.

»Danke«, sagte ich knapp und ging voraus zu den anderen ans Seeufer.

»Das darf doch nicht wahr sein!« Jake hob gespielt theatralisch die Arme und sah uns alle vorwurfsvoll an. »Wieso will denn keiner von euch ins Wasser?«

»Vielleicht, weil wir Oktober haben und das Wasser ziemlich kalt ist?«, gab Em zu bedenken und lehnte sich gegen Will, der neben ihr auf den zu Sitzbänken umfunktionierten Baumstämmen saß.

»Ach, kommt schon, ein letztes Mal dieses Jahr?«, versuchte Jake es erneut und stand ruckartig auf. Hoffentlich würde er nicht gleich versuchen, eine mitreißende Rede zu halten.

»Es ist schon verlockend, alle zusammen noch mal, bevor der Winter kommt ...«, wog Nate ab und kassierte daraufhin sofort einen mahnenden Blick von Lexie.

»Ach so?«, sagte Lexie. »Ich wusste gar nicht, dass du heute auf der Couch schlafen wolltest.« Beide lachten, bevor sich Nate zu Lexie rüberbeugte und ihr einen Kuss gab.

»Also nicht dass ich mich jemals zu irgendwas zwingen lassen würde, aber ich glaube, ich bin dabei«, mischte Will sich ein und wirkte auf einmal, als sei er jederzeit bereit, sich das Shirt über den Kopf zu ziehen.

Em sah Will an. »Aber haben wir überhaupt Handtücher dabei? Und sind unsere Pullis für danach warm genug? Hast du vielleicht noch eine Decke ins Auto gelegt?«

Will schmunzelte nur. »Entspann dich.« Er legte eine Hand an Ems Wange. »Natürlich hab ich alles dabei.«

Em gab Will einen schnellen Kuss, bevor dieser sich zu Jake wandte. »Außer für dich! Du musst frieren, als Strafe für diese hirnrissige Idee.«

»Kein Problem«, erwiderte Jake. »Lexie kuschelt mich bestimmt warm, oder?« Er schaute zu Lexie rüber, die ihm bereits den Mittelfinger zeigte, während Nate nur amüsiert lachte.

»Frag doch Tia«, schlug Lexie vor und senkte den Mittelfinger wieder.

Mit einem Mal schnellten alle Blicke zu mir. Ich sah Lexie verzweifelt an und hoffte, dass Jake nicht auf ihre Worte einging.

Sein Blick lag wie die der anderen auf mir, und als ich ihn auch endlich ansah, stahl sich ein charmantes Lächeln auf seine Lippen.

»Kommst du mit ins Wasser?«

»Ja klar«, antwortete ich vielleicht ein bisschen zu schnell. »Ich bin dabei«, schob ich nach und hoffte, dass sich nun alle damit beschäftigten, sich auszuziehen, und endlich aufhörten, mich und Jake anzustarren. Das war ja nicht auszuhalten.

Ich zog mich hinter Nates Wagen um und ging wieder und wieder die gerade stattgefundene Szene durch. *Ja klar* hatte ich gesagt. *Ja klar* komme ich mit ins Wasser. *Ja klar*, auch wenn das einzig Klare in dieser Situation das Wasser des Lake Neelams war.

Wir standen am Seeufer und starrten auf die ruhige Wasseroberfläche. Hinter dem See erhob sich das Bergmassiv, den vereinzelten Bäumen und Büschen davor konnte man bereits ansehen, dass die Natur sich auf den Winter vorbereitete.

Em tauchte ihren großen Zeh kurz in das Wasser. »Das ist sogar noch kälter als erwartet.« Sie schlang sich die Arme um ihren Oberkörper, und ich meinte zu erkennen, wie sich eine Gänsehaut auf ihren Armen ausbreitete.

Entschlossen watete ich ein paar Schritte ins Wasser.

Em sah mich erstaunt an. »Was zur Hölle stimmt nicht mit dir?«

»Ich finde, es geht. Es ist kühl, aber nicht allzu schlimm«, beruhigte ich Em. Ich wollte ihr nicht unter die Nase reiben, dass mich die Kälte nicht störte.

»Tia?«, rief Lexie.

»Hm?« Ich sah zu Lexie, die ebenfalls in sicherer Entfernung zum Wasser stand.

»Wie fühlt es sich eigentlich an, ein besserer Mensch zu sein?«

Ich lachte und watete rückwärts immer tiefer ins Wasser. »Es ist eine Bürde«, meinte ich gespielt theatralisch, als das Wasser schon fast meine Hüfte erreicht hatte, »aber ich komme ganz gut damit klar.«

Jake folgte mir ins Wasser. »Das sehe ich.« Schon bald hatte er mich eingeholt. Herausfordernd sah er zum Ufer. »Kommt ihr, oder was?«

»Jetzt oder nie!«, schrie Nate, packte Lexie an der Hüfte und hob sie hoch. Gemeinsam mit ihr stürzte er sich in den See. Mit einem kurzen Schrei schmissen auch Em und Will sich ins Wasser. Die vier tauchten neben Jake und mir wieder auf, Ems Zähne klapperten, und Nate sah ebenfalls nicht aus, als würde die Situation ihn glücklich machen. Jake beobachtete das Ganze genauso amüsiert wie ich.

»Okay«, sagte Em und schwamm einmal im Kreis, »wunderbar, tolles Erlebnis, das werde ich nie vergessen. Und jetzt raus hier.« Sie wartete nicht mal eine Reaktion von uns anderen ab, sondern machte sich schon wieder auf den Weg zum Ufer.

Will watete ihr hinterher. »Ich muss jetzt natürlich ein guter Freund sein und ihr folgen. Nicht meine Entscheidung«, rief er, doch das Klappern seiner Zähne verriet ihn.

Nate zuckte entschuldigend mit den Schultern. »Ich muss Will dringend mit den Handtüchern helfen.«

»Und mir ist einfach nur arschkalt!« Lexie hängte sich an Nate, und die beiden verließen ebenfalls das Wasser. »Aber keiner hält euch auf. Tut, was ihr nicht lassen könnt!«, rief sie Jake und mir noch zu.

Lachend schüttelte ich den Kopf.

Jake ließ sich rückwärts ins Wasser gleiten. »Schwimmen wir noch eine Runde?«

Ich haderte mit mir, schloss kurz die Augen und ging einen weiteren Schritt ins tiefe Wasser. Wenn ich wollte, konnte ich jederzeit rausgehen. Wenn ich wollte, konnte ich Jake ins tiefe Wasser folgen. Die Frage war: Was wollte ich? Mein Herz schlug schneller, und ich öffnete die Augen. Jake schwamm einige Meter von mir entfernt. Mein Kopf sagte, dass ich das hier nicht wollte. Doch mein Bauchgefühl zog mich ganz klar zu Jake. Ins Wasser. Zu dem Gefühl, das mich erwartete, wenn meine Füße jeden Halt verloren und ich fast schwerelos im Wasser schwebte.

Ich schwamm auf Jake zu, er war mir ein paar Züge voraus, doch es fiel mir leicht, mit ihm mitzuhalten. Wenn ich im Wasser war, bewegte ich mich frei, ich war in meinem Element. Es war nicht zu übersehen, dass er Schwimmer war, so mühelos, wie er durchs Wasser glitt. Seine Rückenmuskeln spannten sich unter jedem seiner Züge an, und ich ertappte mich dabei, wie ich ihn ein bisschen zu lange anstarrte.

Er drehte sich mit dem nächsten Zug geschmeidig auf den Rücken, paddelte sacht mit den Füßen und sah mich an. »Warum macht dir das kalte Wasser nichts aus?«

Ich bemühte mich, weniger geschmeidig als Jake durchs Wasser zu gleiten. »Ich bin wohl einfach nicht so kälteempfindlich.« Ich tauchte unter, machte einen langen ausgiebigen Zug unter Wasser, ließ meine Arme neben meinem Oberkörper schweben, bevor ich mich langsam wieder an die Oberfläche treiben ließ. Das Wasser rann mir über das ganze Gesicht, trotzdem bemerkte ich Jakes aufmerksamen Blick.

»Das sehe ich«, sagte er und sah mich weiter unverblümt an.

Kurz dachte ich, er würde seinen Blick gleich über meine nackte Haut wandern lassen, doch er schaute mir nur weiter Sekunde um Sekunde in die Augen. Auch wenn das kalte Wasser an meiner Haut zerrte, spürte ich nur Wärme bei seinem Anblick. Das Wasser tropfte ihm aus den Haaren, und ich konnte nicht anders, als in seine braunen Augen zu blicken. Ein seltsames Kribbeln zog durch meinen Bauch, während wir beide stumm im Wasser trieben und den Blick nicht voneinander abwenden konnten.

»Ich habe das Gefühl, ich kenne dich, Tia.«

Meine Beine setzten einen Zug aus, und ich fing mich erst wieder, als mein Kinn bereits das Wasser berührte.

»Und das nicht nur, weil ich weiß, dass du Tia Rhodes bist, die uns dieses Jahr alle geschockt hat, weil sie nicht nur den Nationalkader abgelehnt, sondern auch Yale verlassen hat.«

Ich paddelte stoisch weiter, um nicht unterzugehen. »Wie …«, sagte ich lediglich, unfähig, sinnvolle Sätze zu bilden. Er wusste, wer ich war. Mein Herz flatterte wild. Was wusste er noch? Ich wollte nicht die ewig gleichen Fragen gestellt bekommen, die mir selbst manchmal keine Ruhe ließen. Warum hast du das gemacht, Tia? Was bringt eine der besten Schwimmerinnen des Landes dazu, so eine Entscheidung zu treffen?

»Ich bin Schwimmer und außerdem in der Lage, eins und eins zusammenzuzählen.«

Jakes Worte holten mich aus meinen Gedanken zurück in den See, der sich auf einmal deutlich kühler anfühlte. Ich presste meine Lippen aufeinander, bevor ich mir ein leises »Okay« abrang, um immerhin irgendetwas zu sagen.

»Aber darum geht es nicht.« Jake schwamm mit einem großen Zug auf mich zu, bis er nur wenige Zentimeter von mir entfernt war. »Es geht darum, dass ich dich ansehe und das Gefühl habe zu wissen, wer du bist.«

»Das weiß ich ja nicht einmal selbst«, schnaubte ich, ballte meine Hände kurz zu Fäusten und presste meine Fingernägel in meine Handflächen. Ich hatte schon wieder gesprochen, bevor ich nachgedacht hatte, und Worte und Gefühle mit Jake geteilt, die eigentlich nur mir gehörten.

Er war mir jetzt so nah, dass sein Atem auf meiner Haut kitzelte.

»Wir können es zusammen rausfinden«, raunte er.

Okay, er flirtete wieder mit mir. Ganz eindeutig.

»Vielleicht können wir das«, flüsterte ich, mein Blick wanderte von seinen Augen zu seinen Lippen und wieder zurück. Ich musterte jeden Millimeter seiner dunklen Augen, versuchte herauszufinden, was es war, das mich so gefangen hielt. Mit jedem Atemzug kamen wir uns ein winziges Stück näher.

»Danke«, hauchte ich leise und nahm jeden Millimeter von Jakes Anblick in mir auf.

»Wofür?«

Ich spürte seinen Atem kühl auf meiner nassen Haut. »Ich danke dir dafür, dass du nicht nachfragst.« Ich paddelte mit meinen Armen auf der Stelle. »Und dafür, dass es dir nicht um das Warum geht, obwohl es die letzten Wochen für mich um nichts anderes ging.«

»Sicher, ich habe mich schon gefragt, was dich dazu bewogen hat, so zu entscheiden.«

Jakes dunkle Augen spiegelten die helle Wasseroberfläche, und ich beobachtete die tanzenden Punkte darin.

»Aber ich habe kein Recht, nachzufragen oder deine Entscheidung gar infrage zu stellen.« Er kam mir noch ein Stück näher, unsere Beine stießen aneinander, und ich spürte den weichen Stoff seiner Badehose an meinen Oberschenkeln. Was auch immer es war, das mich einem Magnet gleich immer näher zu ihm zog, ich wollte nicht, dass es aufhörte.

»Wird euch nicht langsam kalt?«

Ich zuckte zusammen, drehte mich zum Ufer und sah Lexie in so weiter Entfernung, dass sie nur ein kleiner Punkt am Ufer war. Dass Jake und ich uns so nah waren, hatte sie bestimmt trotzdem gesehen. Ich kraulte durch den kalten See Richtung Ufer und ließ Jake hinter mir. Die letzten Schritte watete ich aus dem See und nahm das Handtuch, das Lexie mir reichte, dankend an. Ich wickelte mich ein und presste meine Arme ganz eng an mich. Mein Rücken war immer noch dem See zugewandt, doch ich hörte, wie Jake dem Ufer ebenfalls immer näherkam.

Lexie lächelte mich wissend an. »Deine Sachen liegen im Kofferraum.« Sie nickte in Richtung von Nates Auto. »Falls dir zu kalt wird, habe ich auch noch einen zweiten flauschigen Hoodie dabei, den kannst du haben.«

Mir war nicht nur unfassbar kalt außerhalb des Wassers, ich wollte auch nicht mehr hier stehen, wenn Jake es ans Ufer geschafft hatte.

»Danke.« Ich lächelte knapp und eilte zum Auto.

Etwas später saßen wir alle um ein prasselndes Lagerfeuer herum. Ich zog die Kapuze von Lexies Hoodie über meine nassen Haare. Das Feuer verbreitete eine angenehme Wärme.

Em lag in Wills Armen und sah mich an. »Sag mal, Tia, habe ich mir das vorhin nur eingebildet, oder warst du tatsächlich schneller als Jake aus dem See raus? Bist du Schwimmerin?«

Ems Frage überraschte mich nicht, doch ich starrte nur weiter in die Flammen. Ich spürte Jakes Blick auf mir, noch bevor ich hochsah und direkt in seine Augen blickte. Abwartend musterte er mich, die Unsicherheit stand ihm im Gesicht geschrieben. Doch ich nickte nur und lächelte ihn zaghaft an. Es war okay, er übertrat keine Grenzen, und mein ruhiger Blick sagte ihm genau das.

»Tia ist eine ganz schön große Nummer in der Schwimmszene«, beantwortete Jake Ems Frage, und ich war auf eine seltsame Weise dankbar, die Worte nicht selbst aussprechen zu müssen. Zumal es sich gut anfühlte, dieses Wissen mit den anderen zu teilen.

»War«, verbesserte ich ihn lediglich und dachte kurz an den Tag, an dem ich weinend auf meinem Zimmerboden gesessen und meine Karriere beendet hatte.

Nate sah zwischen Jake und mir hin und her. »Ich glaube, ich brauche mehr Infos, um der Sache folgen zu können.«

»Ach, Schatz, das könnte aber auch an deinem geringen IQ liegen.« Lexie grinste Nate an, und auch mir entwich ein leises Lachen, obwohl mir nicht danach zumute war.

»Na ja«, begann ich, »es gibt nicht so richtig viel zu wissen, ich habe einfach aufgehört.« Ich presste meine Lippen aufeinander und blickte ins Feuer.

»Warum?« Es war Em, die nachfragte.

»Es ging einfach nicht mehr.« In diesem Satz steckte so wenig Information drin, dass jeder sich selbst ausmalen konnte, was das hieß. Aber für mich sagte dieser Satz alles. Ich hatte jahrelang versucht durchzuhalten. War immer wieder über meine eigenen Grenzen gegangen. Hatte täglich mein Bestes gegeben, um die Beste zu sein. Doch bei jedem Wettkampf als Schnellste durchs Becken zu schwimmen, half nicht gegen das Gefühl, untergehen und nicht mehr auftauchen zu wollen.

Natürlich hoffte ich, dass sie alle auf eine Verletzung oder Ähnliches schlossen. Wir schwiegen, so viele Fragen hingen in der Luft, doch alles, was ich hörte, war das Knistern der Holzscheite, die langsam vom Feuer verschlungen wurden.

Will stocherte mit einem Ast in der Asche. »Lexie, hast du eigentlich schon mal geschaut, wann du und Nate Zeit für den nächsten Spieleabend habt?«

Ich bemerkte Wills kurzen Seitenblick zu mir und lächelte ihn dankbar an. Will, Em, Nate und Lexie glichen ihre Termine ab. Nur Jake, der mir gegenübersaß, starrte mich weiter durch die Flammen hindurch an.

*Ich habe das Gefühl, dich zu kennen.*

Auch wenn ich auf Abstand zu ihm gehen sollte, weil ich nicht wollte, dass er mir weitere Fragen über das Schwimmen stellte, war gerade in diesem Moment das Bedürfnis groß herauszufinden, was er damit meinte.

»Ich glaube, ich habe gerade eine grandiose Idee«, sagte Lexie nach einer Weile und riss mich aus meinen Gedanken. »Du bist doch scheinbar eine herausragende Schwimmerin, Tia. Verrätst du Jake, wie man das macht, so schnell zu schwimmen?«

Jake schaute Lexie genauso verunsichert an wie ich.

Lexie schüttelte den Kopf. »Wirklich, Jake? Ich gebe dir so eine Vorlage, und du schaffst es nicht, sie zu nutzen?« Lexie wirkte fast ein bisschen enttäuscht, doch Em hatte mich bereits vorgewarnt, dass quasi alles, was Lexie von sich gab, vor Sarkasmus triefte.

Jake sah Lexie eindringlich an. Es war mir unangenehm, das Gespräch der beiden so offen mitzuverfolgen.

Kurz fragte ich mich, wie es den anderen drei dabei ging.

Lexie wandte sich jetzt wieder direkt an mich. »Tia, du hast doch Ahnung vom Schwimmen, oder? So richtig, richtig Ahnung.« Ich zog mir das Ende des Ärmels über meine Hand. »Ja, schon.»

»Vielleicht hast du ja Lust, ein bisschen was von deinem Wissen und Talent mit Jake zu teilen?« Lexies Stimme wurde sanfter. Sie spürte vielleicht, dass sie auf ein Thema zusteuerte, über das ich nicht gerne sprach. »Und für alle, die es immer noch nicht verstanden haben.« Sie sah Jake eindringlich an. »Jake, ich frage Tia hier gerade sehr nett, ob sie bereit wäre, mit dir zu trainieren.«

Ihre Worte entlockten mir ein kleines Lächeln. Erst als ich Jakes Blick auf mir spürte, erinnerte ich mich daran, dass ich noch eine Frage beantworten musste. Ich schob ein wenig Erde mit meinen Füßen hin und her, bevor ich in die lodernden Flammen starrte.

»Fühl dich nicht gezwungen ...«, fing Jake an.

»Ich wüsste ehrlich gesagt nicht, was dagegenspricht«, unterbrach ich ihn, ohne den Blick vom Feuer zu nehmen. Ich hatte Panik erwartet. Oder zumindest irgendeine Art Widerstand. Doch stattdessen konnte ich nur an Zeit mit Jake denken und an ... Wasser. An den feinen Chlorgeruch und die Entspannung, wenn ich am Beckenrand saß und meine Beine im Wasser baumeln ließ. Ich wollte nicht selbst schwimmen, nicht einmal nur für mich, ganz ohne Druck. Aber ich wollte Zeit mit Jake verbringen. Mit dem Mann, der mich immer und überall anlächelte und der mit tropfend nassen Haaren nur wenige Zentimeter von mir entfernt im Wasser getrieben war mit den Worten:

*Ich habe das Gefühl, dich zu kennen.*

## 2020 – Sophomore Year in Yale

*Mein Wecker klingelte schrill, und ich schreckte hoch. Ich schlug die Decke zurück, zuckte bei der Kälte ein wenig zusammen und brachte den Alarm zum Schweigen.*

Nicht wieder zurück ins Bett legen, Tia.

*Ich stand auf und hüpfte ein paarmal auf der Stelle, drehte mich im Kreis und schüttelte dabei Arme und Beine aus. Das Training vom gestrigen Abend steckte mir noch in den Knochen, und ich spürte den brennenden Muskelkater in meinen Schultern.*

*Noch in meinen Schlafshorts verließ ich mein Zimmer, ging die Treppen nach unten und griff zielsicher nach einem To-go-Becher. Ich füllte das durchsichtige Plastik am Kühlschrank mit kaltem Wasser auf und trank die Hälfte noch in der Küche. Ich trottete die Treppe wieder nach oben und stellte den Becher auf meinen Schreibtisch. Viertel nach fünf Uhr morgens. Vor wenigen Monaten noch stand ich vor fünf Uhr auf, um genug Zeit zu haben, aufzuwachen und entspannt in den Tag zu starten. Doch mittlerweile war es eine Herausforderung,*

*überhaupt pünktlich um fünf Uhr vierzig an der Schwimmhalle zu sein. Ich griff meine Schwimmtasche und dankte der Vergangenheits-Tia kurz, dass sie sich gestern Abend noch durchgerungen hatte, den Beutel zu packen. Die Jogginghose war schnell übergezogen, und der blaue Pulli mit dem großen weißen Y hing noch über meinem Schreibtischstuhl.*
*Meine Eltern schliefen noch, also bemühte ich mich, leise zu sein, während ich die Treppen runterlief, in meine Schuhe schlüpfte und die Tür hinter mit zuzog, bis sie mit einem leisen Klick ins Schloss fiel.*

Wenn ich renne, könnte ich es noch pünktlich schaffen. Hab aber keine Lust zu rennen.

*Ich schickte die Nachricht an Drew, die sicher wie jeden Tag der letzten Woche vor mir in der Halle war. Und der Woche davor. Und der davor.*

Lass dir nicht zu viel Zeit. Aaron ist super drauf, und das bekommt dann sicher selbst seine Lieblings-Tia zu spüren.

*Ich schüttelte den Kopf, auch wenn ein kleiner Teil von mir wusste, dass Drew recht hatte. Zur Halle waren es nur wenige Minuten zu Fuß. Meine Eltern hatten keine Minute gezögert, nach einer neuen Bleibe in der Nähe der Schwimmhalle zu suchen, sobald klar war, dass ich nach Yale gehen würde. So hatte ich nicht nur immer meine Eltern bei mir, sondern auch frisch zubereitetes*

*Frühstück, wenn ich vor meinem ersten Kurs noch mal zu Hause vorbeischaute.*

*Ich betrat das Sportzentrum um exakt fünf Uhr dreißig und bog rechts zum Athlete Center ab. Ich checkte ein, holte meinen Tagesplan ab und schnappte mir noch zwei Proteinriegel aus der Bar. Eine D1-Studentin zu sein hatte so seine Vorteile. Für die besten Sportler des Landes, die in den besten Sportprogrammen des Landes untergebracht waren, tat man viel. Den ersten Riegel hatte ich bereits vernichtet, als ich an meinem Spind ankam.*

*»Morgen!«, grüßte ich Drew und verstaute meine Sachen im Spind.*

*Drew nickte nur und biss in ihre Banane.*

*Ich tauschte meine Straßenschuhe gegen saubere schwarze Badeschlappen. »Na, dann wollen wir mal …«*

*Ich atmete resigniert aus, griff meinen Hallenbeutel, den ich immer im Spind lagerte, und machte mich auf den Weg in die Schwimmhalle. Die Duschen ließ ich aus, weil ich zuerst Landtraining zum Aufwärmen hatte. Ich pfefferte meine Sachen in eine Ecke und fischte meine Faszienrolle und das Widerstandsband aus dem schwarzen Beutel, während Drew sich neben mich setzte.*

*Sie lehnte sich nach hinten und stützte sich entspannt auf ihre Arme. Ihre breiten Schultern verrieten auf den ersten Blick, dass sie Schwimmerin war.*

*»Auf einer Skala von eins bis zehn – wie motiviert sind wir heute?«*

*»Klassische minus drei«, antwortete ich knapp und rollte mit dem Rücken mehrfach vor und zurück über die feste schwarze Rolle. Ich beobachtete mich dabei in einem Spiegel, auch mir sah man an, dass ich mehr als die Hälfte meiner Lebenszeit mit Training verbrachte. Es knackte ein paarmal, und ich atmete erleichtert aus, nachdem sich die Blockaden der letzten Nacht gelöst hatten.*

*Drew sah mich lächelnd an. »Wow, Tia. Dann wird heute sicher ein fantastischer Tag.«*

*Ich lächelte über Drews Sarkasmus. Sie bewegte sich sicher auch im Minusbereich der Motivation, doch sie würde einfach so lange lächeln und Witze reißen, bis sie mit maximaler Motivation persönliche Bestzeiten schwamm. Bei mir hatte dieser Trick schon vor Monaten an Wirkung verloren.*

*Aaron kam herein. »Tia?«*

*Ich fasste mein Widerstandsband etwas breiter. »Hmm?« Ich sah ihn an und begann, das Band in großen Halbkreisen über meinen Kopf zu bewegen, um meine Schultern aufzuwärmen.*

*»Nach dem Aufwärmen schwimmst du heute bitte das 200er-Programm mit zwei Technikblöcken und am Ende zwei Simulationen auf Wettkampfzeit.« Er drückte mir einen neuen Tagesplan in die Hand und zwang mich damit, mein Aufwärmen zu unterbrechen.*

*Ich griff nach dem Blatt, auf dem ein ganz anderes Programm stand als auf dem Plan, den ich mir vor gerade mal zwanzig Minuten an der Rezeption abgeholt hatte. Mir wurde ganz kalt, und ich schluckte schwer, als ich meinen Blick über das Papier fliegen ließ.*

»Ich ... okay«, sagte ich nur. Die Zeit, in der ich neue Anweisungen infrage stellte oder gar diskutierte, hatte ich letztes Semester hinter mir gelassen, nachdem ich wiederholt versucht hatte, Nein zu sagen und Aarons Antwort jedes Mal ein enttäuschter Blick und die Aussage war, dass ich das nicht so einfach entscheiden konnte. Ich musste das tun. Fürs Team.

Aaron lief am Beckenrand entlang zu meinem Co-Trainer, und ich saß regungslos auf den kühlen blauen Fliesen.

»Was ist los?« Drew fuhr mit der Massagepistole über ihre Oberschenkel und löste die Verspannungen.

»Ach, nichts.« Ich wandte den Blick nicht von dem Blatt. »Ich dachte nur, wir hätten uns darauf geeinigt, dass ich nicht mehr für die 200er eingesetzt werde.« Ich legte das Blatt neben mich, und mein Blick wanderte zur Uhr: fünf Uhr achtundfünfzig – in zwei Minuten musste ich im Becken sein.

»Aber du bist einfach so gut, Tia. Dich kann man überall einsetzen, die zweihundert Meter wirst du wie immer rocken, und wenn du in der Staffel als Schlussschwimmerin eingesetzt wirst, ist uns Gold sowieso sicher.« Drews Lächeln war echt, sie wollte das wirklich für mich und für uns als Team.

Doch eigentlich wusste sie wie jeder andere in dieser Halle, dass ich die Zweihundert-Meter-Distanz hasste. Ich war eine Ausdauerschwimmerin. Ich stellte regelmäßig neue Bestzeiten und College-Rekorde auf Langstrecke auf. Doch nur zweihundert Meter zu schwimmen war fast eine andere Sportart. Diese Art von Sprints *im Wasser hasste ich nicht nur, sie taten mir weh. Mein Körper war nicht dafür gemacht auf maximalem Tempo in Sprintzeiten zu schwimmen. Meine Lunge brannte, ich bekam keine Luft, ich schaffte die letzten fünfzig Meter kaum, und meine Muskeln taten noch Tage danach so weh, dass ich mich kaum bewegen konnte. Aber mehr als einen Rest Day gab es nicht. Pause, Erholung, auf mich aufpassen, das gab es unter Aaron nicht. Also hatte ich mein Bestes gegeben, das selbst zu tun, und ihm gesagt, dass ich nur noch Langstrecke schwimmen wollte. Wie gut das funktioniert hatte, merkte ich an dem neuen Tagesplan in meiner Hand.*

*Ich stellte meine Wasserflasche an den Beckenrand und ließ mich ins Wasser gleiten. Ich schüttelte mich einmal, aber gewöhnte mich schnell an die kalte Temperatur. Anschließend nahm ich den Tagesplan, feuchtete ihn an der Wasseroberfläche an und klebte ihn an die Unterseite eines Startblocks, um jederzeit sehen zu können, was als Nächstes im Training folgte.*

*Als letzte Vorbereitung zog ich mir die Badekappe auf und legte meine Flossen und die anderen Hilfsmittel für heute auf der anderen Seite des Blocks bereit und trieb ein paar Sekunden im tiefen Wasser.*

Nur einmal durch das Tagesprogramm, Tia, dann hast du es geschafft. Dann bist du für heute raus aus dem Wasser.

*Nach meinen Vorlesungen stand dann nur noch einmal Gewichtstraining im Fitnessstudio des Sportzentrums an und abends noch Trockentraining mit Technikeinheit im Team. Aber nichts mehr im Wasser.*

*Nur diese Stunde jetzt, die jeden Muskel aufs Äußerste beanspruchen würde, dann war ich für heute raus hier.*

# Kapitel 8

Ich klopfte an die Tür des *Book Attic* und schaute durch den Glaseinsatz in den Laden. Helen kam aus dem Büro und winkte mir lächelnd zu. Sie sperrte für mich auf, ich betrat zusammen mit dem gewohnten Bimmeln des Glöckchens über der Tür den Laden.

»Guten Morgen, Tia«, begrüßte sie mich und schloss gleich wieder hinter mir ab, da wir erst in einer halben Stunde öffneten. »Ich habe Kaffee gemacht, hinten steht noch welcher, wenn du möchtest.«

»Gerne«, erwiderte ich und wusste wieder einmal, warum ich so gerne in diesem kleinen Buchladen arbeitete. Ich stellte meinen Rucksack in das Büro.

»Ist die Lieferung schon gekommen?«, fragte ich nach und schenkte mir eine Tasse Kaffee ein. »Dann könnte ich direkt mit dem Einsortieren starten und parallel die Kasse übernehmen, damit du in Ruhe im Büro arbeiten kannst.«

Helen lächelte mich dankbar an. »Die Lieferung ist eingetroffen, allerdings habe ich heute eine andere Idee für dich.«

Ich zog verwundert die Augenbrauen zusammen und nippte an meinem Kaffee.

»Ich habe vorhin den Empfehlungstisch im Jugendbuch freigeräumt. Ich habe einige Titel bestellt, die zum Winter passen, und ich würde dich bitten, den Tisch aufzubauen.« Helen lächelte mich an, und mein Herz schlug vor Aufregung ein bisschen schneller. Es mochte nicht nach viel klingen, doch Helen übertrug mir damit gerade eine Menge Verantwortung.

»Okay. Ja, klar«, sagte ich und nahm noch einen Schluck Kaffee, um nicht vor Unsicherheit zu stottern.

»Ich habe dir eine Liste mit Titeln erstellt, die ich gerne präsentiert hätte, aber der Rest steht dir frei. Du kannst dich auch an der Deko im Lagerraum bedienen und einige andere Dinge zusammensuchen, die dir passend erscheinen.« Sie sah mich an, als sei damit alles gesagt. Als hätte sie mir nicht gerade die größte Aufgabe übertragen, die ich bisher hier drin übernommen hatte. Ich war keine bloße Aushilfe an der Kasse, die Bücher nach dem Alphabet sortieren und einräumen konnte, ich durfte den *Book Attic* mitgestalten. Stolz machte sich in mir breit, und nachdem ich meinen Kaffee ausgetrunken hatte, nahm ich genau dieses Gefühl mit in die Jugendbuchecke und begann, die Titel auf Helens Liste zusammenzusuchen.

Keine zehn Minuten später hatte ich alle Bücher beisammen. Helen hatte von allen Titeln auf ihrer Liste jeweils fünf Exemplare bestellt, die mit der heutigen Lieferung angekommen waren. Ich konnte also hübsche kleine Stapel bauen und sie ansprechend ausrichten.

Einige weitere Bücher, die ich selbst ausgesucht hatte, platzierte ich darum herum und achtete darauf, den Tisch von allen Seiten ansprechend zu gestalten. Aus der Dekokiste hatte ich zwei Girlanden mit Schneeflocken gefischt und drapierte diese am Tischrand. Ein paar Kerzen mit Winterdüften fanden zwischen den Büchern ebenfalls Platz. Nachdem ich einen letzten prüfenden Blick auf mein Werk geworfen und ein Buch zurechtgerückt hatte, blickte ich auf die Uhr an meinem Handgelenk und war leicht überrascht, als ich feststellte, dass ich über eine Stunde am Empfehlungstisch gearbeitet hatte. Die Zeit war an mir vorbeigerannt, während ich davon ausgegangen war, dass ich gerade mal zehn Minuten ein paar Bücher von A nach B geschoben hatte. Dass die Zeit so schnell verflog, war mir das letzte Mal passiert, als ich das Schwimmen noch geliebt hatte.

»Dein Werk?«

Ich erschrak über Ems Stimme, die wie aus dem Nichts neben mir erklang, denn ich hatte nicht einmal das Klingeln der Türglocke gehört.

»Jap. Mein Werk.« Mein Nicken war voller Stolz, und ich stützte meine Hände in die Hüften, während ich den Tisch weiter betrachtete.

»Der ist wirklich wunderschön geworden.« Em sah mich lächelnd an und zückte ihr Handy. »Dann weiß ich doch direkt, was ich heute Abend auf Instagram poste.« Sie ging bereits um den Tisch herum und suchte nach dem besten Winkel für ihr Foto.

»Kannst du mir die Bilder vielleicht auch schicken?«, fragte ich.

Em nickte, und ich freute mich schon darauf, die Fotos meinen Eltern und vielleicht auch Drew zu schicken, als eine ältere Dame den Laden betrat. Mit einem freundlichen Lächeln ließ ich Em stehen und widmete mich der Kundin.

»Willkommen im *Book Attic*, kann ich Ihnen helfen?«, begrüßte ich sie. Ich rechnete schon damit, dass sie antwortete, sie wäre nur zum Stöbern da. Meistens dauerte es einige Minuten und zwei Runden durch den gesamten Laden, bevor die Kunden mich um Hilfe baten.

»In der Tat!«, überraschte sie mich aber. »Ich suche ein Geburtstagsgeschenk für meine Nichte und bin völlig überfragt.«

Ihr verzweifelter Gesichtsausdruck tat mir fast leid, aber ich war mir sicher, dass wir etwas finden würden. »Liest Ihre Nichte denn gern, oder ist sie mehr die Gelegenheits-Urlaubsleserin?«, fragte ich, während ich mir gedanklich schon einige Empfehlungen zurechtlegte.

»Oh ja, sie ist mit dem Kopf gar nicht mehr aus den Büchern zu kriegen.«

Ich stellte mir vor, wie sich die Bücher auf dem Nachttisch ihrer Nichte stapelten. So war es bei mir früher auch gewesen.

Die Kundin legte mir eine Hand auf die Schulter. »Aber das ist ja gerade das Problem. Ich habe das Gefühl, meine Nichte hat schon alle Geschichten dieser Welt gelesen.« Sie schüttelte kaum merklich den Kopf. »Gerade ist sie ganz vernarrt in dieses TikTak und schreibt ihren Eltern und mir regelmäßig Geburtstags- und

Weihnachtswunschlisten mit Büchern, die sie gerne lesen würde.«

Kurz schmunzelte ich, die Kundin meinte sicher TikTok. Ich nickte verständnisvoll, auch, weil ich selbst inzwischen in der BookTok-Bubble hing und schon mehrmals Bücher über den *Book Attic* bestellt hatte, auf die ich sonst nie gekommen wäre.

»Haben Sie diese Liste denn dabei?«, fragte ich.

Sie nickte.

»Entweder wir finden ein Buch davon, oder wir lassen uns von den Genres inspirieren und können Ihrer Nichte etwas Schönes raussuchen.« Ich führte die Kundin in die entsprechende Abteilung.

Die Beratung mit der älteren Dame verlief erfolgreich. Nach einer Viertelstunde war die Kundin sich sicher, das passende Geburtstagsgeschenk für ihre Nichte gefunden zu haben, und bedankte sich herzlich bei mir.

Kurz vor Feierabend, Em war bereits wieder gegangen, lehnte Helen in der Tür zu ihrem Büro und sah zu mir rüber. Die schrillen Farben ihres Outfits waren ein starker Kontrast zum tristen grauen Wetter draußen. Ich war gerade mit der Tagesabrechnung durch.

»Zufrieden?«, fragte sie.

Ich nickte. »Sehr. Es war ein schöner Arbeitstag. Und du?«

Statt zu antworten, lächelte sie mich einige Sekunden einfach nur an.

Plötzlich wurde ich unruhig. »Was?« Mein Blick schnellte zur Kasse. »Habe ich einen Fehler gemacht?«

»Nein.«

Ihre sanfte Stimme beruhigte mich. Okay. Kein Fehler. Aber was war dann?

»Hast du Spaß an diesem Job?«

*Natürlich* wollte ich ganz automatisch antworten, doch ihr Blick ließ mich innehalten. Es schien ihr wichtig zu sein, was ich antwortete.

»Ich bin sehr glücklich hier, Helen.« Ich lächelte und dachte an die Kundin von heute, der ich hatte helfen können.

Helen stieß sich schwungvoll vom Türrahmen ab. »Das freut mich sehr. Aber jetzt mal ab mit dir nach Hause, mein Kind! Du hast Feierabend.«

Ich holte meine Sachen, und Helen scheuchte mich aus dem Laden. Auf dem Heimweg aktualisierte ich meine *Goodreads*-Wunschliste und ergänzte sie um das Buch, das ich heute der älteren Dame für ihre Nichte verkauft hatte.

Es war verrückt, wie schnell das Leben sich ändern konnte. Und gerade in diesem Moment hatte ich das Gefühl, wirklich in meinem neuen Leben angekommen zu sein.

# Kapitel 9

Ich betrat die Schwimmhalle der *Sharks* und wurde von dem ganz eigenen Geruch nach Chlor empfangen, der mir so vertraut war, auch wenn ich seit Wochen nicht mehr trainiert hatte. Ich war zehn Minuten zu früh zu meiner Verabredung mit Jake erschienen. Teils aus Nervosität, teils um noch einen kurzen Moment allein am Wasser zu haben.

Ich hatte meine Kleidung in der Umkleide gelassen und gegen ein Trainingsoutfit, bestehend aus einer kurzen grauen Shorts und einem lockeren Shirt, getauscht. Es war jetzt mehr als zwei Wochen her, dass wir alle gemeinsam am See waren. Meine Schichten im *Book Attic* wurden immer länger, die Wohnung war auch noch nicht eingerichtet, und wenn ich mal Zeit hatte, war Jakes voller Terminkalender im Weg gewesen. Jake hatte meine Nummer von Lexie bekommen, um unser erstes gemeinsames Training auszumachen.

Die Stille in der Schwimmhalle ließ mich innehalten. Ich hatte Schwimmer erwartet, die durchs Becken tauchten, Springer, die von den Türmen sprangen, und

Trainer, die Anweisungen durch die ganze Halle brüllten. Ich stand im Durchgang zur Halle, den Blick auf das glatte Wasser gerichtet, das Logo der *Sharks* zierte die Wand. Ich war so nah dran und doch so weit weg. So nah dran am Schwimmen und allem, was ich die letzten Jahre hassen gelernt hatte. Doch hier drin gab es keinen Trainer, kein Team, keinen Druck und keine Erwartungen, die mir täglich den Raum zum Atmen genommen hatten.

Ich hörte Schritte hinter mir und war mir sicher, es war Jake. Aber ich drehte mich nicht zu ihm um, sondern ließ meinen Blick erneut zu dem weißen Hai auf blauem Hintergrund wandern.

»Brauchen wir Glück?«, fragte Jake und stellte sich neben mich. Er schaute ebenfalls auf das *Sharks*-Logo des Amber-Falls-Schwimmteams.

»Kann nie schaden«, antwortete ich und schluckte die Unsicherheit genauso runter wie die Frage, warum mir das hier mit Jake leichter fiel als erwartet.

Er klatschte das Logo ab, und nachdem ich mir ebenfalls nach der üblichen Tradition eine Portion Glück fürs Training geholt hatte, folgte ich Jake durch die Halle. Auch wenn ich aus Yale größere Dimensionen gewöhnt war, konnten die acht Bahnen, an deren Ende verschieden hohe Sprungtürme aufgebaut waren, sich sehen lassen.

Ich schaute mich um, ließ die Stille auf mich wirken und wagte mich kurz darauf an den Beckenrand. Nur das Rauschen der Filteranlagen und das leise Plätschern des Wassers, welches über den Beckenrand hinweg schwappte und durch das Ablaufgitter floss, war zu hören. Die Ruhe vor dem Sturm.

»Hey«, sagte Jake, und ich zuckte zusammen. Er schlenderte auf mich zu, eine Trinkflasche in der Hand und ein kleines blaues Handtuch über die Schulter gehängt. Blau. So eines hatte ich auch, nur dass auf meinem ein weißes Y geprangt hatte. Es lag im Umzugskarton, zusammen mit all den anderen Erinnerungen, an die ich nicht denken wollte. Ich löste meinen Blick vom Handtuch und sah Jake in die Augen. Er strahlte Gelassenheit aus.

»Ich bin bereit zu lernen, wie man so großartig wird wie du, Tia.« Er deutete eine Verbeugung an, senkte kurz den Kopf, ehe sein Blick wieder mich fixierte.

Ich legte verwirrt den Kopf schief und konnte mir nur mit Mühe das Lächeln verkneifen. »Hast du dich gerade vor mir verbeugt?«

»Das muss wohl eine der Nachwirkungen von *Bridgerton* sein.« Er zuckte mit den Schultern und legte seine Sachen auf einer gefliesten Treppe in der Nähe ab. »Ich habe vermutlich gestern Abend ein bisschen zu lange gelesen. Das Buch ist aber auch einfach zu gut, da kann man nichts machen.«

Ich starrte mit offenem Mund auf Jakes Hinterkopf und hatte ernsthafte Schwierigkeiten herauszuhören, ob er sich gerade über mich lustig machte oder seine Worte ernst meinte.

Er drehte sich zu mir um. »Also. Ich nehme an, ich schmeiße mich mal ins Wasser, und dann geht's los?« Jake ging ein paar Schritte auf mich zu und steuerte zielsicher das Becken an.

»Nein«, sagte ich schnell, nachdem ich mich wieder gefasst hatte, und streckte meinen Arm seitlich aus. Ich bekam Jake gerade noch zu fassen, stoppte ihn sanft am Bauch, und ... ließ meine flache Hand auf seinem nackten Oberkörper liegen. Bisher hatte ich nicht einmal darauf geachtet, dass er kaum bekleidet war, doch jetzt, da meine Finger seinen muskulösen Bauch berührten, war es mir fast unangenehm, dass er nur eine knappe – und sehr enge – Badehose trug. Und doch ließ ich meinen Blick ganz kurz zur Seite schnellen und einmal über seinen Körper gleiten. Ich hob den Kopf und sah ihm in die Augen. Jake stand so nah bei mir, dass ich seinen Atem auf meiner Haut spürte und die Andeutung seines verschmitzten Grinsens ganz deutlich bemerkte.

»Nein?«, wiederholte er, und das Grinsen verschwand nicht aus seinem Gesicht.

Ich schluckte.

»Nein.« Ich zog meine Hand zurück und verschränkte die Arme. Die Haltung fühlte sich ungewohnt und komisch an, doch irgendwo mussten meine Arme gerade hin. Irgendwo, nur nicht länger auf Jakes nackte Haut. Ich räusperte mich, sammelte den Rest meiner Konzentration und sah Jake an. »Wir starten mit einer Runde Mentaltraining. Können wir irgendwohin, wo es ruhig ist und uns niemand stört?«

Noch bevor ich die Frage ausgesprochen hatte, merkte ich, wie Jakes Grinsen eine Spur breiter wurde.

»Wir können hierbleiben. Das Team hat heute Rest Day. Wir sind also allein.«

Er war mir gefährlich nah. Ich beschloss, dass die Treppenstufen, auf denen bereits Jakes Sachen lagen, ein geeigneter Ort für das Mentaltraining sein würden. »Also gut, komm mit«, sagte ich, während ich bereits auf die unterste Stufe stieg und mich in den Schneidersitz setzte. Die Kacheln waren angenehm warm.

Jake setzte sich mir gegenüber und sortierte seine Beine.

»Du musst dich nicht in den Schneidersitz setzen, wenn du nicht magst. Hauptsache, entspannt und bequem«, erklärte ich und rückte mich noch mal zurecht. »Du kannst dich auch hinlegen, wenn dir das lieber ist.«

Jake entschied sich für die liegende Position.

»Schließ die Augen«, wies ich ihn an.

»Aber jetzt bitte nicht ...«

»Nein, ich mache jetzt nichts Unanständiges«, unterbrach ich ihn und verdrehte die Augen.

»Ich wollte eigentlich nur sagen, bitte nicht erschrecken, aber ich mag die Art wie du denkst, Tia Rhodes.« Das Lächeln in seiner Stimme konnte ich ganz deutlich hören. Ich presste die Lippen aufeinander. Warum hatte ich ihn nur unterbrochen?

»Also«, setzte ich nochmals an und beobachtete Jake dabei, wie er eine entspannte Haltung fand. Seine Knie kippten leicht nach innen, und seine Hände lagen flach auf seinem Bauch. »Einfach entspannen«, fuhr ich fort, wusste aber genau, dass das alles andere als einfach war. »Stell dir vor, du stehst kurz vor einem wichtigen Wettkampf.« Ich atmete tief ein und aus. »Du spürst das Adrenalin durch deinen Körper rauschen und die

Anspannung kurz vor dem Start in jedem deiner Muskeln.« Ein Kribbeln zog sich über meinen ganzen Körper, weil sich das Gefühl auch in mir breitmachte. »Dennoch bist du ruhig. Fokussiert.«

Ich ließ Jake in den Moment abtauchen, hörte seinen ruhigen Atem und hoffte, dass er sich ganz darauf einließ. »Kurz vor dem Start sammelst du dich noch mal. Du hörst das Wasser rauschen, den Applaus und die Rufe von der Tribüne, die letzten Anweisungen von deinem Trainer. Die Nervosität hilft dir, deine Bestleistung abzurufen. Doch du bist nicht wirklich aufgeregt.«

Ich atmete tief ein, hielt die Luft einen Augenblick in meiner Lunge und atmete dann langsam und gleichmäßig aus. Jake sollte mein ruhiges Atmen hören, die Entspannung fühlen und seine Anspannung loslassen.

»Du weißt, dass du das kannst. Du glaubst an dich. Du weißt, dass das der Moment ist, für den du so lange trainiert hast.« Ich hörte Jakes ruhigen und gleichmäßigen Atem und war neugierig, wie der Moment aussah, den er sich gerade vorstellte. »Du springst ab, gleitest ins Wasser und machst einen ersten großen Zug. Du tauchst auf, holst Luft und bist vollkommen in deinem Element.« Ich spürte, wie die Anspannung sich in meiner Magengegend sammelte und ich mich wie kurz vor einem Wettkampf fühlte. »Du ziehst gleichmäßige Bahnen durchs Wasser, deine Arme drücken das Wasser zur Seite, deine Beine schlagen im Takt, und jeder einzelne deiner Muskeln arbeitet daran, dich voranzubringen. Du holst Luft, tauchst wieder unter und schwimmst weiter. Unaufhaltsam.«

Meine Stimme wurde fester, doch ich achtete darauf, nicht zu laut zu werden. »Du bist auf den letzten Metern, du spürst, dass du bereits alles gegeben hast, doch du wächst weiter über dich hinaus, gehst an deine Grenzen und schlägst als Erster am Beckenrand an. Du tauchst auf, hörst den Jubel in der ganzen Halle, siehst dein Team und deinen Trainer.« Ich öffnete meine Augen und sah ihn an. »Doch vor allem spürst du das Lächeln auf deinen Lippen und den Stolz in deiner Brust. Du warst eins mit dem Wasser, das Training hat sich ausgezahlt, du hast dich selbst übertroffen.«

Ich machte eine Pause, ließ meine Worte auf Jake wirken, wartete ab. »Dieses Gefühl musst du festhalten«, schloss ich das Mentaltraining ab und löste meinen Schneidersitz.

Auch Jake regte sich, öffnete seine Augen, setzte sich langsam auf und sah mich an. »Wow ...«, meinte er nur und war sichtlich beeindruckt.

Seine Reaktion entlockte mir ein kurzes Schmunzeln.

Jake rieb sich mit der flachen Hand über die Brust und ließ den Blick zum Wasser gleiten. »Das war wie im Tunnel. Ich hab den Wettkampf echt vor mir gesehen und ihn ... gespürt.«

Ich räusperte mich. »Ich habe das immer vor wichtigen Trainings oder Wettkämpfen gemacht«, erzählte ich und zog meine graue Sportshorts zurecht. »Manchmal verliert man nach wochenlangem Training den Fokus. Oder zumindest diesen einen großen Grund, wofür es sich lohnt, jeden Tag seine Grenzen auszutesten«, sagte ich und biss mir auf die Unterlippe. Ich hatte meine

Grenzen nicht nur ausgetestet, ich hatte sie oft überschritten. Zu oft.

»Das Gefühl kenne ich. Können wir dieses Mentaltraining häufiger zusammen machen?« Jake sah mich fragend an.

Ich lächelte ihn an. »Du wirst irgendwann lernen, wie du das auch allein trainieren kannst, aber ich helfe dir gerne, ja.«

Einige Minuten später stand ich am Beckenrand und beobachtete Jake beim Aufwärmtraining im Wasser. Es war ungemein erleichternd, endlich wieder mit jemandem zu reden, der einfach nur nickte und losschwamm, wenn ich sagte: »Wir machen jetzt dreihundert mit Kick bei Minute sechs«, und nicht verwirrt die Augenbrauen zusammenzog wie meine Mutter, wann immer ich ihr vom Training erzählt hatte.

Jake tauchte auf und hielt sich am Startblock fest.

Ich ging in die Hocke. »Du hast gesagt, die anderen haben Rest Day, du aber nicht?«

»Wir haben gestern für die Staffel trainiert. Ich bin aber diesmal nicht nominiert, deshalb bin ich nur ein paar Bahnen geschwommen und habe danach mit dem restlichen Team die Staffel gepusht und beim Training geholfen.« Auf Jakes Gesicht trat ein nachdenklicher Ausdruck. Er tauchte kurz unter und schüttelte seine nassen Haare aus, nachdem er wieder aufgetaucht war. »Ich bin also voller Energie und bereit, von dir gequält zu werden.« Er lachte, doch das würde sich sicher gleich noch ändern.

»Perfekt, das wollte ich hören«, sagte ich und ging das Hauptset mit ihm durch. »Du schwimmst acht Hunderter auf Zielgeschwindigkeit der 1650 Yard, ich nehme an, das wird bei dir irgendwas zwischen sechzehn Minuten und sechzehn Minuten und dreißig Sekunden sein?« Ich stockte, hoffte, ihm nicht zu nahe zu treten mit meiner Einschätzung. Die 1650 Yard schwammen nur die Besten der Besten unter fünfzehn Minuten und das auch nur im D1-Programm.

Jake nickte.

»Wir tasten uns erst mal da heran.« Ich wusste, wie sich das anfühlte, was ich in Jakes Gesicht las. Die Unsicherheit, der Wille, besser zu sein, schneller zu schwimmen und das Wissen, wie viel es dich kostete, dich nur langsam und sekundenweise zu verbessern. »Okay, das bedeutet dann ...« Ich machte eine Pause, schaute an die Hallendecke, während ich die Zahlen in meinem Kopf hin und her schob.

»Das bedeutet ungefähr eine Minute und sechs Sekunden auf hundert Meter«, vollendete Jake meinen Satz. »Sorry, Kopfrechnen ist mein Ding«, schob er hinterher, und ich erinnerte mich an das Kürbisgewicht-Wettschätzen auf dem *Fall Fest*.

Ich räusperte mich kurz. »Ich würde sagen, wir peilen mal eine Minute und zehn Sekunden an. Wenn du die bis zum achten Set durchhältst, ist das schon mehr als genug.« Ich lächelte Jake an und hoffte, er war mit meinem Vorschlag einverstanden. »Zwischen den Sets fünfzig Meter Regeneration auf ungefähr eins dreißig. Das wird sich am Anfang ewig anfühlen ...«

»Aber am Ende werde ich die Zeit definitiv brauchen«, beendete Jake meinen Satz erneut.

Ich setzte mich an den Beckenrand und ließ meine Beine ins Wasser gleiten. Das weiche gechlorte Wasser war erfrischend, und doch war es komisch, so nah an den Bahnen zu sein. Ich ließ meine Beine ein paarmal pendeln und sah dabei den kleinen Wellen zu, die das Wasser schlug.

Jake räusperte sich. »Schwimmst du jetzt eigentlich gar nicht mehr?«

Ich schüttelte nur den Kopf.

»Vermisst du es nicht?«

Ich streckte meine Füße und paddelte ganz langsam im Wasser umher. Kurz musste ich mir in Erinnerung rufen, dass Jake vermutlich dachte, ich hätte wegen einer Verletzung aufgehört. Und nicht, weil die gesamte Welt des Leistungsschwimmens mich zu einer Version meiner selbst gemacht hatte, die ich hasste.

»Ich vermisse, wie es anfangs war«, antwortete ich so ehrlich, wie ich in diesem Moment bereit war. Ich vermisste weder Yale noch das tägliche Training, zu dem ich mich immer öfter hatte zwingen müssen. Aber ich vermisste das Wasser und das Gefühl, das ich als Kind gehabt hatte, als es nur darum ging, wie schnell ich die Schwimmflügel loswerden konnte und der eigene Wert noch nicht Tag für Tag an sekundengenauen Zeiten bemessen wurde.

Jake stieß sich ganz sachte vom Beckenrand ab und hielt sich an meinen Knien fest. Im Braun seiner Augen spiegelten sich die Lichtreflexe, die auf dem Wasser tanzten. Er fixierte meinen Blick und ließ seine Hände meine Oberschenkel hochwandern. Dabei ließ er mich keine Sekunde aus den Augen, hatte diesen leicht fragenden Blick, als erwartete er, ich würde zurückweichen. Doch das tat ich nicht. Er legte seine Hände an meine Hüften und stieß mit seiner Brust an meine Knie. Ich spürte seine nassen Hände, während er mich ganz langsam zu sich zog. Es dauerte kaum einen Augenblick, da gab ich nach, stützte mich mit einer Hand ab und ließ mich langsam an der Rückwand des Beckens ins Wasser gleiten. Mein Shirt schwebte eine Sekunde, wurde vom Wasser hochgedrückt, bevor es an meiner Haut klebte. Jakes Hände umfassten erst meine Taille, während er mir direkt in die Augen sah, und rutschten dann unter mein Shirt. Er ließ sie nicht weiterwandern, weder nach oben noch nach unten. In seinem Blick meinte ich zu sehen, dass er das gleiche Knistern zwischen uns fühlte wie ich und auch die Hitze an den Stellen, wo unsere Haut aufeinandertraf. Doch er schien auch die Unsicherheit in meinen Augen auszumachen, die sich in einem winzigen Zucken seines rechten Mundwinkels widerspiegelte. Ich kannte den Mann vor mir nicht gut, und doch war da wieder diese seltsame Vertrautheit zwischen uns, während wir im Wasser schwebten. Das Gefühl von Freiheit trug uns.

Ich legte meine Hände auf seine Schultern, zog mich ein kleines bisschen näher an ihn. Meine Zunge fuhr ganz automatisch über meine Lippen, doch als ich das Aufblitzen in Jakes Augen sah, wie sein Blick zu meinem Mund schnellte, presste ich sie schnell aufeinander. Ich mochte das Kribbeln auf meiner Haut, das Flattern in meiner Magengegend, weil ich nicht wusste, was als Nächstes passierte.

»Ich denke, wir sollten weitermachen«, flüsterte ich.

»Ja, das wäre besser«, drang seine sanfte Stimme an mein Ohr. Keiner von uns regte sich, wir schauten uns einfach weiter an. Kurz vergaß ich, mich mit den Beinen über Wasser zu halten, sank ein Stück nach unten, doch Jake hielt mich an meiner Taille und zog mich zu sich. Das Wasser kam mir auf einmal viel wärmer vor.

»Tia.« Jake meinen Namen aussprechen zu hören, jagte einen Schauer über meinen ganzen Körper.

»Jake«, hauchte ich. Wir waren uns so nah, dass sein Atem auf meiner Haut kitzelte.

»Ich würde dich gerne küssen.« Er atmete ein, ließ seinen Blick nicht von mir. »Aber ich werde es nicht tun. Nicht jetzt.«

Ich hielt kurz die Luft an. Ich wollte, dass er mich küsste. Die Verwirrung stand mir sicher im Gesicht geschrieben.

»Ich werde dich jetzt nicht küssen, weil das hier nichts Schnelles sein soll. Ich will dich kennenlernen, Tia Rhodes. Ich will Zeit mit dir verbringen und dich küssen, wenn die Unsicherheit, die in deinen Augen glänzt, verschwunden ist. Dann, wenn auch du das Gefühl hast, mich zu kennen, und ich kein Fremder mehr für dich bin.«

Er zog mich noch ein winziges Stück an sich, bevor er mich losließ.

Wir trieben ein Stück voneinander weg, ich bewegte Arme und Beine ganz sanft und schwamm so auf der Stelle. Jake lächelte mich noch einen Moment an, bevor er sich umdrehte, untertauchte und an der Wasseroberfläche zu kraulen begann. Er fokussierte sich auf sein Training, als hätten wir uns nicht gerade fast geküsst, während meine Gedanken noch seinen Fingern auf meiner nackten Haut nachhingen. Ich kletterte aus dem Becken, stellte mich an den Rand und beobachtete Jake.

*Einfach weitermachen, Tia. Nicht zu viel drüber nachdenken.*

Jake sperrte die Haustür auf, und ich folgte ihm in seine Wohnung. Nach dem Training und einer schnellen Dusche hatten wir beschlossen, zu ihm zu gehen. Jake zog sich die Jeansjacke aus und hängte sie an die Garderobe. Ich schlüpfte aus meinen Sneakern und stellte sie ordentlich neben den Schuhschrank. Mein Blick glitt zu den zahlreichen Turnschuhen.

»Mein Mitbewohner und ich haben einen ziemlich ähnlichen Geschmack«, sagte Jake, der meinen Blick wohl bemerkt hatte. »Nick – besagter Mitbewohner – ist übrigens auch der Grund für diese fantastische Wohnung.« Er legte seinen Schlüssel in eine kleine Schale auf der Kommode und drehte sich zu mir.

»Fantastisch?«, wiederholte ich und zog fragend eine Augenbraue nach oben.

»Fan-tas-tisch«, betonte er jede Silbe mit einem breiten Grinsen auf dem Gesicht und breitete die Arme aus.

»Kriege ich eine private Führung, oder muss ich dir einfach glauben?« Ich verschränkte die Arme vor der Brust und sah ihn herausfordernd an.

»Ich bin bereit, der werten Dame eine exklusive Führung durch das Anwesen zu geben.« Jake verschränkte seine Hände hinter seinem Rücken. »Ich habe nämlich so viel *Bridgerton* gelesen, Miss Rhodes, dass ich weiß, wie man sich gegenüber einer Lady zu verhalten hat.«

Ich lachte auf und schüttelte amüsiert den Kopf. »Hast du mich gerade *Miss Rhodes* genannt?«

»Ist dir das nicht lieb? Soll ich dich eher *Mylady* nennen?« Jake sah mich mit hochgezogenen Augenbrauen an.

»Nenn mich, wie du willst«, sagte ich mit einem Schulterzucken. »Aber zeig mir erst mal dein Anwesen, Mister ...« Ich stockte, weil ich Jakes Nachnamen nicht kannte.

»Miller«, half Jake mir aus. »*Mister Miller.*« Er streckte seine Hand nach mir aus.

Ich sah ihm in die Augen, dann zu seiner Hand und griff danach. Er führte mich durch die gesamte Wohnung, zeigte mir die großzügige, gut ausgestattete Küche, die Game-Cave und das Wohnzimmer mit Terrasse. Wir gingen die Treppe hoch und landeten in der zweiten Etage, wo sich ein weiteres Bad und die Schlafzimmer befanden.

Jake zeigte auf eine verschlossene Tür. »Das ist Nicks Zimmer. Aber den wirst du erst mal nicht kennenlernen, denn er macht ein Auslandssemester in Kanada.«

Jake drehte sich einmal im Kreis, bevor er mich wieder ansah. »Ich glaube, das war so weit alles. Was sagst du?«

Die Andeutung eines Lächelns verriet mich vermutlich, noch bevor ich zur Antwort ansetzte. »Wirklich eine fan-tas-tische Wohnung.«

Wir gingen die Treppe der Maisonette-Wohnung wieder nach unten. Jake schritt voran, auf halbem Weg blieb er stehen, drehte sich zu mir um und sah zu mir rauf. »Hast du Lust, eine Pizza zu bestellen?«

»Klar«, sagte ich schnell und überlegte kurz, wann ich mir das letzte Mal Pizza gegönnt hatte. In Yale gab es einen strikten Ernährungsplan, der selbst in der Mensa auf die D1-Sportler ausgelegt war. Aaron hatte es immer noch ein Stück weiter getrieben und uns jegliches Essen dokumentieren lassen. Pizza war da nicht drin.

Wir setzten uns auf die große graue Couch im Wohnzimmer, während Jake die Bestell-App auf seinem Handy öffnete. »Was magst du?« Er sah vom Display auf.

»Margherita?« Fragend sah ich ihn an.

»Bist du Vegetarierin? Die haben auch ein paar superleckere Varianten mit gegrilltem Gemüse.« Jake begann auf dem Display zu scrollen.

»Ähm, nein, eigentlich nicht«, antwortete ich.

»Okay. Na gut, wenn du auf Margherita stehst, kein Problem.« Er zuckte mit den Schultern, lächelte mich an und gab die Bestellung ein.

»Ich ... also ...«, begann ich zögerlich, »eigentlich weiß ich nicht, ob Margherita mein Favorit ist.«

Jake sah vom Display auf.

»Das ist alles neu für mich in Amber Falls, Jake. Tut mir leid, ich muss mich erst daran gewöhnen, dass ich überhaupt Pizza essen darf.« Ich lachte verlegen.

Jake sah mich schockiert an. »Gut, ich lebe auch nicht von dem Zeug. Auch wenn ich das definitiv gerne würde. Aber wie sollte ich dann diesen Astralkörper in Form halten?« Er zeigte auf seinen Bauch. »Manchmal muss es einfach Pizza sein.« Jake ließ sein Handy sinken. »War der Ernährungsplan so streng in Yale?«

Ich nickte und atmete tief durch. »Jeder meiner Schritte wurde kontrolliert. Strikter Ernährungsplan, Doping-Kontrollen. Das war bereits im Nachwuchskader der Fall.« Ich dachte an das Annahmeschreiben für den Nationalkader. Dort wäre alles noch strenger geworden. »Du musst wirklich extrem aufpassen, was du isst, denn im Dopingtest kann jeder Mist anschlagen, und schon bist du für die ganze Saison raus oder sogar Schlimmeres. Also achtest du darauf, dass du keinen Tee trinkst oder zum Beispiel kein Fleisch isst, von dem du nicht weißt, wo es herkommt.«

Jakes Blick war voller Fragezeichen.

Ich räusperte mich. »Bei Fleisch aus unbekannter Herstellung weißt du nicht, was verfüttert wurde. Es könnten Steroide enthalten sein, die schon in geringsten Mengen auch bei dir anschlagen würden. Wie gut das kommt, wenn bei deinem Dopingtest Steroide gefunden werden, kannst du dir sicher vorstellen.«

Jake nickte langsam.

Ich beugte mich etwas zu ihm vor. »Es gibt ganz viele Dinge, die gefährlich sind. Mohnkuchen zum Beispiel.

Katastrophe. Nie, nie, nie irgendwas mit Mohn essen.« Ich fuhr mit meiner Hand durch meine dunklen Haare, die, seit ich sie nicht mehr jeden Tag exzessiv vom Chlor befreite, viel weicher geworden waren.

»Wow …« Jake schwieg einen Moment, doch sein Blick hing die ganze Zeit an mir. »Das klingt alles ziemlich anstrengend.« Er kratzte sich am Hinterkopf. »Gerade bin ich mir gar nicht mehr so sicher, ob ich auf D1-Level schwimmen will.« Er presste die Lippen aufeinander und wirkte, als stellte er all diese Dinge wirklich für einen Moment infrage.

»Man gewöhnt sich dran.« Ich machte eine kurze Pause. »Wenn man das wirklich will, ist man bereit, viel zu opfern«, schob ich hinterher.

»Ich glaube, ich will das wirklich«, meinte Jake.

»Du *glaubst*?«, fragte ich nach, weil der Ausdruck in seinem Gesicht von deutlich mehr Unsicherheit zeugte als seine Worte.

»Ich will das«, verbesserte sich Jake und starrte auf das Polster der Couch. »Aber es ist hart, jeden Tag daran erinnert zu werden, nicht gut genug zu sein.« Er presste seine Lippen aufeinander und hielt den Blick gesenkt.

Ich verstand ihn, zumindest glaubte ich das.

»Wann ist denn *gut genug*, Jake?«

Er hob den Blick etwas und sah mich fragend an.

»Wenn du im Training jemanden schlägst oder im Wettkampf auf dem Siegertreppchen stehst? Wenn du es in den D1-Kader schaffst? Wann reicht es dir? Glaubst du, du bist zufrieden, wenn du der Beste bist? Bist du dann gut genug?«

Jake sah mich aus weit aufgerissenen Augen an, und ich wusste, dass ich mit meinen Worten einen wunden Punkt getroffen hatte. Ich zögerte, unsicher, ob ich ihm überhaupt solche Fragen stellen durfte. Doch erstens zwang ihn niemand zu antworten, und zweitens fühlte es sich richtig an, die Worte, die in meinem Kopf umherschwirrten, mit Jake zu teilen. Ich wollte ihn nicht verletzen. Ich wollte ihn nur spüren lassen, was er sich selbst jeden Tag antat, ohne es zu merken.

Jake rutschte auf der Couch herum. »Aber ich arbeite schon so lange dafür. Ich will das wirklich. Ich will mir diesen Traum mit allen Mitteln erfüllen.«

Mir lag auf der Zunge, ihn zu fragen, ob er es nur wollte, weil er die letzten Jahre nur für diesen Zweck gelebt hatte. Doch ich verkniff mir die Frage. Ich wollte ihn nicht noch weiter löchern. Nicht jetzt, da wir gerade erst dabei waren, uns kennenzulernen, und ich anfing zu verstehen, wer er war. Ich würde mit diesen Fragen, die ihn tief treffen würden, alles kaputt machen. Ganz sicher. Denn als ich mir diese Fragen selbst gestellt hatte, hatten sie mich vollkommen aus der Bahn geworfen. Ob Jakes Antworten die gleichen sein würden, wie meine damals, war nicht entscheidend. Doch irgendwann musste man sich diesen Fragen stellen, auch wenn es wehtat. Das Gefühl, als ich endlich bereit dazu gewesen war, werde ich nie vergessen.

Jake sprang von der Couch auf und streckte die Hand nach mir aus. »Okay, ich hab das Gefühl, wir verfallen hier gleich in schlechte Stimmung. Wir werden jetzt Pizza bestellen mit Belägen, die du liebst. Einen Film aussuchen oder ein Spiel, bei dem du gnadenlos verlierst, und den Abend einfach genießen.«

Ich ergriff seine Hand, ließ mich von ihm hochziehen und lächelte ihn an. »Wir haben da aber ein massives Problem, Jake.«

Er sah mich mit hochgezogenen Augenbrauen an.

»Du glaubst doch nicht wirklich, dass ich dich gewinnen lasse, oder?« Ich sah den Ehrgeiz in seinen Augen aufblitzen und freute mich auf den Abend mit ihm, die Filme oder Spiele und die Pizza, die ich verschlingen würde. Aber vor allem freute ich mich auf die Zeit mit Jake.

# Kapitel 10

Drew nahm noch vor dem zweiten Klingeln ab und lächelte so breit in die Kamera, dass ich sofort mitlachte. »Wird Zeit, dass du dich mal wieder blicken lässt«, begrüßte sie mich.

»Und wenn du dein Handy ein bisschen weiter von dir weg hältst, kann ich auch mehr sehen als dein Gesicht in siebenfacher Vergrößerung.«

»Wo bleibt denn da der Spaß?«, fragte sie, und ich sah nur noch ihren Mund, der sich bewegte.

Lächelnd schüttelte ich den Kopf. Nach einem kurzen Augenblick hielt Drew ihr Handy dann doch endlich so, dass ich ihr ganzes Gesicht sah. Sie ging einmal quer durch ihr Zimmer und setzte sich an ihren Schreibtisch. »Erzähl! Wie ist Amber Falls? Wie ist das Leben? Was macht die Liebe?«

»Du stellst die gleichen Fragen wie meine Grandma«, antwortete ich und sah Drew dabei zu, wie sie einige Ordner, die mit Titeln verschiedener Sportwissenschaftsvorlesungen beschriftet waren, zurechtrückte. Im Gegensatz zu mir liebte sie diesen Studiengang, und ich war ihr insgeheim dankbar dafür. Wenn wir uns in den vergangenen Semestern nicht gemeinsam durch den Stoff gearbeitet hätten, hätte ich meinen Einserschnitt sicher nicht gehalten. Und der war nun mal Voraussetzung, wenn man Teil des D1-Programms bleiben wollte.

Drew ließ von den Ordnern ab und sah mich abwartend an. »Das heißt ja aber nicht, dass meine Fragen weniger relevant sind. Also?«

»Amber Falls ist schön, das Leben ist aufregend und die Liebe wie immer verwirrend.»

»Seit wann ist die Liebe denn verwirrend?« Drew legte ihr Handy ab, und ich sah kurz nur ihre Finger, die die Kamera verdeckten.

»Seit ich nicht mehr nur Schwimmer aus Yale date.«

»Du meinst, seit du auf einmal ein normales Leben führst, das nicht in jeder Sekunde von gechlortem Wasser und einem Trainer mit Gottkomplex bestimmt wird?«

Wir lachten, weil mehr Wahrheit in ihren Worten steckte, als uns beiden lieb war.

»Nur wenige Worte aus deinem Mund, und ich bin wieder glücklich, so weit weg zu sein«, witzelte ich.

Drew räusperte sich. »Apropos weit weg: Sehen wir uns an Thanksgiving?«

Ich schmiss mich auf mein Bett und stieß ein resigniertes Schnauben aus. »Ehrlich gesagt weiß ich gerade nicht mal, ob ich nach Hause kommen will.« Ich drehte mich auf den Bauch und lehnte das Handy gegen das Kopfteil meines Bettes.

»Weil Amber Falls schon dein neues Zuhause ist?«, witzelte Drew wieder, doch mir war nicht nach Lachen zumute.

Ich drehte mich zurück auf den Rücken und fuhr mir mit beiden Händen durch die Haare. »Weil Aaron als Freund der Familie auch eingeladen ist und ich mir gerade keinen Menschen vorstellen kann, mit dem ich Thanksgiving weniger gern verbringen würde.«

»Oh!« Mehr sagte Drew nicht. Doch dieses *Oh!* allein sprach Bände. »Weiß deine Mom das schon?«

Ich schüttelte den Kopf, woraufhin wir wieder schwiegen. Sicher, Mom würde es verstehen, wenn ich es ihr erklärte. Aber das wollte ich nicht. Genauso wenig wollte ich sie verletzen, indem ich einfach behauptete, ich hätte keine Lust, nach Hause zu kommen. Denn auch das entsprach absolut nicht der Wahrheit. Ich vermisste meine Eltern, doch ich wollte nicht zurück nach New Haven, wo ich jede Sekunde meines Tages an die letzten Jahre erinnert werden würde.

»Okay, bis Thanksgiving ist es ja noch etwas hin«, versuchte Drew die Stimmung zu retten, doch wir wussten beide, dass ich mich bald entscheiden musste.

Ich lächelte Drew zuversichtlich an, auch wenn nichts an mir gerade zuversichtlich war. »Ich mach das schon.«

Wir verabschiedeten uns, und auch nachdem Drew aufgelegt hatte, blieb ich einfach weiter auf meinem Bett liegen.

*Ich mach das schon.* Sicher.

Fragte sich nur, wie.

Ein paar Stunden später hatte ich meine Wohnung aufgeräumt und endlich mal wieder durchgewischt. Nach einer Runde Yoga machte ich mich auf den Weg zu Em. Ich war sehr froh über ihre Einladung, so würde ich nicht den dritten Abend hintereinander mit Netflix in meinem Bett verbringen. Es war unglaublich schön, einfach spontan zusagen zu können, ohne vorher auf meinen Terminkalender zu schauen. Schön und neu. Ich hatte endlich Zeit, die Menschen um mich herum wirklich kennenzulernen.

»Okay, das ist krass!«, rief ich aus und drehte mich einmal um mich selbst, nachdem ich Ems Zimmer betreten hatte. Mein Blick blieb am Bücherregal kleben, das Ems ganzer Stolz war.

Lexie lachte. »Die übliche Reaktion, würde ich sagen.«

Ich blieb noch einige Sekunden regungslos stehen, bevor mich Em an der Schulter antippte.

Sie machte eine einladende Geste. »Du kannst dich überall hinsetzen, wo du willst.«

Ich schmunzelte. »Der Teppich soll ganz bequem sein, habe ich gehört.«

Lexie warf Em einen Blick zu, den Em wissend erwiderte. Sie antwortete, dass ihr so was Ähnliches auch mal zu Ohren gekommen war. Die beiden lachten, und ich schüttelte nur den Kopf. Wann immer Lexie und Em zusammen in einem Raum waren, spürte man, dass sie beste Freundinnen waren. Die eine wusste, was die andere wollte, noch bevor diese die Worte aussprach. Diese Verbindung beeindruckte mich. Ich ließ mich auf den roten Lesesessel fallen, Em setzte sich auf die

Bettkante, und Lexie drehte Kreise auf dem Schreibtischstuhl.

»Glaubst du eigentlich, du bleibst für immer in Amber Falls?« Lexie schaute mich nicht an, sondern drehte weiter unbeeindruckt ihre Kreise.

»Ich muss mich wirklich erst noch an deine Direktheit gewöhnen«, antwortete ich ehrlich, teils aber auch, um mir noch etwas Zeit zum Nachdenken zu geben.

Lexie sah mich kurz an. »Sorry, aber ich muss einschätzen können, wie sehr du mir ans Herz wachsen darfst.«

Ihre Worte entlockten mir ein kurzes Auflachen, und ich sah zu Em, die nur amüsiert den Kopf schüttelte.

»Bisher habe ich keine Pläne, wieder zu gehen, und die letzten sechs Wochen hier habe ich sehr genossen«, antwortete ich. Und noch während ich meine Gedanken mit den anderen teilte, stellte ich fest, dass ich mich schon mehr an diese Stadt gewöhnt hatte, als mir klar war. Da war nicht nur die Tatsache, dass ich keinerlei Pläne für eine Rückreise hatte, da war auch das seltsam mulmige Bauchgefühl, das mich überkam, sobald ich mit dem Gedanken spielte, von hier wegzugehen. »Ich fühle mich hier richtig wohl. Frei«, schob ich hinterher.

Em nickte zustimmend. »Das sind die Berge.«

Mir fiel auf, dass ich es immer noch nicht geschafft hatte, endlich mal auf den Gipfel des Mount Amber zu wandern.

Lexie stoppte den Schreibtischstuhl und hob einen Zeigefinger. »Und die Menschen.«

Erleichtert stieß ich die Luft aus. »Es ist einfach alles: Die Berge, die Menschen, der *Book Attic*. Einfach alles.« Ich sank noch ein kleines bisschen tiefer in die bequemen Polster von Ems Lesesessel und starrte in die Luft.

Em verschränkte ihre Beine zum Schneidersitz. »Lexie, hat sich dein Bruder eigentlich gestern noch gemeldet?«

»Du hast einen Bruder?«, grätschte ich dazwischen und hatte kurz darauf Angst, mich in etwas eingemischt zu haben, was mich gar nichts anging.

Lexies Lächeln wurde etwas schmaler. »Ja, Liam.«

Ich schluckte und presste unsicher die Lippen aufeinander.

»Alles gut«, sagte Lexie, nachdem sie vermutlich meine Unsicherheit bemerkt hatte.

Em zuckte mit den Schultern und streckte die Beine der Länge nach aus. »Wenn das ein Geheimnis wäre, hätte ich es nie einfach so angesprochen.«

»Okay.« Ich nickte und versuchte, die Unsicherheit ziehen zu lassen. Ich musste mich erst noch daran gewöhnen, dass ich jetzt zumindest ein bisschen zu den beiden gehörte und es okay war, wenn wir über Dinge sprachen, die nur Freunde voneinander wussten.

Lexie wandte sich an Em. »Liam bleibt tatsächlich nicht mehr lange in der Klinik und überlegt, was er danach macht. Es geht ihm wohl auch so weit gut, und ich glaube, er würde sich freuen, wenn ich ihn bald mal wieder besuche.« Lexie drehte sich mir zu. »Kurzfassung: Mein Bruder war Schrägstrich ist drogenabhängig, hat mein Leben in Chicago auf den Kopf gestellt, ist dann einfach in Amber Falls aufgetaucht, hätte hier auch fast alles kaputt gemacht, hat aber im letzten Moment die Kurve gekriegt. Na ja, dann das Übliche: Klinik, Entzug, Liam wird ein neuer Mensch, bla, bla, bla«, betete sie eintönig runter, während ich sie mit weit aufgerissenen Augen anstarrte.

»Ja, doch, ich glaube, das sind so die wichtigsten Eckpunkte«, schob Lexie, von meiner Reaktion unbeeindruckt, nach.

»Oh Lexie, das ...«, ich zögerte, »... ich kann ja nichts dafür, aber trotzdem tut es mir leid. Außerdem fühlt es sich so an, als müsste ich irgendwas sagen, aber ich glaube, nichts, was ich sagen könnte, wäre irgendwie sinnvoll oder hilfreich, also ...«

»Wow«, unterbrach Em mich, und Lexie lachte. »Du kannst dich ja noch besser verhaspeln als ich.«

»Tia«, sagte Lexie und unterdrückte kurz ihr Lachen.

»Hmm?«

»Ich mag dich.«

Ich stimmte in das Gelächter mit ein und fühlte mich wohl bei Em und Lexie, hier in Amber Falls.

Em räusperte sich. »Was machst du, wenn Liam dich fragt, ob du willst, dass er auch nach Amber Falls zieht?«

»Ich weiß nicht. Was machst du, wenn deine Mutter dich fragt, wie du und Cas Weihnachten verbringen werdet?«

Em schmunzelte. »Touché«, gab sie zurück und deutete eine Verneigung an.

Ich versuchte, das Chaos, welches die vielen neuen Infos über Lexies und Ems Familien in meinem Kopf verursacht hatten, zu sortieren. »Ich glaube, sechs Wochen mit euch reichen nicht annähernd aus, um diesen Gesprächen folgen zu können.«

»Na ja ...«, begann Em und zuckte mit den Schultern, »... was Lexie mit ihrem Bruder zu bieten hat, kann ich vielleicht nicht toppen, aber mithalten kann ich allemal.«

Lexie und Em sahen sich einen Moment lang an, als würden sie wirklich abwägen, welche Geschichte hier die bessere war. Em sah von Lexie zu mir. »Unsere Mutter hat Cas und mich früh allein gelassen. Meine Schwester musste viel zu früh erwachsen werden, und irgendwann hat meine Mutter sich wieder gemeldet. Cas hat mir das verheimlicht, ich hab es herausgefunden, und nach einigen heftigen Streitigkeiten lernen wir uns alle gerade wieder ein bisschen kennen.« Em verschränkte die Beine und sah mich an. »Witzig, wenn man bedenkt, dass man seine Mutter eigentlich kennen sollte.«

»Ja ... witzig«, sagte ich verunsichert.

»Und, Tia, was hat deine Familie zu bieten?«, fragte Lexie neugierig. »Vielleicht gewinnt ja deine Geschichte das Rennen, und wir können einpacken?«

»Also ... ich bin Einzelkind, und meine Eltern sind seit siebenundzwanzig Jahren glücklich verheiratet«, sagte ich leise, weil ich mich fast schon schämte, eine so einfache und glückliche Kindheit gehabt zu haben, wenn ich hörte, womit Lexie und Em zu kämpfen hatten.

»Kommt da noch ein Aber, oder freuen wir uns jetzt einfach für dich?«, fragte Lexie mich mit hochgezogenen Augenbrauen.

Ich schluckte. Auf meiner Zunge lag ein Aber. Stunden, die ich mit Worten füllen konnte. Über falsch getroffene Entscheidungen, über zerstörte Hoffnungen und einen Trainer, der vor allem mich zerstört hatte.

»Wie war eigentlich das erste Training mit Jake?« In Ems Stimme lag echte Neugier, auch wenn der plötzliche Themenwechsel keiner von uns entgangen war und mich ganz schön irritierte.

»Gut«, begann ich und spürte, wie mein Herzschlag sich wieder ein wenig beruhigte. Ich ließ meinen Blick über die bunten Buchrücken an Ems Wand gleiten. »Es war ... anders als erwartet.«

»Was hattest du denn erwartet?« Lexie stand vom Schreibtischstuhl auf und ging zum Bücherregal. Sie zog ein rotes Hardcover hervor und musterte es.

»Ich weiß auch nicht. Ein bisschen Schwimmtraining halt.« Ich zuckte mit den Schultern und sah Lexie dabei zu, wie sie das Buch zurück an seinen Platz ins Regal stellte und die Finger über die Buchrücken daneben streifen ließ.

Em sah mich etwas verwirrt an. »Und was war es stattdessen?«

»Na ja, wir haben schon trainiert. Er ist geschwommen, und wir haben einiges geklärt und Pläne aufgestellt, und ich denke, ich konnte ihm auch ein paar hilfreiche Tipps geben.« Ich zwirbelte mit meinem Finger eine Haarsträhne auf.

Lexie ließ das Buch in ihrer Hand sinken und sah mich an. »Okay, diesmal höre ich es aber ganz laut und deutlich.«

Ich lachte. »Möglicherweise.«

»Möglicherweise?« Em zog das Wort in die Länge und grinste mich dabei verschmitzt an.

Ich verschränkte die Arme vor der Brust und schaute zwischen Lexie und Em hin und her. »Und was genau wollt ihr jetzt von mir hören, wo ihr sowieso schon verstanden habt, was ich meine?«

»Wie wäre es mit ...«, begann Em.

»Den Details«, fiel Lexie Em ins Wort und setzte sich direkt vor mich auf den grauen Fransenteppich.

Die Schmetterlinge in meinem Bauch begannen wieder zu tanzen, an dieses komische neue Gefühl musste ich mich erst noch gewöhnen.

»Es war anders als erwartet. Aber unglaublich gut. Ich habe ihn vom Beckenrand aus trainiert ... und plötzlich ... war ich auch im Wasser ... und ...« Ich dachte an Jakes nackte Haut und wie seine Finger sich unter mein Shirt geschoben hatten.

Lexie schüttelte den Kopf. »Oje, ich glaube, wir haben sie verloren.«

Em zeigte mit dem Finger auf mich und grinste. »Ich hatte noch Hoffnung, aber ich glaube, jetzt ist ihr eben etwas Sabber aus dem Mund getropft.«

Ich konnte mir ein Lächeln nicht verkneifen.

Lexie sah ihre beste Freundin anerkennend an. »Ich muss kurz einwerfen, dass ich auf deine Schlagfertigkeit heute sehr stolz bin, Em.«

»Ich lerne von der Besten«, gab sie schulterzuckend zurück.

»Da kann ich nicht widersprechen.« Lexie reichte Em die Hand und schüttelte sie einmal kurz, als hätten die beiden gerade einen Vertrag besiegelt.

Ich schüttelte den Kopf. »Ihr zwei seid wirklich komisch.«

Lexie hob mahnend den Zeigefinger. »Lenk jetzt nicht ab.«

»Richtig!«, pflichtete Em ihr bei. »Du wolltest gerade erzählen, was passiert ist, als du und Jake euch im Wasser ganz, ganz nah wart.«

Ich verdrehte gespielt die Augen, aber versuchte gar nicht erst aus der Nummer rauszukommen. Außerdem fühlte es sich gut an, zu reden. Es fühlte sich gut an, zwei Menschen zu haben, die meine Freundinnen waren. Ich erzählte ihnen von Jake und mir im Wasser, von der Tour durch die WG und wie nah wir uns gekommen waren. Die beiden hörten mir aufmerksam zu, und die Zeit verflog. Ich beendete meine Ausführungen damit, dass ich die Sache mit Jake einfach auf mich zukommen lassen würde. Em und Lexie pflichteten mir bei, und nach einer kurzen Pause fragte Em mich, was ich an Thanksgiving vorhatte.

Ich dachte an mein Telefonat mit Drew. »Ich weiß nicht ...«, antwortete ich, »ich fliege nicht heim, so viel ist mir schon klar.« Noch vor einigen Stunden am Telefon mit Drew klang das noch anders, doch mittlerweile war ich mir sicher.

Lexie sah mich interessiert an. »Wieso?«

»Ich ...«, begann ich und dachte über eine geeignete Formulierung nach. Natürlich fragte Lexie nach. Es war nicht üblich, Thanksgiving nicht mit seiner Familie zu verbringen. »Ich ...«, versuchte ich es noch einmal, »brauche etwas Abstand.« Ich fühlte mich wie ein Feigling. Ich wollte gar nicht für immer davonlaufen. Ich war nur gerade nicht bereit dafür, mich Aaron zu stellen.

»Okay«, meinte Lexie nur und nickte. Kurz sah sie Em an, und es schien, als würden die beiden gerade eine stumme Absprache treffen. Sie nickten fast zeitgleich und sahen mich dann beide an. »Hast du dann schon etwas anderes vor?«, fragte Lexie, und sie klang, als hätte sie den Termin bereits in meinen Kalender eingetragen.

»Im *Basil* um sieben«, schob Em hinterher.

»Du musst jetzt gar nicht erst nachfragen, ob wir uns sicher sind und ob du da nicht störst. Du kommst«, stellte Lexie klar.

Em lachte kurz auf. »Du bist herzlich eingeladen, Tia. Ganz ohne Druck.« Sie sah kurz zu Lexie und dann wieder zu mir. »Lexie meint das wirklich nur gut.«

Ich schüttelte amüsiert den Kopf und bedankte mich bei beiden. Ich fühlte mich geschmeichelt, weil sie wirklich wollten, dass ich Thanksgiving mit ihnen zusammen feierte. Ich freute mich jetzt schon auf den gemeinsamen Abend. Und auf weitere Abende wie diesen hier. Zeit mit Freundinnen zu verbringen und stundenlang einfach nur zu reden, das kannte ich bisher nicht. Und gerade jetzt konnte ich mir nichts Schöneres vorstellen.

# Kapitel 11

Ein Blick auf meine Uhr verriet mir, dass ich perfekt in der Zeit für meine Nachmittagsschicht im *Book Attic* lag. Ich beschleunigte meinen Schritt trotzdem. Ein bisschen zu früh da zu sein, schadete nie. So konnte ich mich im Büro mit einer Tasse Kaffee aufwärmen und Helen noch ein paar Punkte mehr von ihrer viel zu langen Aufgabenliste abnehmen.

Ich betrat den Laden und entdeckte einen Kunden in der Fantasy-Abteilung, den Helen gerade beriet. Ich sparte mir die laute Begrüßung und huschte ins Büro. Helens Ohren waren auf das leise Klingeln des Türglöckchens trainiert, und ich war mir sicher, dass sie mich aus dem Augenwinkel wahrgenommen hatte.

Ich hängte meinen Mantel an die Garderobe im Büro und steckte Schal und Mütze in die freien Ärmel. Das Glöckchen ertönte ein weiteres Mal, und gerade, als ich aus der Bürotür kam, um zu sehen, ob es ein neuer Kunde war, stieß ich beinahe mit Helen zusammen. Ich schrie auf und wich einen Schritt zurück.

»Gott, hast du mich erschreckt, Tia.« Helen lachte, während mein Puls noch raste.

Ich drückte meine flache Hand auf meine Brust und stieß erleichtert die Luft aus. »Das kann ich nur zurückgeben.« Ich strich eine Haarsträhne hinters Ohr. »Womit soll ich anfangen?«

»Immer langsam.« Helen drehte mich an der Schulter um und schob mich zurück ins Büro. »Ich muss auf den kleinen Schock hier erst mal eine Kaffeepause machen, und die tut dir bestimmt auch gut.«

Ich mochte Helens ausgeglichene Art sehr und schätzte sie für die Ruhe, die sie in den ganzen Laden brachte. »Aber ... ich habe doch gerade erst ...«, wendete ich ein, weil ich schließlich zum Arbeiten hier war, doch Helen unterbrach mich sanft, aber bestimmt.

»Es ist immer Zeit für einen guten Kaffee. Außerdem hören wir beide es, wenn jemand den Laden betritt. Und wenn du deshalb nicht ganz auf deine vollen Stunden kommst, werde ich mal ein ernstes Wörtchen mit der Besitzerin sprechen und die Sache regeln.« Sie schob mich bis zu einem Stuhl, der neben einem Aktenschrank stand, und noch bevor ich mich gesetzt hatte, goss sie auch schon Kaffee in zwei große rote Tassen und reichte mir eine davon. Helen nahm sich ihre und setzte sich auf den Schreibtischstuhl. Sie schob einige Papiere auf dem Schreibtisch zusammen, legte den Stapel quer auf einen anderen, der oben rechts in der Ecke darauf wartete, bearbeitet zu werden, und stellte ihre Tasse auf der freigeräumten Fläche ab. »Ich sage ja immer: Wer die Ordnung im Chaos beherrscht, den hält nichts mehr auf.«

Ich nippte an meinem Kaffee und atmete einige Sekunden einfach nur durch. Wärme breitete sich in mir aus, und ich genoss das wohltuende Gefühl.

»Ich habe da eine Idee, Tia«, durchbrach Helen die Stille und schlürfte an ihrem dampfenden Kaffee.

Ich setzte meine Tasse ab, umfasste sie mit beiden Händen und sah Helen neugierig an.

»Wie stellst du dir deine Zukunft vor?«

Die Frage verunsicherte mich etwas. Doch in ihrem Blick lag keinerlei Erwartungshaltung oder gar Druck. Nur ernsthaftes Interesse funkelte in ihren Augen. Ich nahm einen weiteren Schluck Kaffee und überlegte. Helen fragte nicht noch einmal, wartete nur geduldig ab, bis ich mich gesammelt hatte.

»Ich ... weiß nicht so recht«, begann ich, »ich bin ehrlich gesagt das erste Mal in meinem Leben an einem Punkt, wo ich nicht so richtig weiß, wie die nächsten fünf Jahre aussehen werden ... Und ich glaube, ich mag das sehr.« Ich stellte die Kaffeetasse auf meinem Oberschenkel ab und spürte die Wärme durch den Jeansstoff. »Aber wenn ich mich entscheiden müsste oder träumen dürfte, ganz gleich wie du das nennen magst, sehne ich mich nicht zurück an ein College. Ich will nicht mehr studieren, das ist einfach nichts für mich.« Ich merkte, wie ich in einen Redeschwall verfiel, doch es tat gut, meinen Gedanken Raum zu geben und das Chaos der Möglichkeiten mit jemand anderem zu teilen. »Ich will Freiheit und doch Sicherheit. Ich will einen Job, der jeden Tag ein bisschen anders ist. Vielleicht etwas Praktisches?« Ich sah Helen fragend an.

»Vielleicht etwas ...«, Ich hob die Kaffeetasse an meine Lippen und dachte nach, was es da draußen wohl alles gab, was mich interessierte.

»Vielleicht etwas mit Büchern?« Helen sah mich hoffnungsvoll an.

Ich hob fragend die Augenbrauen.

»Hör zu, Tia. Ich will dir eine Ausbildung zur Buchhändlerin anbieten. Hier im *Book Attic.*«

Ich verschluckte mich an meinem Kaffee und hustete ein paarmal. »Eine Ausbildungsstelle?«, wiederholte ich ihre Worte ungläubig. »Mir?«

»Ja«, bestätigte Helen nur und sah mich an, als sei damit alles gesagt.

Tausende Fragen tanzten durch meinen Kopf. Doch da war auch eine seltsame Gewissheit. Ein Bauchgefühl, dem Helens Angebot erstaunlich gut gefiel, obwohl ich rein gar nichts über die Ausbildung zur Buchhändlerin wusste.

»Okay«, sagte ich und nippte zur Beruhigung an meinem Kaffee. »Erzähl mir mehr darüber.«

Auf Helens Gesicht breitete sich ein zaghaftes Lächeln aus. »Nun, ich muss zugeben, dass du die letzten Wochen hier unglaublich gute Arbeit geleistet hast. Ich hatte schon lange keine Auszubildenden mehr bei mir, aber du hast mich wieder auf den Gedanken gebracht.«

Ich spürte, wie mir die Hitze in die Wangen stieg. »Danke«, schob ich schnell ein, bevor sie fortfahren konnte. Ich fühlte mich geschmeichelt von Helens Worten und dem Lob, das sie so offen aussprach.

»Du würdest weiter bei mir arbeiten und den schulischen Teil online bei der *NAIBA* – der *New Atlantic Independent Booksellers Association* – absolvieren. Das ist ein bisschen wie eine Onlineschule für angehende Buchhändler und bringt dir eigentlich alles Wichtige bei, was du wissen musst.« Helen nippte nochmals an ihrem Kaffee und starrte an die Decke, als müsste sie kurz nachdenken, ob sie irgendwelche wichtigen Dinge vergessen hatte. »Es gibt natürlich einige wichtige Details, die zu besprechen sind. Deine Vergütung zum Beispiel. Und wir können uns auch gerne mal zusammen durch das Kursangebot der *NAIBA* klicken, wenn wir dich anmelden – vorausgesetzt, du möchtest das überhaupt.« Sie hob die Augenbrauen und sah mich an. »Du musst diese Entscheidung nicht sofort treffen, wir können das alles ganz entspannt angehen.«

Ich wollte es aber nicht entspannt angehen. Ich brauchte keine Zeit und musste auch keine Nacht darüber schlafen. Seit Helen mir den Vorschlag unterbreitet hatte, war ich Feuer und Flamme. »Ich mache es«, sagte ich bestimmt und mit fester Stimme.

»Bist du dir wirklich ganz sicher?«, fragte Helen ruhig, ganz so, wie es ihre Art war.

»Ja, ich bin mir sicher«, antwortete ich und spürte, dass das genau das Richtige für mich war. Noch mehr Zeit umgeben von Büchern verbringen zu können, würde mich glücklich machen.

»Nun gut.« Helen erhob sich vom Schreibtischstuhl, stellte ihre leere Tasse neben die Kaffeekanne und nahm mir auch meine Tasse aus der Hand. »Dann mal an die Arbeit.« Sie scheuchte mich mit ein paar wilden Armbewegungen vom Stuhl und schob mich an den Schultern aus dem Büro.

»Helen.« Ich blieb stehen, drehte mich zu ihr um und lächelte. »Danke.«

Die Schicht verging wie im Flug, und ich schwebte buchstäblich über die Ladenfläche, während ich Bücher verräumte, Kunden bediente und die Bestelllisten aktualisierte. Ich war stolz auf mich. Ich hatte Helen bewiesen, dass ich in den *Book Attic* gehörte. Dass ich mich nicht nur zwischen Büchern wohlfühlte, sondern auch wunderbar mit Büchern arbeiten konnte. Und mit Menschen.

Es war nicht leicht gewesen, Yale und meinem Team den Rücken zu kehren, aber nach Amber Falls zu kommen, war die richtige Entscheidung. Jeden Tag fühlte ich mich freier, unabhängiger und glücklicher. Und jetzt hatte ich auch endlich einen konkreten Plan für die Zukunft. Und etwas, wofür ich wieder brennen konnte.

# Kapitel 12

Das schwebende Gefühl hatte mich den ganzen Tag nicht verlassen. Nicht, als ich mit Helen den Laden abgeschlossen hatte, nicht, als ich nach Hause spaziert war, und auch nicht, als ich meine Sportsachen für das Training mit Jake rausgesucht hatte. Auch wenn ich dreimal in die Kommode greifen musste, bis ich ein passendes Set von Leggings und Top gefunden hatte. Eins, das meine Figur besonders gut zur Geltung brachte. Ich entschied mich für ein grünes, bauchfreies Top und farblich dazu passende Leggings.

Bevor ich mich zum Campus aufmachte, notierte ich mir noch einige Übungen, die ich heute mit Jake angehen wollte, auf meinem Handy. Heute würde ich nicht nur am Beckenrand stehen und Ansagen machen, sondern mitmachen. Ich ging zwar joggen und machte ein wenig Yoga, aber die völlige Verausgabung und das Gefühl in den Muskeln nach einem fordernden Training vermisste ich doch mehr als erwartet.

Jake wartete am Eingang zur Schwimmhalle auf mich. Die Freude, ihn zu sehen, wurde von einem unangenehm mulmigen Gefühl getrübt, während ich meinen Blick über das Gelände schweifen ließ. Es erinnerte mich mit einem Mal mit voller Wucht an Yale.

»Hey!«, grüßte ich ihn.

»Hey!« Er lächelte die Worte, auch wenn ich wusste, dass man das eigentlich gar nicht konnte.

Das unangenehme mulmige Gefühl von vorhin verflüchtigte sich. »Hey«, wiederholte ich und lächelte.

»Ich werde jetzt aber nicht auch noch mal *Hey* sagen.« Jake steckte seine Hände in die Taschen.

»Okay, damit kann ich leben.« Ich rückte den breiten Gurt meiner Sporttasche auf meiner Schulter zurecht.

Jake drehte sich zur Tür und hielt sie mir auf. »Lass uns reingehen.«

Ich schlüpfte an ihm vorbei und nuschelte ein »Danke.«

»Immer gerne, Mylady.« Er deutete eine Verbeugung an und folgte mir. Die Tür fiel hinter ihm ins Schloss.

»Ich hab das Gefühl, *Bridgerton* tut dir nicht sonderlich gut.« Ich schüttelte lachend den Kopf und vermutete, dass er das Buch nicht nur gelesen, sondern sogar sehr genossen hatte.

Jake zuckte nur mit den Schultern und schlenderte neben mir den Flur entlang. »Das kann man sehen, wie man will.« Er bog nach rechts ab. »Und heute quälst du mich ein bisschen im Kraftraum?«

Unweigerlich breitete sich ein Lächeln auf meinen Lippen aus. »Das kann man sehen, wie man will.«

»Vorsicht Tia, ich könnte sonst noch denken, du hast Spaß daran.« Er stupste mir mit dem Ellenbogen in die Seite, während er ein weiteres Mal rechts abbog.

Ich schielte ihn von der Seite an. »Woran? Dich zu quälen?« Jake blieb vor dem Eingang zu den Umkleiden stehen und sah mich mit einem Mal ganz ernst an. »Zeit mit mir zu verbringen.«

Mein Herz setzte einen Schlag aus. Ich atmete ein und hielt die Luft an. Ich mochte es wirklich, Zeit mit Jake zu verbringen. Es war dieses Gefühl von Leichtigkeit, das mich immer überkam und das ich so genoss, wenn wir zusammen waren.

»Möglicherweise«, sagte ich nur, wartete keine Reaktion ab und ging in die Damenumkleide.

Ich zog mich um, band meine langen dunklen Haare zu einem Zopf und schnappte mir meine Wasserflasche und ein kleines Handtuch. Meine restlichen Sachen schloss ich in einem der Spinde ein und machte mich auf den Weg in den Kraftraum.

Er war größer als erwartet und glich eher einem Fitnessstudio. Zugegeben, ich war aus Yale wahren Luxus gewohnt, aber ich hatte meine Erwartungen wohl doch weiter heruntergeschraubt als nötig. Der Kraftraum war spärlich besucht, nur zwei Studentinnen schwitzten auf den Geräten.

»Grün steht dir!«, hörte ich Jakes Stimme dicht an meinem Ohr.

Ich hatte ihn gar nicht bemerkt. »Danke.« Ich presste meine Lippen aufeinander und hoffte, damit zu vermeiden, dass ich rot wurde. Jakes Kompliment kam bei den flatternden Schmetterlingen in meiner Magengegend an, aber das musste er ja nicht wissen. Ebenso wenig wie die Tatsache, dass ich fast zwanzig Minuten gebraucht hatte, um mich für genau dieses Grün zu entscheiden.

»Also, was ist dein Plan?« Jake legte sich sein dunkles Handtuch über die Schulter und sah mich aufmerksam an.

»Willst du dich nicht überraschen lassen?«

»Lieb, dass du fragst, aber nein.« Er lächelte mich verschmitzt an.

Kurz überlegte ich, ob er in seinem Leben überhaupt etwas anderes tat, als die Menschen um sich herum mit seinem Lächeln anzustecken. »Du bist komisch, Jake.« Ich griff nach meiner Wasserflasche und ging zu einer freien Fläche, darauf hoffend, dass Jake die stumme Aufforderung verstand.

Ich legte mein Handtuch ab und stellte meine Flasche daneben. »Ich hole zwei Matten für uns, die habe ich schon entdeckt. Gibt es hier auch Widerstandsbänder?«

Jake nickte nur und ging zu einem Schrank, der neben einer Halterung stand, auf der auf mehreren Etagen unterschiedlich schwere Kurzhanteln lagen. Ich nahm zwei dünne schwarze Bodenmatten aus der Aufhängung und legte sie auf unsere Plätze, während Jake mit den Widerstandsbändern zurückkam.

Er reichte mir ein blaues. »Ich habe dir einfach mal die gleiche Widerstandsstärke wie für mich geholt, auch wenn ich mir fast sicher bin, dass du stärker bist als ich.« Er spannte sein Band zwischen seinen Händen auf, zog es auseinander und ließ seine Hände kontrolliert wieder näherkommen, bevor er die Bewegung wiederholte.

Ich lächelte ihn an und begann ebenfalls, mich warm zu machen. Ich mobilisierte meine Schultern und sah Jake dabei zu, wie er seine Arme anspannte. Seine definierten Muskeln waren unverkennbar. Er tat das hier jeden Tag. Diese Bewegungen waren für ihn Routine, so wie sie auch mal meine gewesen waren.

»Okay«, meinte Jake und stellte sich mit einem Fuß auf ein Ende des Widerstandsbands, während er das andere Ende festhielt und mit einer kontrollierten Unterarmbeugung seinen Bizeps trainierte. »Was steht heute an? Ich bin neugierig.«

»Ist mir bereits aufgefallen. Ich hab eine ausgeprägte Beobachtungsgabe«, antwortete ich, während ich meine Augen nicht von ihm lassen konnte. Ich registrierte mit Freude, dass es ihm ähnlich ging. Immer wieder verfingen sich unsere Blicke ineinander.

»Soso.« Er ließ das Band sinken. »Was ist dir denn noch so aufgefallen?«

Ich schluckte und betrachtete sein verstrubbeltes blondes Haar, durch das ich gerne fahren würde, seine braunen Augen, die immerzu strahlten, seine breiten Schultern und die definierten Arme, die mich glauben ließen, dass ich doch eigentlich ein sehr oberflächlicher Mensch war, wenn es um Attraktivität ging. »Mir ist aufgefallen, dass ich dir noch gar nicht gesagt habe, was wir heute genau vorhaben«, versuchte ich mich zu retten und sah an dem Grinsen, das in Jakes Gesicht klebte, wie erfolgreich ich damit gewesen war. Nämlich gar nicht.

Ich erläuterte ihm kurz die geplanten Übungen. »Heute widmen wir uns der Kraftausdauer. Wir machen pro Satz acht bis zwölf Wiederholungen. An anderen Tagen, wenn wir auf die Maximalbelastung gehen, sieht das natürlich anders aus.« Jake nickte.

»Tut mir leid«, sagte ich schnell. »Das weißt du natürlich. Und ich erkläre dir hier die Welt wie einem Kleinkind.«

Jake nahm einen großen Schluck aus seiner Trinkflasche, während er sich auf die Bank vor dem Lastzug setzte. »Schon gut.« Er rückte sich auf der Bank zurecht, griff nach der Stange und zog sie mitsamt dem Gegengewicht in Ausgangsposition. »Aber falls es dir hilft, ich hab auch verstanden, dass wir heute Pull Day machen.«

Er begann mit seinen Wiederholungen und konzentrierte sich auf die Übung.

Ich fühlte mich mit einem Mal ganz schlecht. Jake wusste das alles. Er hatte verstanden, dass wir uns heute nur auf Übungen fokussierten, bei denen man an Gewichten zog. Der Push Day würde ein anderes Mal folgen.

Jake ließ sich nach der letzten Wiederholung elegant vom Gewicht mit hochziehen und ließ die Stange los.

Ich nahm einen Zug aus meiner Wasserflasche. »Hör zu, es tut mir leid. Ich hätte davon ausgehen müssen, dass du das alles weißt. Du schwimmst in einem Team, du hast Trainer, und ich führe mich hier bei jedem

Training auf wie die Allwissende vom Ivy-League-College. Ich weiß gar nicht, warum ich Lexies Vorschlag gefolgt bin.« Im Wasser hatte ich nichts infrage gestellt, doch hier an den Kraftgeräten, die ich nur beherrschte, weil ich die jahrelange Übung hatte, überkam mich die Unsicherheit, wie viel Jake wirklich von mir lernen konnte.

»Tia, du *bist* die Allwissende vom Ivy-League-College.« Jake sagte das ohne eine Spur von Spott oder Sarkasmus. »Du hilfst mir, weil du so viel über das Leben als Schwimmerin weißt wie niemand sonst, den ich kenne.« Jake erhob sich von der Bank und kam einen Schritt auf mich zu. »Natürlich auch, weil ich unglaublich gut aussehe und du gehofft hast, Chancen bei mir zu haben, keine Frage.«

Ich stupste ihn leicht gegen die Schulter und hoffte, seinem Ego so einen kleinen Dämpfer zu verpassen. »Aber ...«

»Hör mir erst mal bis zum Ende zu, dann wird das hoffentlich dein letztes Aber gewesen sein.«

Ich nickte, anstatt ihn ein weiteres Mal zu unterbrechen. »Ich weiß, wie man Kraftausdauer trainiert, und ich weiß auch, was ein Pull Day ist. Das heißt aber nicht, dass wir in Amber Falls nach diesen Prinzipien trainieren. Ich bekomme Trainingspläne, auf denen *Oberkörper* oder so was steht, keine sinnvoll und ausgewogen aufgebaute, individuellen Trainingseinheiten, wie du sie für mich erstellst. Und du korrigierst und unterstützt mich in Haltung und Ausführung. Das hast du alles in Yale gelernt und bringst jetzt ein bisschen Ivy

League nach Amber Falls. Und das ist schön. Ich hatte schon immer was für Efeu übrig.«

Ich musste über seinen schlechten Witz lachen. »Danke. Das tut gut zu hören.«

Jake nickte. »Das will ich aber auch hoffen. Ich habe dir gerade ziemlich den Bauch gepinselt.«

»Echt?« Ich schaute gespielt unbeeindruckt an mir herunter und tat so, als würde ich wirklich nach Anzeichen dafür suchen. »Ich sehe da nichts.«

Jake schaute prüfend auf meinen nackten Bauch. »Doch, doch. Direkt da unter deinem Sixpack.« Er deutete mit dem Finger auf meine Muskeln.

»Oh, das kann ich gar nicht richtig sehen.« Ich sah Jake an. »Seit ich nicht mehr exzessiv jeden Tag fünf Stunden Sport treibe, habe ich wieder einen gesunden Körperfettanteil und habe auch an den Brüsten zugenommen. Weißt du, ich fülle jetzt fast ein B-Körbchen aus, und da kann man nicht mehr so einfach dran vorbeisehen.«

»Ein Glück, dass du Yale hinter dir gelassen hast.«

»Willst du etwa sagen, dass du bei Frauen nur auf die Körbchengröße achtest?«, zog ich ihn auf.

»Nein.« Seine Stimme war mit einem Mal ganz ruhig, er kam einen weiteren Schritt auf mich zu. »Ich will damit sagen, dass ich froh bin, dass du nach Amber Falls gezogen bist. Sonst hättest du mir nie den Kopf verdrehen können, Tia Rhodes.«

»Ich ... ich ...«, stammelte ich und spürte seine Nähe in meinem gesamten Körper. Ich war kaum mehr fähig, einen richtigen Satz zu bilden. Jakes Atem kitzelte auf meiner Haut, und ich wollte ihm auf einmal noch näher sein, als ich es bereits war. Wir sahen uns tief in die Augen, während meine Hand langsam seine suchte. Ganz ruhig, Millimeter für Millimeter, bis unsere Fingerspitzen sich berührten. Ich sah das sanfte Zucken seines Mundwinkels in dem Moment, da wir uns berührten. Sein zartes Lächeln wurde immer strahlender, und ich erwiderte es. Ich verschränkte meine Finger mit seinen, spürte seine weiche Haut, die kleinen Schwielen an der Innenseite der unteren Fingergelenke, die vom Krafttraining stammten. Ich sah in das schimmernde Braun seiner Augen, in das ich stundenlang versinken könnte.

»Jake«, flüsterte ich seinen Namen.

Er zog mich an unseren verschränkten Händen zu sich, bis sich unsere Körper berührten und raunte meinen Namen. In einer sanften, fließenden Bewegung legte er mir seine andere Hand in den Nacken und streichelte mich mit seinem Daumen sanft hinter dem Ohr. Ich lehnte mich in seine Berührung, schloss die Augen und genoss den Moment. Ich wartete ab, wollte, dass er mich küsste und ... wartete vergeblich. Ich öffnete die Augen zaghaft wieder. Jakes ruhiger Blick, der immer noch unverändert auf mir lag, erstickte jeden Anflug von Unsicherheit im Keim.

»Darf ich dich küssen, Tia Rhodes?«

Ich wollte meinem ersten Instinkt folgen und auflachen, doch Jakes fragendes Gesicht sagte mir, dass er es ernst meinte. Er hatte mich noch nicht geküsst trotz der klaren Signale, weil ... ich schluckte ... weil er mein

Einverständnis wollte. Das Kribbeln jagte durch meinen ganzen Körper.

»Ja«, flüsterte ich, bevor ich mich weiter in meinen Gedanken verlor.

Jegliches Zögern war mit einem Mal verschwunden, und noch bevor ich den nächsten Atemzug machen konnte, lagen seine Lippen schon auf meinen. Ich schloss die Augen und erwiderte seinen Kuss, während unsere Finger weiter ineinander verschränkt lagen. Seine andere Hand strich meinen Nacken entlang zu meiner Wange und streichelte sie sanft, während wir uns weiterküssten. Ich verlor mich in diesem Kuss, schmeckte ihn, spürte, wie seine Zunge gegen meine stieß, und wollte, dass dieser Moment niemals endete, so gut fühlte er sich an. Das Kribbeln in meinem Körper hörte auch nicht auf, als wir uns atemlos voneinander lösten. Ich drückte seine Hand ein kleines bisschen, um mich zu versichern, dass sie immer noch in meiner lag. Wir sahen uns an, und alles, was ich hörte, war unser schwerer Atem.

»Ich mag dich«, hörte ich mich sagen, noch bevor ich richtig über diese Worte nachdenken konnte, und riss erschrocken die Augen auf, verwundert über meine Offenheit.

»Ich dich auch«, erwiderte er, und ich meinte, die Aufregung in seiner Stimme zu hören und in seiner Hand zu spüren, die ich immer noch festhielt.

Ich lächelte. »Das hier gehörte sicher nicht zu meinem Trainingsplan.« Wie war nur aus ein bisschen Krafttraining plötzlich ein Kuss geworden? Und dann auch noch so einer. Ich biss mir leicht auf die Unterlippe, während ich an seine Lippen auf meinen zurückdachte. Jakes Blick schnellte zu meinem Mund, und ich war mir sicher, er dachte ebenfalls daran.

»Ich könnte aber gut damit leben, wenn wir in Zukunft jedes gemeinsame Training mit einem Kuss beenden«, witzelte Jake, und doch sah ich ihm an, dass er es ernst meinte.

Er wollte das wiederholen. Jake wollte mich noch mal küssen. Ich ihn auch.

Irgendwann lösten wir uns aus unserer Starre und gingen in die Umkleiden. Ich stand bestimmt fünf Minuten vor dem großen Spiegel und starrte mich einfach nur an. Was war da gerade passiert? Aus dem Spiegel blickte mich immer noch dieselbe Tia an, die heute Morgen verschiedene Outfits anprobiert hatte, und doch war seitdem nichts mehr gleich. Ich hatte einen Mann geküsst. Ich mochte diesen Mann. Ich wollte ihn wieder küssen.

Schließlich rang ich mich durch und sprang unter die Dusche, bevor ich mich umzog. Ich wollte Jake nicht ewig warten lassen. Doch als ich mit nassen Haaren und in langer schwarzer Leggings und dunklem Hoodie das Gebäude verließ, war Jake nirgends zu sehen. Erst geschlagene sieben Minuten später kam auch er aus dem Gebäude.

Ich schaute ihn ungläubig an. »Du willst mir nicht sagen, dass du länger gebraucht hast als ich, oder?«

Jakes verräterisches Grinsen sagte bereits alles. »Es braucht halt seine Zeit, um das hier so aussehen zu lassen.« Er drehte sich einmal um sich selbst und zeigte an sich runter.

Ich lachte, während ich ihn musterte. Wenn er wirklich so viel Zeit in sein Aussehen investierte, konnte ich gut damit leben, denn seine Haare saßen einfach phänomenal. Von Jake konnte ich sicher noch einiges lernen.

»Und …«, begann er, doch auch nach einer kurzen Pause sagte er nichts mehr, sondern folgte dem Weg, der vom Sportkomplex zur Hauptstraße führte.

»Was und?«, fragte ich nach und schloss mich ihm an, doch Jake zuckte nur mit den Schultern. Erst als ich ihn weiter von der Seite ansah, blieb er stehen.

»Ich habe ein paar Extraminuten gebraucht, um mich wieder zu beruhigen. Der Kuss … hat mich ganz schön aufgewühlt.« Er steckte seine Hände in die Taschen seiner dunkelblauen Jogginghose und ging weiter.

»Oh, okay«, sagte ich nur und hatte keine Ahnung, wie ich diese Aussage einordnen sollte.

Wir liefen eine Weile schweigend nebeneinanderher, bis Jake erneut stehen blieb und mich ansah. »Das ist etwas Gutes, Tia.«

Entweder er hatte diese seltsam emphatische Gabe, immer zu wissen, wann er etwas gegen meine Unsicherheit sagen musste, oder mein Pokerface war nicht halb so gut, wie ich glaubte.

»Okay«, wiederholte ich und wollte weitergehen, doch Jake hielt mich am Ärmel fest und sah mir in die Augen.

»Ein aufwühlender Kuss ist toll. Dich zu küssen war toll. Ich wollte nur nicht wie ein Eichhörnchen auf LSD aus der Umkleide kommen.«

Ich grinste breit, ein kalter Windhauch fuhr durch meine immer noch nassen Haare und ließ mich frösteln. Ich vergrub mich etwas tiefer in meinem Hoodie, doch die Kälte blieb.

»Kaffee?«, fragte Jake.

»Gern.«

»Hier am Campus servieren sie einen sehr leckeren Cappuccino.«

Wir schlenderten über den Rasen am Hauptgebäude des Amber Falls College vorbei. Bald darauf sah ich das Campus-Café, das bereits von außen erstaunlich nett aussah. Ich war überrascht, wie groß es war und wie stark es hier draußen schon nach gutem Kaffee roch.

»Weißt du, wir sind zwar nicht Yale, aber Kaffee können wir trotzdem«, sagte Jake.

Mein Blick schnellte zu ihm, der mich, wie so oft, anlachte.

»Aber ... ich ...«

»Dein Blick hat dich verraten«, unterbrach er mich, noch bevor ich versuchen konnte, mich aus der Sache rauszureden.

»Du musst mich manchmal für eine ziemlich eingebildete Ivy-League-Zicke halten«, meinte ich und kräuselte die Lippen. Ich wollte nicht, dass Jake so von mir dachte, und doch lieferte ich ihm fast stündlich neue Gründe dafür.

»Ja, das stand dir bereits auf der Stirn geschrieben, als du hierhergezogen bist und nicht mal alleine deine Möbel tragen wolltest, sondern einen wildfremden Mann dazu genötigt hast, deine Arbeit für dich zu erledigen.« Er sah mich gespielt abschätzig an und öffnete die Tür zum Café.

Ich betrat es als Erste, während Jake mir die Tür aufhielt. »Der Mann, den ich dazu genötigt habe, schien eher davon beeindruckt, dass ich eine Kommode tragen konnte.«

Wir reihten uns gerade in die Warteschlange vor der Theke ein, als Jake mich herausfordernd ansah. »Und wie oft kommt das vor? Sonst trägst du doch nur den College-Hoodie mit dem großen blauen Y, damit jeder sieht, dass du besser bist als das einfache Fußvolk.«

Ich öffnete den Mund und schloss ihn wieder. Jake schoss scharf, und das konnte ich nicht einfach auf mir sitzen lassen.

»Du vergisst die kleine Handtasche, in der immer mein Lipgloss verstaut ist.«

Jake hob die Hand an seine Stirn, als hätte ich ihn gerade erleuchtet. »Ach, deshalb hat dein Kuss heute so gut nach Erdbeere geschmeckt.«

»Es ist nicht leicht, perfekt zu sein, aber ich bin mittlerweile ganz gut darin«, antwortete ich und nickte selbstzufrieden.

»Diese Bürde muss schwer wiegen.« Er sah mich gespielt mitleidig an.

»Ja, in der Tat, aber ich bin das gewöhnt«, sagte ich und tat so, als würde ich mir eine Träne von der Wange wischen.

Jake legte eine Hand auf meine Schulter. »So? Erzähl mir, Tia, welche Last ruht besonders schwer auf deinen Schultern?«

Ich schaffte es fast nicht, ernst zu bleiben, so hochgestochen, wie er redete. »Ach, es ist nicht einfach, immer die Beste zu sein.«

Plötzlich veränderte sich der Ausdruck auf Jakes Gesicht, und er blickte viel ernster. »Es ist auch nicht immer leicht, der Beste sein zu wollen, aber nie gut genug zu sein.«

Mein Herz setzte einen Schlag aus, weil ich die Traurigkeit in seiner Stimme raushörte.

»Hey, was darf's denn sein? Unser Hazelnut Latte ist heute im Angebot.«

Ich schaute zur Bedienung hinter dem Tresen, die darauf wartete, unsere Bestellung aufzunehmen. Ich blickte zu Jake, der sich scheinbar wieder gefangen hatte. Ich bestellte für mich einen Cappuccino, Jake bestellte sich einen Matcha. Ich bezahlte alles mit meinem Handy, und wir setzten uns auf zwei braune Ledersessel in einer Ecke direkt am Fenster.

Ich ließ meine Sporttasche von der Schulter gleiten und stellte sie auf dem Boden neben mir ab.

Jake saß mir gegenüber und schlürfte Matcha aus seiner Tasse. »Danke für die Einladung.«

Ich nickte nur, denn mir hing das mulmige Gefühl unseres plötzlich unterbrochenen Gesprächs immer noch nach. Es war so schnell gekippt, und auf einmal war da dieser Ausdruck in Jakes Augen, den ich bis dahin noch nicht kannte.

»Tut mir leid, falls ich etwas gesagt habe, das dich verletzt hat«, begann ich und trank einen Schluck Cappuccino, um meine Unsicherheit zu überspielen.

»Alles gut«, antwortete Jake und versuchte sich an einem freundlichen Lächeln, doch ich kaufte es ihm nicht ab.

»Deine Augen sagen aber etwas anderes. Bitte tu nicht so, als ob alles gut ist, wenn es nicht so ist.« Manchmal war ich selbst von mir überrascht, wie direkt und ehrlich ich mit Jake war. Aber ich mochte diese Version, die ich mit ihm war.

Er spielte am Henkel seiner breiten Tasse rum und wich meinem Blick aus. »Okay, aber du kannst trotzdem nicht wissen, wo die Themen liegen, die bei mir ... eher unangenehm sind.«

»Das nicht, aber es kann mir dennoch leidtun.« Ich bemerkte seine leicht gebeugte Haltung und die Unsicherheit, die er ausstrahlte. »Und ich kann mir merken, welche Themen ich in Zukunft eher umschiffe.«

Jake schnaubte, und ein sanftes Grinsen breitete sich in seinem Gesicht aus. »Ach, Quatsch, ich vertrag das.« Er hob seinen Kopf und sah mich jetzt doch an. »Warn mich nur vielleicht in Zukunft vor, dann kann ich mich dafür wappnen.«

Wir nahmen beide einen Schluck unseres Getränks und stellten die Tassen gleichzeitig wieder auf den Tisch.

»Wie ist das so, die Beste zu sein?«, fragte Jake und sah mich interessiert an.

Ich lachte höhnisch auf. »Erst mal irgendwie schön. Dann ziemlich ...«, ich stockte und dachte nach.

»Was ist?«

»Ich glaube, ich möchte fluchen.«

»Tu es, lass es raus. Fluche, was das Zeug hält.« Das Lachen in Jakes Stimme war zurückgekehrt.

Ich sah mich kurz in dem Café um, ob mich irgendjemand hören konnte, doch dank Jake kümmerte mich das ein kleines bisschen weniger, als noch vor zwei Minuten. »Scheiße, Jake. Es ist scheiße.«

Jake lehnte sich wortlos, aber mit einem verräterischen Grinsen in den braunen Ledersessel zurück.

»Was?«, fragte ich, als er nach einer halben Ewigkeit immer noch nichts gesagt hatte.

»Ich glaube, ich habe noch nie jemanden schlechter fluchen hören als dich, Tia Rhodes.«

»Hey!« Ich versuchte, meine ganze Empörung in dieses kleine Wort zu packen, doch das amüsierte ihn nur noch mehr.

»›Scheiße‹? Wirklich? Du hast die Möglichkeit, alle Worte dieser Welt zu verwenden, um deinen Frust loszuwerden, und du wählst ausgerechnet ›Scheiße‹?« Jake lachte auf.

Da war was dran. Ich stimmte in sein Lachen mit ein.

»Schlechtes Wetter ist scheiße. Wenn das Lieblingseis ausverkauft ist, das ist scheiße. Aber der Druck, immer die Beste sein zu müssen, ist ...«

»Am Arsch«, vollendete ich seinen Satz und schaute mich um, ob mich nicht doch jemand gehört hatte.

»Ja!«, bestätigte Jake mich laut, und es fühlte sich seltsam gut an. »Es ist ...«

»Verdammt noch mal richtig kacke!«, legte ich eine weitere Schippe obendrauf.

»Wir kommen der Sache immer näher, Tia! Lass es raus.«

»Es ist verflucht noch mal ...« Mein Handy klingelte laut. Hastig kramte ich es aus dem Beutel meines Hoodies.

```
Freu mich auf Thanksgiving.
Vielleicht können wir uns in einem ruhigen Moment
mal unterhalten.
Aaron
```

»Alles gut?« Jakes besorgter Blick lag auf mir.

Ich nickte schnell und legte das Handy beiseite. »Ich muss nur kurz mal meine Eltern anrufen.« Entschuldigend hob ich die Schultern. »Auch wenn ich jetzt gerade viel lieber weiter mit dir fluchen würde.« Ich lächelte ihn an und freute mich, dass Jake es so selbstverständlich erwiderte.

»Wir sollten jetzt aber trotzdem gehen«, meinte er und stellte sein leeres Glas auf dem Tisch ab.

Ich legte den Kopf schief und sah ihn fragend an.

Jake sah an mir vorbei zu den Nebentischen. »Wir waren etwas laut, glaube ich.«

Ich folgte seinem Blick und bemerkte erst jetzt, dass die Leute um uns herum tatsächlich in unsere Richtung starrten. Die Hitze schoss mir in die Wangen, und ich wollte am liebsten im Boden versinken.

Jake lachte nur herzlich und reichte mir seine Hand. »Komm.« »O Gott, das ist mir so peinlich«, sagte ich, während ich mir schnell meine Sporttasche über die

Schulter warf und mich von Jake an der Hand hinter ihm herziehen ließ.

»Echt? Das merkt man gar nicht.«

»Haha.«

»Aber mal im Ernst, Tia. Es war mir eine Freude, dich fluchen zu hören.«

»Danke. Ich wiederhole das gerne jederzeit mit dir.« Ich schaute noch mal zurück zum Campus-Café, das ich sicher noch eine Weile meiden würde. »Dann aber ohne Publikum.«

Ich presste das Handy an mein Ohr, wartete, dass zu Hause jemand abhob, während mein Herz doppelt so schnell wie das Freizeichen in meiner Brust pochte.

»Tia, mein Schatz!«, hörte ich endlich die freudige Stimme meines Dads. »Wie geht es dir?«

»Ähm ... gut», antwortete ich schnell und war erleichtert, dass ich nicht Mom erklären musste, dass ich an Thanksgiving nicht da sein würde.

»Also, ich kann dich jetzt entweder fragen, warum dein ›gut‹ absolut nicht gut klingt, oder du erzählst mir einfach, warum du angerufen hast.«

Ich nahm kurz das Handy von meinem Ohr und überlegte mir eine Antwort.

»Wie zur Hölle machst du das?«, fragte ich, sobald das Handy an meinem anderen Ohr lag.

»Ich bin dein Vater, Tia. Das ist mein Job.«

Ich fasste all meinen Mut zusammen und rückte mit der Sprache raus. »Ich komme an Thanksgiving nicht nach Hause.«

Stille. Kurz hatte ich Angst vor Dads Reaktion, doch sein ruhiges »Okay«, ließ mich erleichtert aufatmen. »Darf ich fragen, wieso? Ich muss das deiner Mom sicher in sieben verschiedenen Varianten erklären.«

»Ich will Aaron nicht über den Weg laufen«, antwortete ich nach einer kurzen Pause.

»Okay.«

»Dafür bin ich noch nicht bereit«, schob ich nach und schluckte.

Dad schwieg, und ich war mir sicher, dass ich sein Grübeln hörte.

»Wir können Aaron auch ausladen«, schlug er auf einmal vor. »Wir sind so viele mit all den Verwandten und Freunden, da fällt einer weniger kaum auf.«

Es rührte mich, dass er diesen Vorschlag machte, ohne nach Gründen zu fragen.

»Ich ... danke Dad, aber ich glaube, das ändert nichts an meiner Entscheidung.« Noch bevor er wieder »Okay« sagen konnte, sprach ich weiter. »Ich würde es dir so gerne erklären, weil ich euch das schuldig bin, aber ich kann gerade einfach nicht, Dad. Noch nicht.«

»Okay.«

Wir schwiegen uns wieder an, doch dann fasste ich mir ein Herz und plapperte einfach drauflos. »Ich will nicht zurück, weil ich mich nicht alldem stellen kann, bevor ich weiß, was ich eigentlich will. Ich will nicht zurück, weil ich Angst habe, dass ich noch nicht weit genug bin. Dass Aaron mir wieder Schuldgefühle macht und ich dem immer noch nicht standhalte und einknicke, auch wenn ich weiß, dass ich das nicht will.«

Mein Herz raste schon bei dem Gedanken an Yale, doch viel mehr raste es, weil ich meinem Dad gerade Dinge gesagt hatte, von denen er bisher nichts wusste.

»Luft oder Lösung?«

Trotz der Anspannung musste ich schmunzeln. »Luft, aber ist schon gut.« Ich atmete auf. »Hab dich lieb, Dad.«

»Ich dich auch.«

Am liebsten hätte ich meinen Dad umarmt, mich an ihn geschmiegt und mich sicher gefühlt. Aber dass ich das in nächster Zeit nicht tun konnte, hatte ich ihm eben schon erklärt. Und ein bisschen auch mir selbst.

# Kapitel 13

Ich betrat den *Book Attic* fast eine ganze Stunde früher als gewöhnlich und sperrte die Tür wieder hinter mir ab. Voller Stolz verstaute ich den Schlüsselbund mit einem großen und zwei kleinen Schlüsseln in meiner Tasche. Helen hatte mir die Schlüssel tags zuvor in die Hand gedrückt und gemeint, es sei nur die logische Schlussfolgerung. Doch ich fühlte mich gewürdigt. Ein schönes Gefühl.

»Tia, bist das du?«, hörte ich Helen aus ihrem Büro fragen.

»Nein, nur ein Einbrecher, der die Tür freundlicherweise wieder hinter sich abgeschlossen hat.« Ich lachte über meinen schlechten Witz und ging zu ihr ins Büro.

»Sehr nett, danke«, sagte Helen und schüttelte lachend den Kopf, während sie vom Computerbildschirm aufsah.

Ich lehnte mich gegen den Türrahmen des Büros.

»Aber sag diesem Einbrecher doch, hier ist nicht viel zu holen. Im unabhängigen Buchhandel macht man nicht gerade das große Geschäft.« Sie widmete sich wieder der Excel-Tabelle auf dem Bildschirm. »Aber er soll doch mal bei Amazon fragen.«

Ich lachte über ihren Seitenhieb, auch wenn die Situation für die unabhängigen Buchhandlungen eigentlich mehr als traurig war.

»Aber zurück zu den schönen Themen des Lebens.« Helen winkte mich hektisch zu sich. »Setz dich, Kind. Wir haben viel zu besprechen.«

Ich mochte Helens fürsorgliche Art und zog mir einen zweiten Stuhl zum Schreibtisch.

Helen rückte etwas zur Seite, um mehr Platz für mich zu machen. »Ich hab mich heute Morgen mal ein bisschen durch die Programme von *NAIBA* geklickt, aber ich kenne dich mittlerweile gut genug, um zu wissen, dass du das zu Hause auch längst getan hast.« Sie sah mich an und lächelte. »Mehrfach«, fügte sie hinzu.

Ich nickte. Natürlich war die Website der *NAIBA* schon an dem Abend, als Helen mir angeboten hatte, eine Ausbildung bei ihr zu machen, auf meiner Favoritenliste gelandet.

»Ich habe dich gerade angemeldet, und du kannst nächste Woche starten. Du müsstest in den kommenden Tagen einige Mails mit wichtigen Infos und Hinweisen zum Ablauf bekommen. Auch der Vertrag muss noch unterschrieben werden. Das funktioniert aber alles digital.«

Ich nickte, und mein Puls ging gleich ein bisschen schneller vor Aufregung.

»Das meiner Meinung nach wichtigste Modul ist *Basic Bookselling*. Es ist eigentlich genau das, wonach es klingt. Das Einmaleins der Buchhändlerinnen, und ich glaube, es wird dir viel Spaß machen.«

Ich nickte wieder und erinnerte mich daran, dass das die gleichen Gedanken waren, die ich hatte, während ich die Kursbeschreibung gelesen hatte.

»Ansonsten würde ich vorschlagen, dass du noch *Inventur Management* oder *Event Management* belegst, das kannst du dir überlegen. Vielleicht wäre ja auch der Kurs über *Store Management* etwas für dich?« Sie schielte an ihrem Bildschirm vorbei zu mir. »Aber darüber können wir auch wann anders reden, das liegt ja alles noch weit in der Zukunft.«

»Du kannst mich für alle drei Kurse anmelden.«

Helen schaute verwirrt auf. »Sicher? Das ist viel Aufwand, Tia.«

Ich nickte, ich hatte mir das alles genau überlegt und bereits fein säuberlich auf einem Blatt Papier einen Plan entwickelt, wie das alles hinhauen würde. Ich hatte mir für das Farbsystem meines Kalenders direkt einen neuen pinken Textmarker zugelegt und passende pinke Klebezettel. Alles, was mit dem *Book Attic* zu tun hatte, würde in Zukunft pink sein. Verabredungen gelb und Sport, wie das Training mit Jake, blau.

»Alle drei Kurse sind kein Problem. Wir müssten das nur mit meinen Arbeitszeiten abstimmen, aber sonst würde ich das gerne machen.« Ich rieb mit meinen Handflächen über meine Oberschenkel und hoffte, Helen würde meinem Plan zustimmen.

»Okay, dann machen wir es so.« Sie rief die Kursliste auf und meldete mich mit wenigen Mausklicks für alle drei Kurse an. »So. Du bist überall eingetragen. Nächste Woche Montag geht es los.«

Ich wusste bereits, dass der Montagskurs abends um sieben stattfand, da viele dieses Modul neben der Arbeit belegten, und konnte es kaum erwarten zu starten.

Ich betrat das *Basil* am Thanksgiving-Abend um kurz vor sieben und nahm wie immer zuerst den angenehmen Duft nach frischen Kräutern wahr.

»Tia!« Em kam auf mich zugestürmt, und noch bevor ich etwas erwidern konnte, hatte sie mich bereits in eine innige Umarmung geschlossen. Ihre Herzlichkeit gefiel mir sehr.

»Lass sie doch erst mal ihre Jacke ausziehen«, hörte ich Will rufen. Er begrüßte mich mit einem freundlichen Nicken und gab Em einen Kuss auf die Stirn, nachdem sie mich aus der Umarmung entlassen hatte.

Ich schälte mich aus meinem beigen Mantel und hängte ihn an die Garderobe zu den anderen Jacken. Das *Basil* öffnete heute nur für Freunde und Familie, die zum traditionellen Thanksgiving-Essen eingeladen waren. Und zu diesen Freunden gehörte nun auch ich.

»Schön, dich wieder zu sehen.« Nate kam dicht gefolgt von Lexie in den Eingangsbereich, lächelte mich freundlich an und drückte mich flüchtig.

»Sag mal, bist du jetzt vierzig oder was?« Lexie schaute Nate angewidert an, und ich hätte ihr diesen Blick fast abgekauft. »Seit wann begrüßt du denn so die Leute?« Sie schüttelte den Kopf, bevor sie ihren Freund stehen ließ und mich ebenfalls umarmte, weitaus herzlicher als Nate.

Er zuckte mit den Schultern. »Ich bin vielleicht nicht vierzig, aber schon gefährlich nah an der Dreißig dran.«

Lexie verdrehte nur die Augen, bevor sie ihm doch einen Kuss gab.

»Hey«, rief mir Jake aus einiger Entfernung zu und lächelte mich an.

Ich hatte Jake bisher nicht bemerkt. Mein Puls beschleunigte sich umgehend, und plötzlich waren da so viele Fragen. Was würde er tun? Wie würde er mich begrüßen? Wie würde ich ihn begrüßen?

»Hi«, stammelte ich leise und schluckte.

Er schien sich die gleichen Fragen zu stellen wie ich.

»Oh, oh«, hörte ich Wills Stimme, während mein Blick immer noch auf Jake ruhte, den ich vor vier Tagen das erste Mal geküsst hatte.

»Ihr zwei …?«, begann Em und schaute von Jake zu mir.

Auch Lexies Blick ging zwischen uns hin und her, und ein breites Grinsen trat auf ihr Gesicht.

Em hob verzweifelt die Hände. »Das darf doch nicht wahr sein!«

»Was denn?«, schaltete sich Nate verwirrt ein.

»Jake und Tia haben sich geküsst.« Lexie verschränkte die Arme vor der Brust und sah mich siegessicher an, während ich vor peinlicher Berührung rot anlief. »Mindestens«, schob sie hinterher, und ich sah schnell zu Jake, der mich einfach nur ansah.

»Ich fasse es nicht.« Will schüttelte den Kopf, grinste aber ebenfalls.

»Okay ... Ich ... Es tut ...«, stotterte ich.

»Lasst mich raten«, schaltete sich jetzt Jake zum Glück ein und sah in die Runde. »Ihr Vorzeigeexemplare von besten Freunden habt gewettet.«

»Es liegt durchaus im Rahmen des Möglichen, dass sowohl Em als auch Will mir jetzt zehn Dollar schulden«, gab Lexie zu. »Jeder von ihnen«, betonte sie noch einmal und schaute zu den beiden.

»Ihr habt was?«, rief ich.

Jake stellte sich zu mir. »Die vier haben einen Schaden, das musst du nicht verstehen.«

»Hey, halt mich da bitte raus«, protestierte Nate und hob abwehrend die Hände.

Lexie sah ihren Freund herausfordernd an. »Ach, tu nicht so. Wenn du an dem Abend dabei gewesen wärst, hättest du genauso mitgewettet.«

Nate zuckte nur ganz leicht mit den Achseln und nickte verhalten.

Lexie grinste mich an. »Nimm mir das bitte nicht übel, Tia, aber es war leicht verdientes Geld. Jake hat dich ja schon am Lake Neelam mit seinen Blicken ausgezogen, und du warst auch nicht gerade abgeneigt.«

Ich dachte an Jake und mich im See zurück, und die Tatsache, dass wir uns dort tatsächlich schon fast geküsst hätten.

Jake legte einen Arm um mich. »Ich verstehe, wenn du jetzt nichts mehr mit diesen Holzköpfen zu tun haben willst.« Dann sah er eindringlich zu Lexie. »Das wäre nur verständlich, nachdem die kleinen Schwachmaten auf dich und mich gewettet haben.«

Ich hörte die Sorge, die in Jakes Stimme mitschwang. Sie schmeichelte mir, aber ich fand das Ganze nicht weiter schlimm und lachte laut auf. Kurz darauf stimmten alle in mein Gelächter ein, und der Bann war gebrochen. Ich kannte Lexie, Em und die anderen noch nicht lange und wusste noch nicht genau, wie sie als Gruppe funktionierten und wo mein Platz in dieser Dynamik war. Was ich aber sicher wusste, war, dass diese Wette alles andere als böse gemeint war.

»Also ist alles gut?«, fragte mich Jake, nachdem unser Lachen verebbt war.

»Ja, ich bin nur ein bisschen traurig, dass ich nicht mitgewettet habe.«

Meine Worte entlockten Jake ein weiteres kurzes Lachen. Ich mochte den Klang sehr. Er sah mich erleichtert an, und ich legte meine Dankbarkeit in den Blick, den ich ihm schenkte.

»Wunderbar«, rief Lexie, »jetzt, da alles geklärt ist, bitte ich die Verlierer der Runde, noch ihre Schulden zu begleichen, damit wir endlich essen können.«

Mein Magen knurrte bereits vor Hunger, als wir uns an die lange Tafel setzten, die in der Mitte des Gastraums aufgebaut war. Ich nahm gegenüber von Lexie und Nate und zwischen Em und Jake Platz. Die Lichterketten, die die Fenster zierten, sorgten für eine gemütliche Atmosphäre und die herbstliche Deko, die überall im *Basil* platziert war, ließ richtige Thanksgiving-Stimmung aufkommen.

Eine ältere Frau mit wallendem grauem Bob stand von ihrem Platz am Tischende auf. »Ich will euch gar nicht lange aufhalten.« Sie hob ihr Glas. »Ich bin dankbar, dass ihr hier seid und sich unsere Familie jedes Jahr ein bisschen vergrößert.« Sie sah erst Nate und dann mich an. Für uns beide war es das erste Thanksgiving im *Basil*.

Ich hob mein Glas gemeinsam mit allen anderen und nickte der Frau, von der ich nach Ems Erzählungen sicher war, dass es sich um Margret, die Besitzerin des *Basil,* handelte, dankbar zu.

Das Essen war wundervoll, man schmeckte, dass es mit Liebe gekocht war. Kitschig, aber wahr. Wir luden uns die Teller voll, unterhielten uns stundenlang, während wir uns Nachschlag holten und über diverse Anekdoten lachten. Ich lernte Cas, Ems Schwester, und ihren Freund Andrew kennen, der mich bei meinem ersten Besuch im *Basil* bedient hatte. Kein einziges Mal kam es mir in den Sinn, dass ich nicht hierhergehören könnte. Ich fühlte mich pudelwohl.

Ich hatte den obersten Knopf meiner Hose geöffnet und streichelte meinen vollen Bauch, der sicher gleich von der unglaublichen Menge Truthahn und Kuchen platzen würde, die ich in den letzten Stunden in mich hineingeschaufelt hatte.

»Alles in Ordnung?« Jake legte eine Hand auf meinen rechten Oberschenkel und musterte mich.

»Ja. Ich fürchte nur, ich habe den Kalorienbedarf einer vierköpfigen Familie für eine ganze Woche abgedeckt.« Ich lachte kurz auf, musste aber damit aufhören, weil es gefährlich in meiner Magengegend grummelte.

Jake sah auf meinen Bauch. »Ach, Sportler brauchen die Kalorien.«

»Mhmm«, murmelte ich nur, weil es mir zu anstrengend war, zu widersprechen.

Inzwischen hatten alle den Tisch verlassen und hingen an der Bar herum oder vertraten sich kurz die Beine. Nur Jake und ich saßen noch an der geplünderten Tafel. Seine Hand lag immer noch auf meinem Oberschenkel und streichelte ihn sanft. Wir sahen uns lange an.

»Hast ...«, begannen wir im gleichen Moment.

Ich schwieg, weil ich diesen typischen RomCom-Moment nicht nachspielen wollte. Die Diskussion darum, wer zuerst sprechen durfte.

Aber Jake schwieg auch.

Nach einer Weile nahm ich all meinen Mut zusammen und stellte die Frage, die mir schon die ganze Zeit im Kopf herum schwirrte. »Hast du Lust, auf ein Date mit mir zu gehen?«

Jakes Hand hielt kurz inne, während er mich perplex ansah. Einen Moment später begann er zu grinsen. »Na gut, dann hat sich die Frage, ob ich mit meinem Kuss zu weit gegangen bin, wohl erübrigt.«

Ich lachte auf und legte meine Hand auf seine, die noch immer auf meinem Oberschenkel lag. »Jake, du hast mich sogar gefragt, ob du mich küssen darfst. Das ging alles andere als zu weit.« Ich verschränkte meine Finger mit seinen.

»Ja«, sagte er nur, schob keinen Witz hinterher und sprach diesmal auch nicht wie eine Figur aus dem Hause *Bridgerton*.

»Wenn wir jetzt allein wären, würde ich dich wieder küssen«, sagte ich frei heraus und sah Jakes Augen aufblitzen.

»Scheiß doch auf die anderen, das haben wir schon beim Fluchen gelernt.«

Ich wollte lachen bei der Erinnerung an diesen Moment, doch noch ehe ich reagierte, lagen Jakes Lippen auf meinen, und ich küsste den Mann, der für die Schmetterlinge in meinem Bauch verantwortlich war. Ein zweites Mal. Noch vor unserem ersten Date.

## 2021 – Senior Year Yale

*Ich ließ die Tür der Schwimmhalle hinter mir ins Schloss fallen und war erleichtert, dass es vorbei war. Wieder eine Trainingseinheit geschafft. Wieder einen Tag voller Qualen hinter mich gebracht. Ich freute mich auf den Abend mit meinen Eltern und ging etwas schneller.*

*»Tia!«, hörte ich Aarons Stimme hinter mir. »Hast du einen kurzen Moment?«*

*Ich blieb stehen und drehte mich zu ihm um. Er hastete auf mich zu und holte mich schnell ein. Was auch immer mein Trainer von mir wollte, ich war mir sicher, dass ich es nicht hören wollte.*

*»Ich fürchte, ja«, antwortete ich und registrierte, wie Aaron verwundert die Augenbrauen hob. »Ja, ich habe einen Moment Zeit«, schob ich schnell hinterher, um ihn nicht zu verärgern.*

*»Kommst du bitte morgen um sieben Uhr zur Einheit der Staffel?«*

*Ich war kurz überrascht, dass er mich das überhaupt fragte. »Ich habe morgen frei.«*

»Ja, mir ist bewusst, dass du eigentlich frei hast ...«, begann er und wiegte den Kopf hin und her.
Eigentlich hatte er gesagt. Eigentlich hatte ich frei, aber ...
»... aber ich und das gesamte Trainerteam hätten gerne, dass du doch die Staffel schwimmst.«
Ich schluckte. Ich wollte das nicht. Er sprach von der 100-Meter-Staffel, der Disziplin, die ich am meisten verabscheute. Ich war keine Sprinterin, das war ich noch nie, auch wenn meine Zeiten ganz passabel waren.
»Ich ...«
»Ich weiß, du schwimmst das nicht gerne, aber bitte stell dich jetzt nicht so an, Tia. Ich bitte dich. Es geht nicht nur um dich, es geht ums Team.«
Aarons Blick sagte mir deutlich, dass sein Anliegen nicht nur eine Bitte war, auch wenn er genau das behauptete. Ich wollte ihm sagen, dass er recht hatte. Dass ich diese Disziplin nicht gerne schwamm. Dass sie mir und meinem Körper nicht lag. Dass meine Muskeln zu schnell übersäuerten und ich dieses Gefühl hasste, dass ich die Staffel hasste, dass ich das Schwimmen hasste.
»Eigentlich soll ich noch langsam machen«, schob ich stattdessen eine andere Entschuldigung vor und wollte am liebsten die Hände über dem Kopf zusammenschlagen. Jetzt hatte ich selbst eigentlich gesagt. Wie machte Aaron das bloß, dass ich das eine meinte und das andere sagte?
Er kratzte sich am Hinterkopf und blickte kurz zu Boden, ehe er mich wieder ansah. »Ja, auch das ist mir bewusst. Aber du hattest doch heute beim Training keine Schmerzen, oder?«

*Meine Verletzung war gerade mal drei Wochen her. Wobei Verletzung der falsche Begriff war. Überlastungsreaktion. Schlecht ausbalanciertes Training, was mit der Menge an sportlicher Belastung dazu führte, dass ich meinen linken Arm einige Zeit lang nicht mehr heben konnte.*

*»Ich hatte keine Schmerzen, aber die Cortisontherapie ist gerade erst abgeschlossen. Wenn ich es jetzt übertreibe, bleibt am Ende doch nur die OP.« Ich wollte wütend klingen, vorwurfsvoll. Doch meine Stimme war ruhig, leise. Zu leise.*

*»Dann versuch es doch morgen, und wenn es doch wieder schmerzt, machst du langsamer oder setzt im Zweifel aus.«*

*Ich wollte auflachen, sah Aaron dann aber einfach nur fassungslos an. Aussetzen? Wie ich die letzten sechs Wochen wegen der Schmerzen aussetzen wollte und trotzdem von Aaron zum Training überredet wurde, bis ein Physiotherapeut Aaron klargemacht hatte, dass meine Schwimmkarriere vorbei ist, wenn wir diese Verletzung nicht langsam mal ernst nehmen? Sicher.*

*»Bitte, das Team braucht dich!«*

Das Team braucht dich. Du schwimmst die besten Zeiten. Ohne dich sind wir aufgeschmissen. Nur mit dir kann das Team es schaffen. Denk doch nicht nur an dich. Denk an die anderen. Denk an das Team. *Wie oft hatte ich diese Sätze gehört? Diese nett gemeinten Vorwürfe, die doch Vorwürfe blieben. Die mir Schuldgefühle machten und am Ende immer funktionierten.*

*»Okay, ich mache es«, gab ich schließlich nach. »Wir sehen uns um sieben.«*

*Ich konnte nicht anders. Ich konnte meinem Trainer nicht widersprechen. Ich konnte das Team nicht hängen lassen, auch wenn alles in mir danach schrie.*
*Ich konnte es nicht.*

# Kapitel 14

Meine Schicht in der Buchhandlung hatte heute nur bis zwölf gedauert. Inzwischen war es fast halb sechs, und ich hatte gefühlt den ganzen Nachmittag damit verbracht, siebzehn verschiedene Outfits in den Gruppenchat mit Lexie und Em zu schicken und über das Für und Wider jedes einzelnen zu diskutieren. Am Ende waren wir uns einig, dass ich das luftige hellgrüne Kleid mit feinem Blümchenmuster tragen würde.

Das war vor einer Stunde gewesen. Seitdem hatte ich Zeit, mir über die anstehende Verabredung mit Jake den Kopf zu zerbrechen, meine Aufregung ins Unermessliche zu treiben und auf dem Display meines Handys die Minuten zu zählen, bis ich losmusste. Die Zeit schien aber rückwärts zu laufen, und ich nervte mich bereits selbst an. Ich beschloss daher kurzerhand, früher aufzubrechen, denn ich hielt es keine weitere Sekunde in meiner Wohnung aus, ohne völlig durchzudrehen. Ich checkte mich und mein Outfit ein letztes Mal im Spiegel, zog mir Mantel und Schal an und verließ die Wohnung.

Mache mich auf den Weg.

Ich schickte die Nachricht in den Gruppenchat mit Lexie und Em und ließ die beiden an meiner Aufregung teilhaben.

Ems Antwort kam schnell, und Lexies folgte kurz danach.

Viel Spaß und berichte danach!

Denk dran: Safer Sex und so!

Ich verdrehte die Augen und spürte gleichzeitig, wie mir die Hitze in die Wangen stieg, während ich mit einer Menge Lach-Smileys antwortete. Von Em kam direkt danach ein witziger Kermit-der-Frosch-Sticker, der tatsächlich genau meinen Humor traf. Ich rief Maps auf und tippte *Green Blossom Farm* ein. Jake hatte mir zwar erklärt, wie man dort am besten hinkam, aber meine Ortskenntnisse von Amber Falls beschränkten sich noch auf meine Lieblingsorte und auf Geschäfte des täglichen Bedarfs. Besonders an Tagen wie heute, wenn ich ohnehin schon aufgeregt war, ließ ich mir gerne von meinem Handy helfen. Ich überquerte die Straße, lief durch den Burberry Park und hatte zwanzig Minuten später ein Baugebiet erreicht. Es lag direkt an einer Hauptstraße, die auf den Highway führte. Unsicher checkte ich noch einmal die Route und fragte mich, ob ich falsch abgebogen war. Aber zum Glück sah ich kurz darauf den Schotterweg, in den ich laut digitaler Karte links abbiegen musste.

Die Steinchen unter meinen Schuhen knirschten, während ich dem Weg, der gerade breit genug für ein Auto war, folgte.

Zu beiden Seiten taten sich nun Felder auf, und schon bald stellte ich erleichtert fest, dass ich mein Ziel erreicht hatte, denn ein verwittertes Schild mit der Aufschrift *Green Blossom Farm* wies auf ein rotbraun gestrichenes Farmhäuschen mit windschiefem Dach. Vor dem Häuschen wuchsen eine Menge Blumen, die in den buntesten Farben blühten und dem Ort seinen Namen gaben. Auf dem Hof parkten einige Autos, und als ich Jake auf der Veranda stehen sah, lief ich automatisch etwas schneller.

»Warum sind wir beide eigentlich immer zu früh?«, begrüßte mich Jake.

»Weil wir uns keine funktionierenden Uhren leisten können?«, fragte ich lachend, um nicht darüber reden zu müssen, dass Jake wohl genauso nervös war wie ich.

»Vielleicht kann ich mir ja eine zu Weihnachten wünschen«, erwiderte er grinsend und nahm meine Hand. »Und vielleicht kannst du ja auch eine Uhr auf deine Wunschliste setzen.«

Ich lachte und folgte Jake, der mich einen Pfad entlang zog, der hinter das Farmhäuschen führte.

»Aber nur, wenn ich so eine coole pinke mit einer Prinzessin drauf bekomme. Ich habe nämlich das Gefühl, ich habe meine Prinzessinnen-Phase verpasst, und würde sie jetzt gerne nachholen.«

Hinter dem Farmhäuschen taten sich mehrere Gewächshäuser auf, zwischen denen Stiefmütterchen und

Winterjasmin blühten. Ein wunderschöner Anblick, der mich kurz gefangen nahm, während Jake mich bereits zum Eingang des Häuschens zog und mir die Tür mit einer galanten Verbeugung aufhielt. »Das kann ich nachvollziehen, Miss Rhodes.«

»Wirst du eigentlich jemals wieder aufhören, wie ein komischer Lord zu reden?«, fragte ich und ging an ihm vorbei ins Haus. Ich schaute mich flüchtig um, der erste Raum schien eine Art Büro zu sein, denn in einer Ecke stand ein Schreibtisch mit einer Lampe, die nur sehr spärliches Licht verbreitete.

»Ich fürchte, ich werde nie wieder aufhören, wie ein komischer Lord zu sprechen, Mylady.« Jake schloss die Tür hinter sich, und das schummrige Licht warf geheimnisvolle Schatten auf sein Gesicht. »Der komische Lord ist mir schon in Fleisch und Blut übergegangen.« Er verschränkte seine Finger mit meinen. »Außerdem musst du jedes Mal lachen, wenn ich das tue.« Er kam mir einen Schritt näher und sein Blick verharrte kurz auf meinem Mund. »Und ich habe eine Schwäche für dein Lächeln. Es ist bezaubernd.«

Mein Herz schlug wild in meiner Brust, doch ich regte mich kaum. Es dauerte keine Sekunde, schon konnte ich nicht mehr gegen das Lächeln auf meinen Lippen ankämpfen. Es war komisch zu wissen, dass er es mochte, dass wir gerade darüber geredet hatten, und doch konnte ich es nicht zurückhalten.

»Komm.« Er zog mich mit sich einen schmalen Flur entlang, der mit Gemälden behängt war.

»Wo genau sind wir hier eigentlich?«

Er sah mich vielsagend an. »Auf der *Green Blossom Farm*.«

Ich musterte ihn, doch sein Blick sagte ganz klar, dass er mir nicht mehr verraten würde. Jake blieb vor einer Tür stehen, die viel robuster zu sein schien als die Eingangstür und statt eines Griffs einen Hebel hatte. »Darf ich um deinen Mantel bitten? Und vielleicht auch deinen Schal?« Er hielt mir die offene Hand hin.

Ich zögerte. »Aber ...«, begann ich, denn ich fühlte mich sowohl in Mantel als auch mit Schal sehr wohl. Ich war zwar nicht der verfrorene Typ, aber trotzdem ...

»Vertrau mir einfach.« Er lachte mich an, wie er es immer tat, und brachte mich damit tatsächlich dazu, meinen Mantel und den Schal abzulegen, der meinen Hals bis eben so schön gewärmt hatte.

Er hängte beides an eine Garderobe neben der Tür, zog ebenfalls Jacke und Schal aus und hängte sie daneben. Dann schenkte er mir einen flüchtigen Blick, bevor er an mir vorbei griff, um den Hebel mit einem kräftigen Ruck umzulegen.

Ich hielt mir die Hand schützend vor die Augen und blinzelte, da mich das einfallende Licht kurz blendete.

»Was ... wow«, brachte ich nur heraus und ließ meinen Blick über Tausende Blumen gleiten, die unter einem Glasdach in den buntesten Farben blühten. Ich spürte Jakes Blick auf mir, doch ich war völlig gefangen.

»Mhmmm«, machte er nur.

Die Gewächshäuser waren mit dem Farmhäuschen verbunden, das hatte ich von draußen überhaupt nicht bemerkt. Es war warm, Temperaturen wie im Frühling.

»Das ist wirklich wunderschön«, hauchte ich und ließ meinen Blick über die bunten Blumen schweifen. »Pfingstrosen im November.« Ich schüttelte ungläubig den Kopf und bemerkte, dass ich auf Erde lief. Sie war angenehm weich.

Wir liefen die schmalen Pfade, die zwischen den Beeten angelegt waren, entlang. Immer wieder blieb ich stehen und bewunderte eine besonders imposante Blüte und sog ihren Duft ein.

Jake sah mir amüsiert zu. »Hast du eine Lieblingsblume?«

Ich schob die Nase aus einer besonders süß duftenden roten Rose und sah Jake an.

»Sonnenblumen«, meinte ich, ohne zu zögern. »Mit Abstand.«

»Wunderbar«, sagte Jake nur und zog mich hinter sich her durch ein wahres Labyrinth von Pfaden, bis wir bei einem Durchgang angelangt waren, dem wir folgten. Er führte in ein zweites Gewächshaus – und was ich dort sah, verschlug mir die Sprache: Sonnenblumen, unzählige Sonnenblumen.

»Gefällt es dir?«, fragte Jake, dessen Blick immer noch auf mir ruhte.

Nur mit Mühe fand ich meine Sprache wieder. »Ob es mir gefällt?« Ich sah ihn ungläubig an und ließ dann meinen Blick über das gelbe Blumenmeer schweifen. »Ich LIEBE es!« Ich hüpfte wie ein aufgeregtes Kind auf der Stelle. Hier drin fühlte sich alles an wie ein nie endender Sommer voller Leichtigkeit. Den grauen November hatten wir einfach vor der Tür gelassen. Ich konnte meine Aufregung nicht länger zügeln und rannte das Blumenfeld entlang.

»Komm!«, rief ich Jake zu und ließ meine Finger sanft durch die Blumen gleiten, während ich an ihnen vorbeilief und erst am Ende des Gewächshauses zum Stehen kam.

»Wie viele Sonnenblumen willst du haben?«, fragte Jake noch ganz außer Atem, nachdem er mich eingeholt hatte.

Ich lächelte. »Alle?«

»Ich pflücke dir alle Sonnenblumen dieser Welt, Tia Rhodes.« Er kam mir nah, so nah, dass er vermutlich das rasende Herz in meiner Brust hören konnte. Ich sah in das warme Braun seiner Augen und genoss das Kribbeln, das seine Nähe durch meinen ganzen Körper jagte. Meine Lippen näherten sich seinen, doch kurz bevor sie sich berührten, kostete ich den Moment voller Adrenalin und Bauchkribbeln noch ein kleines bisschen länger aus. Und als ich ihn dann endlich küsste, inmitten von Sonnenblumen im November, fühlte sich der Moment so surreal an wie die Tatsache, dass ich in Amber Falls einen Mann gefunden hatte, der mein Herz schneller schlagen ließ jedes Mal, wenn ich sein herzerwärmendes Lächeln sah. Seine Zunge stieß gegen meine, und ich stöhnte leise auf, während ich meine Hände in seinen Nacken legte, ihn noch enger an mich zog und mich mit jeder Faser meines Körpers in diesen Kuss stürzte. Er presste sich gegen mich und ließ es dadurch gefährlich in meiner Mitte ziehen.

»Jake ...«, hauchte ich seinen Namen unter Küssen. Ich wollte mich nicht von ihm lösen, doch meine Lust wurde mit jeder Sekunde, die ich ihn berührte und küsste, größer, steigerte sich, bis ich kaum noch an mich halten konnte. Ich zog mich zurück, öffnete die Augen und sah Jake an, der seine Lider ebenfalls in diesem Moment hob.

»Tut mir leid, es ist nur ...«, begann ich und biss mir unsicher auf die Unterlippe, »wenn ich dich noch länger küsse, kann ich für nichts garantieren.«

Jakes Augen wurden größer, doch er nickte nur. »Da geht es mir nicht anders.« Er sah mich weiter unverwandt an, und in seinen Augen erkannte ich das Verlangen, das ich ebenfalls spürte.

Auch wenn die Situation komisch war, schmeichelte es meinem Ego, dass er mich so begehrte.

Er kratzte sich unsicher am Hinterkopf und lächelte mich verlegen an. »Bevor wir gehen, wäre ich dafür, dass wir noch einen gigantischen Strauß Sonnenblumen pflücken.«

Wir lächelten uns an und schlenderten Hand in Hand am Blumenfeld entlang. Jake fand eine Gartenschere und knipste für mich jede Sonnenblume ab, die ich mir wünschte.

Ich zeigte auf eine eher kleine Blüte, die noch nicht ganz geöffnet war.

»Was wolltest du schon immer mal ausprobieren?«

Jake sah mich einen kurzen Augenblick an, bevor er die Sonnenblume für meinen Strauß abschnitt und zu den anderen in meinem Arm legte.

»Hmm?«, machte er nur, und die Verwirrung stand in seinem Gesicht geschrieben.

»Na, gibt es etwas, eine Art Hobby oder so, das du schon immer machen oder ausprobieren wolltest, aber nie geschafft hast, weil du immerzu trainiert und für deine Karriere geschuftet hast?« Ich umfasste die Sonnenblumen auf meinem Arm etwas fester und wartete gespannt auf Jakes Reaktion.

»Ich weiß nicht. Du?«, fragte er stattdessen.

Ich kräuselte die Lippen und überlegte kurz. »Häkeln. Ich wollte schon immer häkeln können, frag mich nicht, warum. Aber ich hatte niemals Zeit für so was, sodass ich erst gar nicht damit angefangen habe.« Ich wich Jakes Blick aus und ließ ihn abermals über das gelb leuchtende Sonnenblumenmeer wandern. »Vielleicht im Nachhinein betrachtet ein Fehler«, schob ich nach und dachte an all die verpassten Möglichkeiten.

Vielleicht war nicht immer nur das Schwimmen schuld gewesen. Vielleicht hatte ich auch einfach verlernt, mich aus meiner Komfortzone herauszuwagen.

»Kochen«, sagte Jake auf einmal.

Ich zog verwirrt die Augenbrauen zusammen.

»So richtig komplizierte, aufwendige Rezepte.« Er fuhr sich durch seine blonden Locken und schaute kurz an mir vorbei auf die Blumen. »Aber wenn ich nach dem Training heimkomme, ist es zu spät, oder ich bin zu müde.«

Ich nickte, denn ich wusste genau, wie sich das anfühlte, wenn man nach einem anstrengenden Trainingstag nur noch dazu in der Lage war, auf der Couch vor sich hin zu vegetieren. Ich nahm Jake die Gartenschere aus der Hand und schnitt mir eine besonders schöne Sonnenblume ab. »Weißt du was? Wir machen das!«, rief ich so laut, dass meine Stimme im Gewächshaus widerhallte.

»Wir machen was?« Jake nahm mir die Gartenschere aus der Hand, die ich ihm entgegenstreckte.

»Wir kochen. Und wir häkeln. Wir machen all die Dinge, die die Welt uns schuldig ist, im Ausgleich für all die Zeit, die wir geopfert haben.« Ich streckte ihm meine freie Hand hin und hoffte, dass er einschlagen würde.

Kurz sah er auf meine Hand und dann mir in die Augen. Er schlug ein, hielt meine Hand fest und zog mich schwungvoll zu sich. Ich stieß gegen seine Brust, die Blumen auf meinem Arm raschelten, und noch ehe ich es mich versah, lagen seine Lippen wieder auf meinen. Ich küsste Jake ein weiteres Mal, mit einem Strauß voll gelb leuchtender Sonnenblumen auf meinem Arm und einer Menge gemeinsamer Pläne in meinem Kopf.

Wir legten am Ausgang zum Gewächshaus fünfzig Dollar für die Sonnenblumen in die dafür vorgesehene Box und fuhren zu Jake nach Hause. Wir stellten die Sonnenblumen in eine riesige Vase und füllten sie bis oben hin mit Wasser in der Hoffnung, die Sonnenblumen würden noch tagelang für uns blühen.

»Hast du Hunger?« Ich ließ mich auf die Couch fallen und sah Jake dabei zu, wie er das Gleiche tat.

»Immer.« Er zuckte lachend mit den Schultern und fischte sein Handy aus der Tasche seiner dunklen Jeans. »Wollen wir was bestellen?«

»Können wir machen.« Ich überlegte, worauf ich Lust hatte, als ich die Vase mit den Sonnenblumen auf der Anrichte von Jakes Wohnküche sah und mir eine bessere Idee kam. »Habt ihr hier auch einen Supermarkt, der Lebensmittel liefert?«

Jake sah vom Display seines Handys auf und schaute mich sichtlich verwirrt an. »Ja, wieso?« Er ließ das Handy sinken.

Ich setzte mich auf. »Was hältst du davon, wenn wir direkt heute beginnen, unsere Pläne umzusetzen?«

Jakes Gesichtsausdruck verriet mir, dass er meinen Gedanken immer noch nicht folgen konnte.

Ich rückte zu ihm rüber. »Lass uns heute schon ein kompliziertes Rezept aussuchen. Eines, bei dem wir siebenmal nachschauen müssen, welcher Schritt als Nächstes kommt, und für das wir unendlich viele Zutaten brauchen, die wir noch nie in einer Küche stehen hatten.« Auf Jakes Gesicht zeichnete sich ein schmales Lächeln ab, das mich nur noch mehr anspornte. »Wir haben beide den Abend frei, die benötigten Lebensmittel können wir bequem bestellen, was spricht also dagegen?» Ich sah ihn mit weit geöffneten Augen an und hoffte, er würde meinen Vorschlag genauso gut finden wie ich.

»Okay«, antwortete er und lächelte. »Dann sag mir doch mal, wonach ich suchen soll.«

Ich rückte noch näher an ihn ran. Zusammen durchsuchten wir das Internet nach geeigneten Rezepten. Unsere Schultern berührten sich, und ich konnte sein nach Shampoo duftendes Haar riechen, während mir bei Bildern von selbst gemachten Tacos und aufwendigen Nudelrezepten das Wasser im Mund zusammenlief.

Jake zeigte auf das Bild eines veganen Currys. »Was halten wir davon?«

Ich nickte eifrig und tippte auf ein Icon, um auf die Website mit dem Rezept zu kommen. »Wir brauchen echt viele Zutaten und unbedingt frischen Koriander.«

Jake befüllte den Warenkorb in der Supermarkt-App mit den benötigten Zutaten. »Erledigt. Wir haben alle Zutaten für unser Kochexperiment zusammen. Lieferzeit eine Stunde.«

»Oh.« Ich hatte gar nicht bedacht, wie zeitaufwendig das Ganze tatsächlich war. »Ach, die Zeit kriegen wir schon rum«, meinte ich und winkte ab. Erst als ich Jakes gehobene Augenbrauen und sein verschmitztes Grinsen bemerkte, verstand ich, was ich gerade gesagt hatte.

»So?«, fragte er gespielt neugierig nach und rückte etwas näher an mich heran. »Hast du etwas Spezielles im Sinn, Tia Rhodes?«

Ich schluckte und nickte nur, konnte mir selbst nicht erklären, warum, aber jedes Mal, wenn er meinen ganzen Namen aussprach, drückte das bei mir die richtigen Knöpfe, und ich fand es einfach nur sexy. Ich sah Jake an, sein glatt rasiertes Kinn, folgte den ausgeprägten Wangenknochen, wanderte mit meinem Blick über seine schmale Nase, bis ich mich ein weiteres Mal in seinen Augen verlor. Ich legte meine Hand in seinen Nacken, lehnte mich weiter zu ihm, drückte ihn zurück, bis er nachgab und auf der Couch lag. Dann platzierte ich meine Knie rechts und links neben seiner Hüfte und ließ mich langsam auf ihn sinken. Jake hielt meinen Blick fest fixiert, und auch ich konnte und wollte meine Augen nicht von ihm abwenden. Ich spürte, wie er sich hart gegen mich drückte, während ich weiter auf ihm saß und ihn dort spürte, wo das Verlangen an mir zog.

Jake legte seine Hände auf meine Oberschenkel und fuhr langsam über den eng anliegenden Jeansstoff. Ich beugte mich nach vorne und legte mich auf seine Brust, genoss die Nähe zu ihm und begann ihn zu küssen, während er eine Hand an meinen Nacken legte und mich noch enger an sich zog. Er teilte meine Lippen mit seiner Zunge, und wir stürzten uns hungrig in diesen Kuss. Binnen Sekunden wich die Zärtlichkeit dem Verlangen. Einem Verlangen, das wir beide nicht länger zügeln konnten. Keiner von uns sagte etwas, doch das sanfte Stöhnen an seinen Lippen sprach Bände.

Seine Hand wanderte meinen Oberschenkel entlang, strich sanft über meinen Rücken, bevor sie unter mein Shirt fuhr. Ich zuckte zusammen bei dem Gefühl seiner Finger auf meiner Haut. Und dort, wo er mit seinen Fingerspitzen feine Linien zog, kribbelte es angenehm. Er öffnete meinen BH-Verschluss gekonnt mit einem schnellen Handgriff. Die Spannung um meinen Brustkorb löste sich, und auch ich löste mich aus dem Kuss mit Jake. Über ihn gebeugt sah ich ihm tief in die Augen und spürte seinen Atem auf meiner Haut. Kurzerhand setzte ich mich auf, zog mir das Shirt über den Kopf und ließ den BH langsam von meinen Schultern gleiten.

Ich folgte Jakes Blick zu meinen Brüsten, während ich den BH neben mir auf die Couch fallen ließ. Er legte seine Hände an meine Taille und genoss es sichtlich, dass ich mich noch einmal zu ihm beugte und bei diesem erneuten Kuss deutlich weniger Stoff zwischen uns lag. Mit einer schnellen Bewegung tauschte er unsere Positionen, beugte sich über mich und hauchte mir einen zarten Kuss auf die Stirn. Anschließend tastete sich sein Mund über Schläfe, Wange und Mund, weiter den Hals entlang zu meinen Brüsten. Er hielt inne, sein sanfter Atem kitzelte und überzog meinen gesamten Körper mit einer Gänsehaut.

Ich biss mir auf die Unterlippe und atmete schwer aus, als er mit seiner Zunge kleine Kreise um meinen Nippel fuhr. Er nahm ihn zwischen seine Lippen, ließ seine Zunge darüberfahren und entlockte mir ein sanftes Stöhnen. Sein Blick schnellte zu mir, ich sah ihn flüchtig an, ehe ich meine Augen schloss, um mich noch tiefer in den Moment fallenzulassen. Seine Lippen zogen weiter ihre Kreise um meinen Nippel, während er mit zwei Fingern am anderen Nippel zu spielen begann. Er wusste genau, wie er mich berühren musste, damit das Verlangen in mir sich in einem kaum aushaltbaren Ziehen in meiner Mitte bündelte.

Ich schob meine Hände unter sein Shirt und zog es ihm über den Kopf. Kurz hielten wir inne und sahen uns in die Augen. Unsere Mundwinkel hoben sich, und wir lächelten uns an. Alles fühlte sich so leicht an. So leicht und so gut. Ich ließ sein Shirt auf den Boden fallen und zog Jake wieder zu mir. Meine Lippen pressten sich auf seine, und meine Hüfte stemmte sich ihm entgegen, während er sanft aufstöhnte und ich ihn hart an mir spürte.

Wir kosteten jede Sekunde aus, und gerade in diesem Moment gab es für mich nichts Schöneres, als Jakes nackten und warmen Oberkörper auf mir zu spüren. Ich presste mich gegen ihn, wollte ihn noch intensiver spüren. Jake versuchte, die Schnalle meines Gürtels zu öffnen, doch ich nahm ihm diese Aufgabe ab und sah ihm gleichzeitig dabei zu, wie auch er Knopf und Reißverschluss seiner Jeans öffnete, kurz von mir runterstieg und sich in einer schnellen Bewegung den Stoff von den Hüften zog. Wir beide waren jetzt nackt, berührten uns nicht, sahen uns nur an, während das Verlangen immer größer wurde. Das konnte ich ihm deutlich ansehen.

»Wenn du jetzt kein Kondom holst und dich wieder zu mir legst, packe ich dich und lasse dich nie wieder los. Und dann haben wir ein Problem«, witzelte ich und meinte es dennoch völlig ernst. Ich wollte Jake bei mir haben, ihn spüren und halten und nicht mehr loslassen.

Jake nickte nur und lief die Treppe hoch. Die Zeit verging quälend langsam, und ich zählte die Sekunden, bis er sich wieder zu mir legte. Ich sog scharf die Luft ein, als ich ihn überall auf mir spürte. Jeder Zentimeter meines Körpers brannte vor Verlangen, und ich schluckte, als ich spürte, wie er sich hart gegen meine Mitte drückte. Nur er und ich.

Ich ließ meine Hand zu seinem Penis wandern, schloss sie um ihn und ließ sie ganz langsam auf und ab gleiten. Mit jeder Sekunde, die ich ihn berührte, spürte ich, wie er härter wurde. Jakes Finger fuhren sanft über die Innenseite meiner Oberschenkel, wanderten nach oben, bis sie an meiner empfindlichsten Stelle angekommen waren. Ich hielt kurz inne, als seine Finger begannen, kleine Kreise zu ziehen. Ich umfasste seinen Penis etwas fester, Jake legte den Kopf in den Nacken und fuhr mit einem Finger in mich. Das Gefühl von ihm in mir ließ mich fast explodieren. Ich fuhr weiter an seinem harten Penis auf und ab, sah ihm in die Augen und sagte ihm mit meinem Blick ganz klar, dass ich ihn wollte.

Er schnappte sich das Kondom, riss es auf und zog es sich über. Noch einmal beugte er sich über mich, küsste mich und schenkte mir ein letztes verschmitztes Grinsen, während ich darauf wartete, ihn endlich zu spüren. Jake ließ sich quälend viel Zeit. Endlich beugte er sich etwas tiefer zu mir, und ich schaute ihn fast flehend an, so sehr zog es in meiner Mitte. Ganz langsam stieß er in mich, ich stöhnte auf, nahm ihn auf, streckte mich ihm entgegen und genoss jede Berührung, jede einzelne Sekunde, die ich ihn in mir spürte.

Ich verschränkte meine Beine auf seinem Rücken, und wir bewegten uns im gleichen Rhythmus. Mein Stöhnen, das immer lauter wurde, gab ihm deutlich zu verstehen, wie gut das war, was er hier gerade mit mir tat. Er küsste mich, biss in meine Lippe und küsste die empfindliche Haut hinter meinem Ohr, während ich bereits auf den Höhepunkt zusteuerte. Er richtete sich auf, erhöhte das Tempo und stützte sich mit den Händen an meinen Knien ab. Ich atmete schwer, legte einen Finger an meine empfindlichste Stelle und überraschte mich selbst, als ich bei der kleinsten Berührung zusammenzuckte und das Gefühl nicht länger zurückhalten konnte. Ich zog mich eng um Jake zusammen, während der Orgasmus mich überrollte. Auch er stöhnte auf, wurde langsamer, während das letzte Zucken immer noch durch meinen Körper fuhr. Jake ließ sich schwer atmend auf mich fallen und war immer noch in mir, während unsere Körper leicht verschwitzt aneinanderklebten.

»Ich halte sonst länger durch, sorry«, meinte Jake nach einigen Minuten.

»Kein Ding, ich auch«, erwiderte ich und lachte, »und ich komme auch normalerweise nicht gleichzeitig mit meinem Partner, das kenne ich ehrlich gesagt nur aus Büchern und schlechten Serien«, schob ich hinterher, und Jake musste lachen.

»Ich weiß auch nicht so recht, was da passiert ist«, flüsterte Jake, doch er war mir immer noch so nah, dass jedes Wort deutlich an mein Ohr drang.

»Egal, was da passiert ist«, antwortete ich und strich sanft mit meinen Fingern über seinen Rücken. »Ich mochte es. Sehr.«

Jake küsste mich auf den Hals, und ich starrte an die Decke, während ich weiter hier lag, die Couch unter mir, Jake über mir und all die Gefühle, die die letzten Wochen entstanden waren, zwischen uns.

Ich bedankte mich bei dem Fahrradkurier und drückte ihm ein Trinkgeld in die Hand. Mit zwei gut gefüllten braunen Papiertüten in der Hand ging ich zurück in die Küche.

»Hat alles geklappt?«, fragte Jake und zog einige Töpfe und Pfannen aus einer Küchenschublade.

»Jap.« Ich breitete die Zutaten auf der Arbeitsplatte aus. Jake stellte das Tablet auf und öffnete das Rezept, sodass wir beide Schritt für Schritt unsere nicht vorhandenen Kochkünste unter Beweis stellen konnten.

Jake wusch die Paprika und legte sie auf ein Geschirrtuch. »Wann warst du dir eigentlich sicher, dass du Schwimmerin werden willst?«

»Hmm?« Ich hob den Kopf, den Brokkoli fest mit einer Hand umklammert, und traf auf Jakes neugierigen Blick. »Wie kommst du denn jetzt darauf?« Unsicher lächelte ich ihn an.

»Neugier?«

»Okay ... aber ...«

»Komm schon, ehrliche Antwort«, schob er dazwischen. Sein Lächeln konnte sehr überzeugend wirken.

»Mit sieben«, antwortete ich wahrheitsgemäß. »Ich wusste schon lange, dass ich das Schwimmen liebte. Mich holte nichts aus dem Wasser. Weder schlechtes Wetter aus einem See noch meine Eltern mit viel Bitten aus der Badewanne.« Ich schmunzelte bei dem Gedanken an die kleine Tia, deren Haare häufiger nass als trocken waren. »Meine Eltern hatten mich für einen Schwimmkurs angemeldet, und kaum war ich mittwochs aus dem Training raus, zählte ich wieder die Tage bis zum nächsten Mittwoch.«

Ich lachte, und auch Jake schien die Vorstellung meines jüngeren schwimmvernarrten Ichs zu amüsieren. Ich lehnte mich gegen die Küchenanrichte und fuhr fort. »Im gleichen Herbst fand dann ein Schwimmwettkampf bei uns statt. Regionale Meisterschaften, nichts Großes und doch ... für mich das Größte.«

Ich erinnerte mich an das Plakat vor der Schwimmhalle, das damals für den Schwimmwettbewerb warb. Jedes Mal, wenn ich es gesehen hatte, hatte ich meinen Eltern die Ohren vollgeheult, weil ich bei dem Wettbewerb zusehen wollte. Schließlich hatten sie irgendwann nachgegeben.

Jake lehnte sich gegen die Arbeitsplatte und hörte mir aufmerksam zu.

»Diesen Tag werde ich nie vergessen. Die angespannte Stimmung in der Halle, der Chlorgeruch, der mir am Wettkampftag plötzlich viel intensiver in die Nase stieg als sonst, und die Schwimmer, die in ihren supercoolen Trainingsanzügen die Halle betraten.«

Jake grinste. »Supercool findet man die auch nur, bis man selbst in so einem Ding steckt.«

Ich nickte wissend.

Jake verschränkte die Arme vor der Brust. »Wie ging es danach weiter? Was hat die kleine Tia gesehen, was sie einfach nicht mehr losgelassen hat?«

Ich schmunzelte bei Jakes Frage. »Die kleine Tia ...«, begann ich, »... hat eine Schwimmerin gesehen. Amelia Rodriguez.« Ich hielt inne. »Ich werde nie vergessen, wie sie die Halle betrat und die Stimmung im Publikum mit einem Mal umschlug. Sie war damals erst fünfzehn – was für mich in dem Moment natürlich schon ultraalt war.«

Jake lachte. »Natürlich.«

»Jedenfalls kam sie in diese Halle, und auf einmal lag alle Aufmerksamkeit auf ihr. Die Jubelschreie, wenn sie als Erste am Beckenrand anschlug, habe ich nie vergessen können.« Ich sah kurz aus dem Fenster in den wolkenlosen Himmel. »Ich kann dir bis heute nicht sagen, was genau es war. Der Wille, so sein zu wollen wie sie, oder die beruhigende Vorstellung, dass sie einer der wenigen Menschen auf diesem Planeten war, der verstehen konnte, wie ich mich fühlte, sobald ich im Wasser war.« Ich zuckte mit den Schultern und sah Jake wieder an. »Keine Ahnung, ich habe nie mit ihr gesprochen. Aber noch bevor ich die Halle an diesem Abend verließ, wusste ich, dass ich Schwimmerin werden wollte. Dass das mein großer Traum war.«

»Wow«, sagte Jake nur und griff nach einer Schüssel aus der Schublade. »Wenn jemand mal deine Memoiren verfasst, hast du auf jeden Fall inspirierende Storys zu bieten.«

Ich schubste Jake leicht und grinste zufrieden, als er kurz ins Taumeln geriet. Wir lachten, und ich machte mich daran, den Brokkoli zu waschen. Das Lächeln lag noch eine Weile auf meinen Lippen bei der Erinnerung an diesen unvergesslichen Tag. Es freute mich, dass ich sie mit Jake geteilt hatte, und ich war ihm fast dankbar, dass er mir diese Frage gestellt hatte.

Wir schnippelten das Gemüse, hielten uns so gut es ging an das Rezept, und ich genoss jeden Moment. Und je länger ich nachdachte, desto mehr hoffte ich, dass Jake mir in Zukunft noch mehr Fragen stellen würde, deren Antworten mich glücklich machten.

# Kapitel 15

»Er ... Was?!«, rief ich ungläubig und wünschte mir, meine Mutter könnte meinen entsetzten Gesichtsausdruck durchs Telefon sehen.

»Aaron war hier.«

»Was zur Hölle macht Aaron bei euch zu Hause?« Ich stockte. Ich hatte *euch* gesagt. Nicht uns. Es war nicht mehr länger auch mein Zuhause.

»Er wollte wissen, wie es dir geht.«

»Er wollte sicher nur wissen, wann ich meine Fehlentscheidung rückgängig mache.« Ich spuckte die Worte fast aus. Auch wenn ich diesem Typ gerne mal persönlich die Meinung gesagt hätte, war ich meiner Mom dankbar, dass sie mir Aaron vom Leib hielt.

»So in der Art, ja.« Die Stimme meiner Mutter klang beunruhigt.

Ich tigerte in meiner Wohnung auf und ab und rieb mir ungeduldig über die Stirn. »Was hast du gesagt?«

»Nicht viel, nur dass es dir gut geht.« Sie machte eine kurze Pause. »Und dann hat er ein Angebot gemacht. Du könntest wieder schwimmen, aber zu geänderten

Bedingungen. Aaron hat bereits Sponsoren kontaktiert, auch dein Stipendium würde wieder anlaufen. Er möchte das alles aber gerne mit dir durchsprechen, dir von all den weiteren Vorteilen erzählen. Na ja, du kennst ihn ja.« Sie lachte leise und ahnte vermutlich nicht einmal, was sie mir damit sagte.

»Ja«, erwiderte ich nur. Ich kannte ihn. Ich kannte den Mann, der mich die letzten Jahre trainiert hatte, gut. Sehr gut sogar. So gut, dass ich ihm seine geänderten Bedingungen nicht abkaufte. Was sollte das schon sein? Würde *er* sich ändern? Das gesamte Trainerteam? Würde er für mich Leistungsschwimmen als Sportart ändern, sodass alles, was ich an diesem Sport hassen gelernt hatte, einfach mit einem Fingerschnippen verschwinden würde? Ich schnaubte und wäre jetzt gerne bei meiner Mom gewesen, um ihr bei diesem Gespräch in die Augen sehen zu können.

»Aber Tia, Schatz, keine Sorge, ich habe ihm gesagt, dass ich das alles nicht zu entscheiden habe.«

Ich nickte.

»Tia?«

»Ja?«

»Aber ich fürchte, Aaron wird versuchen, dich zu kontaktieren.«

Ich schwieg, hörte ihr einfach zu und ließ die Worte sacken. Meine Mom schwieg ebenfalls. Vielleicht war ihr klar, wie schwer die Worte, die sie eben ausgesprochen hatte, wogen. Auch wenn ich ihr nie im Detail erzählt hatte, wie sehr ich mit Aaron zu kämpfen hatte, wusste sie garantiert von Dad, dass er der Grund war, warum ich an Thanksgiving nicht nach Hause kommen wollte.

»Wir könnten uns natürlich um eine neue Nummer für dich ...«

»Nein!«, unterbrach ich sie, noch bevor sie den Vorschlag zu Ende bringen konnte. »Das will ich nicht.«

Mit einem Mal war meine Stimme viel fester. Ich fühlte mich nicht hilflos bei dem Wissen, dass Aaron mich erneut kontaktieren wollte. Ich wusste, dass ich nicht mehr einknicken würde, wenn er versuchte, mich zurück nach Yale zu holen.

»Ich brauche keine neue Nummer, weil ich vor ihm nicht wegrenne. Außerdem ... auch wenn ihr euch immer um mich kümmert und mich beschützt, könnt ihr das nicht für alle Zeit tun. Ich habe eine Entscheidung getroffen, und Aaron muss sie akzeptieren. Ende.«

Ich wartete, hörte ein leises Rauschen durch den Hörer. »Mom? Alles gut?«

»Ich überlege nur, wie ich dir am besten sage, dass es mich glücklich macht, zu was für einer beeindruckenden Frau du geworden bist.«

Ich ließ mich rücklings auf mein Bett fallen. Moms Stimme war so ruhig und klang doch ... stolz?

»Dein Verdienst«, sagte ich nur und zog mit meinem Finger kleine Muster auf die helle Bettwäsche.

»Ein bisschen vielleicht«, sagte sie und lachte. »Einen kleinen Teil rechne ich auch deinem Vater an, aber verrat ihm das bloß nicht.«

Ich lachte und stellte mir vor, wie die beiden ausdiskutierten, von wem ich welche Eigenschaften hatte.

»Aber Tia, am meisten hast du das dir selbst zu verdanken.«

Ich starrte an die weiße Decke. »Danke, Mom«, flüsterte ich.

»Immer, Schätzchen«, sagte sie ebenfalls leise, und ich wäre jede Wette eingegangen, dass sich auch ihre Augen gerade mit Tränen füllten.

»Ich vermisse dich«, sagte ich, nachdem wir beide einige Sekunden einfach nur geschwiegen hatten.

»Ich dich auch, Tia. Aber fühl dich nicht schuldig, nimm dir die Zeit, die du jetzt brauchst. Du kommst uns besuchen, wenn du bereit dafür bist.«

Meine Mutter wusste einfach immer, welche Worte ich gerade brauchte.

»Ich weiß, ich wiederhole mich, aber danke, Mom.«

Wir redeten noch eine Weile über meinen Job im *Book Attic*, und ich beantwortete jede Frage, die mir Mom über Amber Falls stellte.

Nachdem wir unser Telefonat beendet hatten, legte ich mein Handy neben mich und starrte wieder an die weiße Decke. Ich hatte eine Entscheidung getroffen, die mir zustand. Aaron musste das akzeptieren. Die frühere Tia hätte niemals überhaupt daran gedacht, dass Aufhören eine Option ist, geschweige denn, dies laut und selbstsicher ausgesprochen. Doch diese Tia war nicht mehr die gleiche Tia, die gerade in ihrem neuen Zuhause auf diesem Bett lag. Dieser Gedanke war beängstigend, und doch machte er mich einfach nur glücklich.

Ich öffnete die Packung und ließ die Spaghetti ins kochende Wasser gleiten. Ein paar einzelne Nudeln fielen daneben, und ich sammelte sie schnell auf.

»Wie lange müssen die kochen?«, fragte Jake, während er die Kräuter fein hackte.

Ich drehte die leere Packung in meiner Hand um und legte den Kopf schief, um den winzigen Aufdruck lesen zu können. »Sieben Minuten.« Ich zerdrückte die dünne Pappe und warf sie in den Müll.

Mein Handy vibrierte, als ich den Deckel des Mülleimers gerade wieder zufallen ließ. Ich drehte mich um, schaute in der Küche hin und her und drehte mich ein weiteres Mal um mich selbst auf der Suche nach meinem Handy.

»Hier bei mir«, sagte Jake und zeigte neben das Schneidebrett.

Ich eilte zu ihm, nahm mein Handy und sah Aarons Nummer auf dem Display. Schnell drückte ich ihn weg und legte das Handy zurück auf die Anrichte. Danach ging ich wieder an den Herd und rührte die Spaghetti um.

»Nicht wichtig?«

Jakes verwirrte Stimme ließ mich fast aufsehen, doch ich starrte weiter ins Nudelwasser und beobachtete, wie die Spaghetti darin köchelten.

»Nope, nicht wirklich«, meinte ich nur und hoffte, Aaron würde mich heute nicht noch einmal anrufen. Meine Mutter hatte mich vorgewarnt, ich *wusste*, dass er sich melden würde, und doch war ich irgendwie ... überrascht. Ich fühlte mich zu unvorbereitet, um mit meinem ehemaligen Trainer zu reden.

In diesem Moment vibrierte mein Handy erneut.

Jake wischte sich die Hände an einem Küchenhandtuch ab und griff danach. »Hier.«

Er hielt es mir vor die Nase, doch ich zögerte, unsicher, was ich jetzt tun sollte. Schließlich nahm ich es an mich und steckte es in meine Hosentasche.

»Die Tomatensoße muss umgerührt werden.« Ich vermied es, Jake anzusehen.

»Tia?« Jake stellte sich neben mich an den Herd.

»Hmm?« Ich sah kurz auf, während ich einen Löffel aus der Schublade holte und die Soße umrührte.

Jake legte eine Hand auf meinen Rücken, und ich zuckte zusammen. »Wer ist Aaron, und warum willst du nicht mit ihm telefonieren?«

»Mein Trainer«, murmelte ich und rührte weiter mechanisch die Soße um. Kurz darauf räusperte ich mich, straffte die Schultern und sah Jake an. »Mein ehemaliger Trainer.«

Jakes Hand lag immer noch an meinem Rücken. Sein Blick war voller Sorge, und auch wenn er es gut meinte, wollte ich das nicht. Ich wollte nicht, dass Jake sich meinetwegen Sorgen machte. Ich wollte nicht, dass Aaron mich anrief, und ich wollte nicht, dass Yale und das Schwimmen je wieder eine so große Rolle in meinem Leben spielten.

»Weißt du, wieso er dich anruft?«

»Ja, ich weiß, warum er mich erreichen will«, antwortete ich und schob ein Nicken hinterher.

»Okay.« Jake atmete tief ein, zögerte, die Frage zu stellen, die zwischen uns hing.

Ich ließ den Löffel, mit dem ich immer noch in der Sauce rührte, los und sah Jake an. »Er will mich wohl überreden, zurück nach Yale zu kommen.«

»Okay«, sagte Jake, und sein Blick ruhte schwer auf mir, während mein Handy erneut vibrierte.

Ich konzentrierte mich darauf, so ruhig wie möglich zu bleiben. »Aaron hat meiner Mom erzählt, dass er sich um alles gekümmert hat und ich zu noch besseren Bedingungen zurückkommen kann. Ich nehme an, er wird mir eine Reihe von Argumenten und Anreizen runterbeten und mir dann erklären, dass ich nach Yale zurückkommen muss. Für den Sport und für das Team.«

»Okay«, sagte Jake erneut, doch dieses Mal waren seine Augenbrauen noch ein kleines Stückchen mehr zusammengezogen. »Aber du hast mir damals am See gesagt, es geht nicht mehr.«

Ich erinnerte mich auch an diesen Moment, als wir am See das erste Mal über das Ende meiner Karriere gesprochen hatten.

Jake musterte mich. »Und wenn es doch aber nicht mehr geht – warum fragt er dich dann überhaupt, ob du zurückkommst?«

Ich schluckte. Das war sicher nicht Jakes letzte Frage zu diesem Thema. Mein Herz pochte wild in meiner Brust. Aber wenn ich es jemandem verständlich machen konnte, dann Jake.

»Es war meine eigene Entscheidung, Yale zu verlassen«, begann ich und hörte das Zittern in meiner Stimme. »Ich selbst habe meine Karriere beendet. Es war keine Verletzung oder Ähnliches.«

Jakes Augen wurden größer. Seine Mundwinkel senkten sich, bis er erstarrte. »Wieso hast du das getan?« Seine Stimme war ruhig, doch der irritierte Ausdruck auf seinem Gesicht war nicht zu übersehen. »Wieso hast du deine Karriere beendet, Tia?«, fragte er erneut, doch der Klang seiner Stimme hatte sich verändert. »Wieso hast du beschlossen, nicht mehr weiterzumachen, wenn dich keine Verletzung daran gehindert hat?«

Ich atmete mehrmals tief ein und aus. Die plötzliche Kälte in Jakes Stimme erschreckte mich. »Ich ...«

»Ich verstehe nicht, wie man so etwas wegschmeißen kann. Wie kann man ganz oben sein, im D1-Kader trainieren, für ein Ivy-League-College schwimmen, die Beste sein und dann einfach beschließen ... was? Keinen Bock mehr zu haben?«

*Wegschmeißen*, hallte es in meinem Kopf nach, während sein enttäuschter Blick mich tief ins Herz traf.

»Es war das Beste für mich, Jake«, versuchte ich mich zu erklären. »Ich konnte einfach nicht mehr. Das alles hat mich kaputtgemacht. Ich habe es immer gewollt, doch irgendwann eben nicht mehr. Diese Entscheidung hat mich gerettet.«

Jake schnaubte ungläubig. »Das ist dann wohl eine dieser Entscheidungen, die man sich erlauben kann, wenn man ganz oben ist.« Er drehte sich kurz von mir weg, bevor er mich wieder ansah. »Wow ...« Er lachte auf, die Kälte in seiner Stimme wurde immer schneidender. »Ich fühle mich gerade so unendlich dumm!« Jake blickte zu Boden und ließ die Schultern hängen. »Ich erzähle dir, dass eine Schwimmkarriere mein größter Traum ist und wie sehr ich mir das wünsche. Ich dachte, du verstehst mich. Ich dachte das wirklich.«

Ich kämpfte gegen den Schmerz an, der sich in meiner Brust ausbreitete, je länger er sprach.

»Stattdessen trittst du meinen Traum mit Füßen.« Er schlug mit der Hand gegen einen Küchenschrank und sah mich mit eiskalten Augen an. »Kannst du dir eigentlich vorstellen, wie sich das für mich anfühlt?«

Ich wollte nicht, dass er sich weiter in seine Wut und Enttäuschung reinsteigerte. Gleichzeitig wollte ich schreien, ihn festhalten und ihm klarmachen, was in mir vorging.

»Okay, du bist verletzt«, sagte ich stattdessen nur mit bebender Stimme. Ich brachte die Worte kaum hervor.

»Nein, ich bin nicht verletzt.« Jake schüttelte den Kopf. »Ich bin enttäuscht.«

Ich biss mir auf die Lippe, um meine Augen davon abzuhalten, sich mit Tränen zu füllen. »Es war meine Entscheidung, Jake.« Ich versuchte, meine Worte so stark wie möglich klingen zu lassen, auch wenn ich innerlich zusammenbrach.

»Ja, das ist genau der Punkt.« Jake ging auf Abstand zu mir und lehnte sich gegen die Arbeitsplatte.

Ich spürte, wie die Wut in mir hochkochte. Wut auf Jake, Wut auf Aaron und Wut auf jeden, der so tat, als würde es mir nicht zustehen, selbst über mein Leben zu bestimmen.

»Du hast ja keine Ahnung, Jake.«

»Das stimmt.« Er schnaubte. »Ich habe keine Ahnung, wie man so eine Entscheidung treffen kann.«

Ich schüttelte den Kopf, ungläubig, was Jake mir alles vorwarf.

Er drehte mir den Rücken zu. »Ich habe keine Ahnung, wie man so eine dumme Entscheidung treffen kann! Ich habe mich wohl in dir geirrt. Du beendest deine Karriere, weil ... warum, Tia? Warum tut man so was?«

Ich stand einfach nur da, den Geruch von angebrannter Tomatensoße in der Nase, während mein Blick immer noch auf Jake lag, der mir den Rücken zugedreht hatte.

»Ich denke, es ist das Beste, wenn ich jetzt gehe.« Ich sah ihn weiter an, während die Worte völlig emotionslos meinen Mund verließen. Ich wollte ihm so viel entgegenschmettern, wollte ihm verständlich machen, dass er nicht das Gleiche durchgemacht hatte wie ich. Ich wollte wütend gegen eine Wand schlagen, mich heulend zusammenkauern, wenn ich nur daran dachte, was mich zu dieser Entscheidung gebracht hatte. Aber vor allem wollte ich heulen, weil ich angenommen hatte, Jake würde mir zuhören und mich verstehen. Doch da hatte ich mich wohl geirrt.

# Kapitel 16

Ich nahm ein Buch vom Rollwagen, auf dem ich die heutige Lieferung ausgepackt hatte, und sortierte es ins Regal. Ein anderes kam auf den Empfehlungstisch und das dritte hinter die Kasse zu den vorbestellten Büchern.

*Ich bin enttäuscht*, hallten Jakes Worte in meinem Kopf nach, während mein Blick weiter auf den Büchern klebte, die ich noch einsortieren musste. Ich rieb mir die müden Augen, die immer noch geschwollen waren, nachdem ich die letzte Nacht mehr geweint als geschlafen hatte.

»Okay, es ist ja noch besser als gedacht, dass ich jetzt da bin.«

Erschrocken drehte ich mich herum und sah Lexie, die im Laden stand. Die Türklingel hatte ich völlig überhört.

»Du musst mich nicht so ansehen, wir gehen jetzt einen Kaffee trinken.« Lexie winkte mich zu sich, doch ich rührte mich nicht von der Stelle.

»Aber ich arbeite«, sagte ich nur.

Lexie hob skeptisch eine Augenbraue und verschränkte die Arme vor der Brust. »Helen?«, rief sie laut, während sie mich weiter ansah.

»Lexie, bist du das?«, schallte Helens Stimme aus ihrem Büro, und ich fragte mich kurz, ob Helen jeden in der Stadt kannte.

»Ja. Ich wollte dir nur mitteilen, dass ich Tia auf einen Kaffee entführe.«

»Mach das, Kind! Ihr dürft erst zurückkommen, wenn Tia nicht mehr wütend auf Kinderbuchcover starrt und es ihr besser geht, okay?«

Mein Blick schnellte zur Bürotür, die nur angelehnt war. »Aber ich arbeite!«, wiederholte ich.

»Dann hast du jetzt Pause. Von mir persönlich angeordnet!«, rief Helen zurück.

Lexie hielt die Tür für mich auf, und ihr Grinsen ließ mich wissen, dass ich verloren hatte. Ich holte meinen Mantel, der hinter der Kasse über einem Stuhl hing, und folgte ihr ohne weitere Widerworte.

Zwanzig Minuten später saßen wir auf einer Mauer im Burberry Park, jede mit einem heißem Kaffee in der Hand, der vor sich hin dampfte. Ich starrte auf den Dampf, wärmte meine Hände am Becher und schwieg beharrlich. Kurz sah ich zu Lexie, rechnete mit einem fragenden Blick, doch sie schaute nur geradeaus auf den Teich und die Trauerweide, die am Ufer wuchs.

»Ist es nicht schön hier?«, meinte Lexie irgendwann und baumelte mit den Beinen, während sie weiter auf den Teich sah.

»Ja«, antwortete ich und fragte mich, wann Lexie endlich mit der Sprache rausrücken würde. Schließlich hielt ich es nicht mehr aus. »Lexie. Warum sind wir hier?«

Für einen winzigen Augenblick sah Lexie mich an und blickte dann wieder zum Teich. »Weil Jake ein sehr komplizierter Mensch ist.« Sie schlürfte an ihrem heißen Kaffee.

»Okay.« Ich nahm ebenfalls einen kleinen Schluck. »Und das sagst du mir jetzt, weil ...?«

Lexie setzte den Kaffeebecher auf der Mauer ab und sah mich eindringlich an. »Weil er ziemlichen Mist gebaut hat.«

Ich zog die Augenbrauen kraus. »Er ... Woher weißt du das schon wieder?«

»Weil er mir das gesagt hat.«

»Anstatt mit mir zu reden, hat er dir also alles haarklein erzählt und dich dann vorgeschickt?« Ich schnaubte, wandte den Blick ab und verstärkte den Griff um meinen Becher.

»Nein, nicht ganz.«

Ich sah Lexie fragend an.

»Er hat mir eine Nachricht geschrieben. Seine genauen Worte waren *Ich glaube, ich hab's verbockt.* Ich habe ihn angerufen und ihm geschrieben, aber er hat nicht reagiert. Da er ganz deutlich gemacht hat, dass er gerade allein sein will, dachte ich, ich gebe dir die Möglichkeit, auch eine Entscheidung zu treffen: allein sein oder reden.«

Ich spürte, wie meine Augen sich mit Tränen füllten.

»Jake ist mein bester Freund, Tia.« Lexie legte eine Hand auf meine Schulter. »Aber es gibt keine Seite, die ich wählen muss. Du gehörst jetzt genauso zu unserer kleinen Gruppe. Du entscheidest, ob du reden willst oder nicht.«

Ich konnte die Tränen nicht länger zurückhalten. Lexies Hand ruhte immer noch auf meiner Schulter, während ich weinte. Ich weinte vor Schmerz, weil ich so lange keine Entscheidung für mich getroffen hatte, und darüber, was passierte, als ich es schließlich doch getan hatte. Und ich weinte vor Freude, denn Lexie war für mich da und ließ mir die Freiheit, eigene Entscheidungen zu treffen.

»Danke«, schluchzte ich und wischte mir mit dem Mantelärmel über das tränenfeuchte Gesicht. »Wirklich, Lexie.«

Auf Lexies Gesicht trat ein schmales, mitfühlendes Lächeln. »Immer doch.«

Ich nippte an meinem lauwarmen Kaffee. »Ich glaube, es macht Jake fertig, zu sehen, dass ich weggeworfen habe, was er sich sehnlichst wünscht.«

Lexie nickte nur nachdenklich.

»Es hat ihn ziemlich getroffen zu hören, dass ich mich *so einfach* gegen die Schwimmkarriere entschieden habe.« Ich sah zur Weide, deren lange, ausladende Äste sich im Wind bewegten. »In Jakes Augen habe ich genau das unüberlegt und undankbar weggeworfen, wofür er seit Jahren hart arbeitet.«

»Das hat ihn sicher an der Oberfläche angekratzt«, erwiderte Lexie.

»An der Oberfläche? Wie meinst du das?«, hakte ich nach.

Lexie sah mich ernst an. »Du schwimmst schneller und besser als er, du warst in Yale, all diese Sachen kratzen an seinem Ego.« Lexie rückte sich auf der Mauer zurecht. »Aber diese Dinge stören Jake nie länger als fünf Minuten, so ist er nicht.«

Diese Einschätzung ihres besten Freundes erleichterte mich ein wenig. Denselben Eindruck hatte ich bisher auch. Bis gestern Abend zumindest.

»Aber warum hat es ihn dann gestern Abend so sehr getroffen? Warum ist er so an die Decke gegangen und hat ... solche Sachen gesagt?« Ich erinnerte mich an den enttäuschten Ausdruck in Jakes Augen und an seine Stimme, die so kalt und vorwurfsvoll geklungen hatte, dass ich zurückgeschreckt war.

»Das sind die Momente, in denen es tiefer geht«, begann Lexie, und ich saugte jedes Wort, das sie sagte, auf. »Die Momente, in denen das Wort *genug* eine große Rolle spielt.« Sie betonte das Wort so stark, dass ich mich an ein Gespräch mit Jake im Campus-Café erinnerte, wo er dieses Thema für einen kurzen Moment angeschnitten hatte.

»In Jakes Leben geht es schon immer darum, *genug* zu sein. *Gut genug* im Studium, *gut genug,* um endlich an ein Elite-College zu kommen, *gut genug,* um mit sich selbst als Mensch irgendwann zufrieden zu sein und sich nicht konstant selbst fertigzumachen.«

Ich schluckte schwer. Auch wenn ich immer gut sein wollte, hatte ich nie mit dem Gefühl kämpfen müssen, nicht genug zu sein. »Ich habe ihn auch mal gefragt, ob es jemals genug sein würde«, erinnerte ich mich an den Moment bei ihm auf der Couch nach unserem ersten gemeinsamen Training.

»Damit hast du voll ins Schwarze getroffen.« Lexie schnaubte und schüttelte leicht den Kopf.

»Wir haben über das Schwimmen geredet und in diesem Zusammenhang genau über dieses Gut-genug-Sein. Aber ich habe damals nicht verstanden, dass es bei Jake um viel mehr als das Schwimmen geht.« Ich wandte mich von Lexie ab und blickte auf die braune Brühe in meinem Becher. »Vielleicht wollte ich es auch nicht sehen«, schob ich unsicher hinterher.

»Das ist kein Schuh, den du dir anziehen musst«, sagte Lexie schnell. »Du hattest Jake gerade erst kennengelernt. Du konntest noch gar nicht wissen, was seine Worte eigentlich bedeuten.«

Ich lachte leise, als gäbe es erst eine neue Sprache, die ich lernen musste, um Jake zu verstehen. Aber vielleicht war es wirklich so. Vielleicht lernte man einen Menschen nach und nach immer besser kennen und verstand ihn irgendwann blind, eben weil man seine Sprache immer besser sprach.

»Außerdem ist es okay, wenn du zu dem Zeitpunkt keine Kapazität dafür hattest.«

Ich sah sie an und zog die Augenbrauen verwirrt zusammen.

»Du bist gerade erst nach Amber Falls gezogen, alles war neu, und du hattest so viel, was du noch verarbeiten musstest. Und wenn man so sehr mit sich selbst beschäftigt ist, hat man nicht immer die Kraft, das Gewicht der Probleme anderer auch noch mitzutragen.«

Ich musterte Lexie, wusste tief im Innern, dass sie recht hatte.

Sie legte ihre Hand auf meinen Arm. »Das ist nichts Schlechtes, Tia. Du selbst bist die wichtigste Person in deinem Leben. Du musst jeden Tag und jede Minute mit dir selbst verbringen. Du hast eine Entscheidung für dich getroffen, die eine Menge Konsequenzen nach sich gezogen hat, aber du hast sie für *dich* getroffen. Und wenn ich das so von außen betrachtet beurteilen kann, war es die richtige Entscheidung.«

Sie streichelte meinen Arm, und ich sah sie einfach nur an. Lexie, die Sarkasmus-Königin, die immer so tough und direkt war. Lexie, die irgendwie immer die richtigen Worte zu finden schien, vielleicht weil sie genau wusste, wie sich diese Probleme anfühlten. Sie sah kurz auf ihre Schuhe und dann zu mir.

»Wenn dich selbst zur Priorität zu machen dazu führt, dass du einige Zeit lang – ganz gleich wie lang – nur mit dir beschäftigt bist, damit, dich selbst wieder zu finden oder sogar ganz neu zu erfinden, dann ist das vollkommen okay. Du hast jedes Recht dazu.«

Ich lächelte Lexie dankbar an, auch wenn ich nicht glaubte, dass ich in der Lage war, jetzt schon zu verstehen, wie mächtig ihre Worte waren.

»Danke.« Ich atmete ruhig aus und ein. »Du bist eine ganz schön beeindruckende Frau.«

Sie lächelte und sprang von der Mauer. »Ich weiß, wird mir immer wieder gesagt.«

Ich rutschte ebenfalls von der Mauer und schlug zusammen mit Lexie den Weg zum *Book Attic* ein.

»Heute Abend startet übrigens der Weihnachtsmarkt«, erzählte Lexie, als wir wieder auf der Hauptstraße angekommen waren.

Ich sah sie verdutzt an. Es war erst der zweite Dezember und Weihnachtsmärkte noch nicht Teil meiner Freizeitplanung.

»Schau mich nicht so an, sag einfach, ob du Zeit und Lust hast, heute Abend mitzukommen.«

Wir schlenderten die Hauptstraße entlang, in der Ferne sah ich das rote Backsteingebäude, in dem sich der *Book Attic* befand.

»Wird …«, begann ich.

»Nein, Jake wird nicht da sein, ihr könnt das irgendwann anders klären und in Ruhe reden. Nur Em und ich werden dort sein.«

Ich sah Lexie dankbar an.

»Und vielleicht du?«, schob Lexie nach.

Ich nickte. »Ich denke schon. Ich schreib dir nach der Arbeit noch mal, wie ich mich fühle, aber ein bisschen heißer Punsch und ein Crêpe mit viel Schokolade klingen schon sehr verlockend.«

Wir waren am *Book Attic* angekommen, und Lexie schloss mich in eine schnelle Umarmung, die ich erwiderte. Lexie war mir schnell zu einer echten Freundin geworden. Zu einer, wie ich sie ich mir als Kind immer gewünscht hatte.

Die Sonne war bereits untergegangen, als ich mich in eine dicke Daunenjacke gepackt auf den Weg zum Weihnachtsmarkt machte.

»Tia! Hier sind wir«, hörte ich Em rufen und sah mich um.

Ich erblickte Em und Lexie hektisch winkend in der Nähe einer Getränkebude und bahnte mir meinen Weg durch die Menschenmenge zu einem Stehtisch. Ich umarmte beide zur Begrüßung.

Lexie schob mir ein Punschglas hin, aus dem es dampfte. »Ein bisschen Orangenpunsch zum Start kann nicht schaden.«

Ich legte meine Finger um die warme Tasse und atmete den nach Orange duftenden Dampf ein. Ein ganz klares Zeichen dafür, dass der Punsch noch viel zu heiß zum Trinken war.

»Wie war euer Tag?« Ich sah erst Lexie, dann Em an.

Lexie zuckte mit den Schultern. »Ich habe viele Lebensweisheiten verteilt, während ich auf einer Mauer Kaffee getrunken habe. Sonst nur Uni-Kram.«

Ich lachte und pustete auf meinen Orangenpunsch.

»Ich hatte ein sehr langes Gespräch mit Will und bin irgendwie immer noch nicht schlauer«, antwortete Em.

Ich musterte Em, nicht sicher, ob das etwas Gutes oder Schlechtes war, und auch Lexie wurde hellhörig.

Em nippte an ihrem Punsch. »Ich weiß immer noch nicht, wie ich Weihnachten feiere. Wo und vor allem mit wem verbringe ich die Feiertage? Wen lade ich ein beziehungsweise wessen Einladung nehme ich an? Mom und Cas ... Ach, keine Ahnung.« Em atmete resigniert aus.

»Und Will war keine Hilfe?«, hakte Lexie nach und schlürfte an ihrem Punsch.

»Nein. Der sagt, es sei meine Entscheidung, und irgendwie hat er ja auch recht, aber ... Argh!« Em fuhr mit der Hand durch ihre dunklen gewellten Haare und sah nicht sonderlich glücklich aus. »Was würdest du machen, Tia?«

Ich sah Em völlig überrascht an.

»Ich?«

»Ja, du. Vielleicht hast du da noch mal einen anderen Blick drauf.« Sie schüttelte den Kopf und wirkte fast hoffnungslos.

Ich presste die Lippen aufeinander und dachte nach. »Habe ich das richtig verstanden, dass es hauptsächlich darum geht, dass deine Schwester Cas anderer Meinung sein könnte als du, wenn es darum geht, ob und welche Rolle eure Mutter an Weihnachten spielt?«

Em nickte. »Ja. Nein. Also ... Ich weiß ja selbst nicht mal, was ich will und was ich Cas vorschlagen soll.«

»Dann sag ihr genau das«, antwortete ich.

Em sah mich verdutzt an. »Wie meinst du das?«

»Sag Cas, dass du nicht weißt, wo du stehst. Dass dich die ganze Situation völlig überfordert und du ihr gerne einen Vorschlag machen würdest, von dem du weißt, dass alle damit zufrieden sind, aber den du nicht hast«, sprach ich weiter und sah, wie Ems Haltung sich veränderte, je länger ich sprach. »Lass deine Schwester an dem Chaos in deinem Kopf und an deiner Unsicherheit teilhaben. Cas kann nicht wissen, wie sehr dich diese Frage beschäftigt, wenn du es ihr nicht sagst.«

Em nickte langsam, und Lexie sah mich aufmerksam an.

Ich schenkte Em ein ehrliches Lächeln und versuchte das weiterzugeben, was meine Eltern mir in all den Jahren beigebracht hatten. »Es geht nicht nur darum, anderen zu erzählen, wie es in dir aussieht, Em. Es geht auch darum, mit dir selbst zu sprechen. Manchmal ergeben Worte, Gedanken oder Gefühle für einen selbst erst Sinn, wenn man sie mit anderen teilt.«

Schon oft hatte sich ein Problem für mich bereits in dem Augenblick gelöst, als ich jemand anderem davon erzählt hatte. Ich versuchte, in Ems Gesicht zu lesen, ob mein Vorschlag ihr weiterhalf.

Lexie lächelte mich an. »Auf dich, Tia.« Lexie hob ihr Punschglas. »Du hast gerade Ems Weihnachten gerettet.«

Wir lachten und stießen zusammen an. Ich genoss das wärmende Gefühl, während ich einen großen Schluck trank.

»Wie verbringst du eigentlich Weihnachten? Fliegst du heim?«, fragte mich Lexie.

Ich setzte das Glas ab und starrte darauf. »Ehrlich gesagt ...« Ich spielte am Henkel der Punschtasse herum, bevor ich die beiden wieder ansah. »Ich glaube nicht.« Der Gedanke, nach Thanksgiving nun auch Weihnachten ohne meine Eltern zu verbringen, tat weh. Doch ich fühlte mich immer noch nicht bereit, nach Hause zu fliegen.

»Wieso?«, fragte Em nach.

Ich sah sie nachdenklich an, während meine Finger immer noch nervös an der Tasse nestelten. »Ehrlich gesagt kann ich dir das gar nicht so richtig erklären«, gab ich zu. »Ich habe nur lange mit meiner Mutter telefoniert, und das war der Schluss, zu dem wir beide gekommen sind.«

»Du hast sie also an deinen Gedanken teilhaben lassen«, versuchte Lexie die Stimmung aufzuheitern und entlockte mir damit tatsächlich ein kleines Glucksen.

»Richtig«, stimmte ich zu und nahm einen weiteren Schluck Punsch. »Ach, ich weiß auch nicht so genau, aber ich bin noch nicht bereit, nach New Haven zurückzugehen.« Ich versuchte, meine Gedanken zu ordnen. »Wir wohnen so nah am Campus, alles zu Hause erinnert mich ans Schwimmen. Aaron, mein Ex-Trainer, hat gerade erst versucht, mich zu kontaktieren, und war sogar bei meinen Eltern, um mich wieder zurück ins Team zu locken.«

Em und Lexie nickten mitfühlend, und das ermutigte mich, weiterzusprechen. »Ich fühle mich so unglaublich schlecht, weil ich feige bin und mir von diesem einen Mann Weihnachten nehmen lasse.«

»Im Zweifel kannst du Weihnachten auch immer mit uns verbringen«, schlug Lexie vor.

»Wir wissen zwar selbst noch nicht, wie das aussieht, aber du bist herzlich eingeladen«, fügte Em hinzu und nickte bekräftigend, als mein Handy klingelte.

»Mom?«, sprach ich in den Hörer, da ich ihren Namen bereits auf dem Display gelesen hatte.

»Tia?« Ihre Stimme war ganz aufgewühlt und voller Sorge.

Ich ließ sie reden, hörte, wie sich die Worte meiner Mom mit einem unangenehmen Rauschen in meinem Ohr vermischten. Ich klammerte mich an den Stehtisch, sah wie durch einen Nebel Ems und Lexies fragende Gesichter. Das durfte nicht wahr sein. Das konnte nicht wirklich passiert sein.

***Swimming World:*** Wie würden Sie Ihren Weg als Trainer bisher beschreiben?
**Aaron Fisher:** Nun ja, ich kann auf eine ziemlich erfolgreiche Karriere zurückblicken, die aber noch lange nicht zu Ende ist. Ich habe einige große Talente entdeckt, die die heutige Welt des Schwimmsports bestimmen. (lacht)
***Swimming World:*** Wenn Sie von Talenten sprechen, die Sie entdeckt haben, welche Sportlerkarrieren rechnen Sie sich da ganz besonders an?
**Aaron Fisher:** Das ist natürlich eine knifflige Frage, da es über die Jahre viele Entdeckungen gab, auf die ich stolz bin. Allerdings würde ich hier Tia Rhodes anführen. Ein Talent, das die Schwimmwelt so noch nicht gesehen hat.
***Swimming World:*** Tia Rhodes hat bis vor Kurzem unter Ihnen in Yale trainiert, nicht wahr? Doch die gesamte Schwimmwelt war schockiert, als das Ende ihrer Karriere publik wurde.
**Aaron Fisher:** Tia war eine echte Bereicherung für das Team, es war immer eine Freude, mit ihr zu arbeiten. Sie ist ein echtes Ausnahmetalent und kann es noch weit bringen im Collegesport, aber auch im Nationalteam. Ich spreche von Weltmeisterschaften und Olympia, dort gehört Tia in meinen Augen hin.
***Swimming World:*** Können Sie vielleicht noch etwas mehr zu Tia Rhodes' plötzlichem Karriereende sagen?
**Aaron Fisher:** Nun, ganz so plötzlich kam es nicht. Tia hatte schon länger Probleme. Zuerst mit einigen Verletzungen, später kamen auch andere Probleme dazu. Sie war generell nicht mehr so zugänglich und hat zwar an sich gearbeitet, doch nicht mehr mit dem Teameinsatz, den wir von ihr kannten. Wir haben lange überlegt und gemeinsam entschieden, was das Beste für sie ist.

***Swimming World:*** Könnten Sie das noch etwas genauer ausführen? Wir hören hier zum ersten Mal von diesen Details.

**Aaron Fisher:** Natürlich. Wir haben entschieden, dass Tia eine Pause braucht. Sich erholen, durchatmen und neue Energie sammeln. Wissen Sie, der Leistungssport kann sehr fordernd sein, ganz gleich, wie gut man als Trainer versucht, Entlastung zu schaffen. Ich bin mir aber sicher, dass diese Pause ihr guttut.

***Swimming World:*** Sie sprechen explizit von einer Pause. Heißt das, wir alle dürfen damit rechnen, dass Tia Rhodes in die Welt des Schwimmens zurückkehrt?

**Aaron Rhodes:** (nickt) Ja, das können Sie. Ich stehe in engem Kontakt mit Tia. Sie trainiert weiter, aber in Maßen. Auf diese Weise erholt sie sich und bleibt gleichzeitig in Form. Ich habe letztens erst mit ihrer Mutter gesprochen, um einige Möglichkeiten durchzugehen, wie das nächste Semester aussehen könnte. Wissen Sie, ihre Eltern wohnen immer noch in New Haven und warten auf Tias Rückkehr. Genauso wie ich und das Team.

# Kapitel 17

Em, Lexie und ich starrten den zugeklebten Umzugskarton an.

»Das ist er also, der berühmte Karton, in dem deine Schwimmkarriere steckt«, sagte Em bedeutungsschwer und setzte sich zu mir und Lexie auf meinen gelben Fransenteppich. Ich hatte ihn gekauft, weil er mich im Laden an blühende Sonnenblumen erinnert hatte. Und an Jake.

»Mhmm«, brummte ich nur.

»Du oder wir?«, fragte Lexie, nachdem wir eine gefühlte Ewigkeit einfach nur im Stillen auf den Karton gestarrt hatten.

»Ihr«, entschied ich schnell und hielt kurz die Luft an, während Lexie tatsächlich das Klebeband mit einer Schere durchschnitt und den Karton aufklappte.

Sie sah in den Karton. »Also, was erwartet uns jetzt hier?«

»Erinnerungen«, flüsterte ich und war froh, dass Em meine Hand nahm und sie leicht drückte. »Gewonnene Turniere, erfolgreiche Scouting-Events und eine gegen die Wand gefahrene Liebe zum Sport«, spottete ich über mich selbst.

Lexie stützte ihren Ellenbogen auf der Kiste ab und legte ihren Kopf auf ihre Handfläche. »Was ist zwischen der kleinen Tia, die das Wasser liebte, und der Tia, die Yale verlassen musste, um sich selbst zu retten, passiert?«

Ihre Frage riss die Gefühle und den Schmerz wieder auf, über den ich bisher so erfolgreich ein dickes Pflaster geklebt hatte. »Die Welt ist passiert.« Ich schüttelte ungläubig den Kopf über meine eigenen Worte. »Ich kann es euch nicht erklären. Es ist einfach passiert. Da war keine falsche Abzweigung, die ich genommen habe. Keine Entscheidung, die ich heute tief bereue.«

Lexie musterte mich, und ich spürte auch Ems Blick auf mir ruhen.

»Ich war gut und dann immer besser. Ich bin im Kader geschwommen, habe *State Meets* gewonnen und wurde von Colleges umworben. Ich habe mich für Yale entschieden, und all das fühlte sich gut und richtig an. Es fühlte sich gut an, die Beste zu sein, die Bestätigung zu bekommen und das alles wegen der einen Sache, die mich immer schon glücklich gemacht hat. Schwimmen.«

Mein Handy klingelte. Schon wieder. Die Presse war an meine Nummer gekommen. Hätte ich darauf wetten müssen, wie, hätte ich auf Aaron gesetzt. Ich hatte den Fehler gemacht, beim ersten Anruf einer unbekannten Nummer ranzugehen, und sofort in Panik aufgelegt, als ich gebeten wurde, Stellung zu meiner Pause und der Rückkehr nach Yale zu beziehen. Seitdem hatte ich unzählige Interviewanfragen erhalten. Auch ein paar Nachrichten von ehemaligen Teammitgliedern waren dabei, die sich auf meine Rückkehr freuten. Nur auf Drews Nachricht hatte ich reagiert und ihr versprochen, mich zu melden, sobald ich in der Lage dazu war.

»Gib her.« Lexie griff nach meinem klingelnden Handy. »Ich stell den Scheiß jetzt aus, das ist ja nicht zu ertragen«, sprach sie aus, was wir alle dachten, und schaltete mein Handy aus.

Em drückte meine Hand. »Bitte erzähl weiter.«

»Irgendwann ist es gekippt. Es war ein schleichender Prozess. Der konstante Leistungsdruck hat mir alles genommen, und die Erfolge haben mir rein gar nichts mehr gegeben. Ich war drin und wusste nicht, dass ich rauswollte, bis ich realisiert habe, dass ich da nicht rauskomme. Ich habe verpasst zu leben, bis ich das Gefühl hatte, es verlernt zu haben.« Meine Augen füllten sich mit Tränen. Meine Brust verengte sich, und ich fühlte mich plötzlich wieder genauso gefangen und verloren wie damals in Yale. »Irgendwann war ich einfach nur noch wütend, weil ich keinen Ausweg mehr sah. Ich war wütend auf mich, weil ich es nicht früher gesehen habe. Auf meine Eltern, mein Team, meine Trainer. Ich war wütend auf die ganze Welt. Ich hatte mein Leben geopfert für etwas, von dem ich glaubte, es würde mich glücklich machen. Doch letztlich hat es mich gebrochen.«

Eine einzelne Träne lief über meine Wange. Meine Sicht war verschwommen, doch ich konnte Ems und

Lexies besorgte Blicke ausmachen. Ich wischte mir die Träne weg und versuchte mich an einem Lächeln, weil es mir tatsächlich durch die bloße Anwesenheit der beiden besser ging. Sie hatten mir zugehört, hatten die Schmerzen der Vergangenheits-Tia mit mir geteilt und mich wieder freier atmen lassen.

»Okay«, sagte Lexie und wühlte im Karton. »Aber das musst du mir erklären.« Sie hielt lächelnd ein Foto hoch, auf dem ich einen pinken Barbie-Badeanzug trug.

Wir brachen in schallendes Gelächter aus.

»Hallo?! Barbie Mermaidia? Barbie Ozeana?«, rief ich, nachdem ich mich wieder gefangen hatte, und griff nach dem Foto. »Ist ja wohl kein Wunder, dass ich auf die Wasserprinzessinnen abgefahren bin? Ich war sieben!«

»Und welcher fragwürdige Prinzessinnenfilm hat das hier zu verantworten?« Lexie zog einen knallgelben Badeanzug aus dem Karton, auf dem mit aufgeklebten glitzernden Strasssteinen mein Name zu lesen war.

Ich schnappte ihn ihr aus der Hand und presste ihn an mich.

»Hey. Ich hatte einen tollen Tag und durfte mir etwas aussuchen. Das ist meine Lieblingsfarbe – aber zu den Strasssteinen will ich an dieser Stelle lieber nichts sagen.«

»Ist vermutlich besser so«, meinte Em und lachte, während Lexie bereits nach weiteren Erinnerungsstücken kramte.

Ich musste meine ersten Schwimmflügel und meine erste Zweitplatzierung erklären, hielt mir vor Lachen den Bauch und realisierte auf einmal, wie gut mir das tat. Wie schön es war, in den Erinnerungen zu wühlen, die mich einmal glücklich gemacht hatten, und nicht ausschließlich an den Erinnerungen festzuhalten, die für den Schmerz in mir verantwortlich waren. Und irgendwann legte ich den winzigen sonnenblumengelben Badeanzug auf den sonnenblumengelben Fransenteppich und lächelte zufrieden. Die kleine Tia wäre glücklich zu wissen, was aus der großen Tia geworden ist. Und die große Tia war froh, dass sie ihren Schmerz ablegen und heilen konnte, während sie die kleine Tia in sich für immer beschützen würde.

*Versprochen.*

## *2006*

*»Den Badeanzug, aber in Gelb!« Ich zeigte auf den knallgelben Badeanzug, der auf einer Kleiderstange hing.*

*»Okay«, sagte meine Mom und nahm ihn vom Bügel.*

*»Aber nicht dass das jetzt zur Gewohnheit wird«, mischte mein Dad sich ein und lachte.*

*Meine Mutter lächelte. »Himmel, nein! Wenn wir sie verwöhnen und ihr alles kaufen, denkt die Welt bestimmt, das liegt daran, weil sie ein Einzelkind ist und wir schlechte Eltern sind.«*

*Wir gingen zur Kasse. Mom bezahlte, und die Verkäuferin reichte mir den Badeanzug.*

*»Können wir meinen Namen mit Strasssteinen draufkleben lassen?« Ich zeigte auf eine Box mit funkelnden Strasssteinen, die auf dem Verkaufstresen lag. »So einen Badeanzug wünsche ich mir schon so lange!«*

*»Natürlich! Man muss ja wissen, wie die knallgelbe Sonnenblume heißt, die durch die Schwimmhalle rennt!« Mein Dad nickte und lächelte mich an.*

*»In der Schwimmhalle darf man nicht rennen, Dad.«*

*Er küsste mich auf den Scheitel. »Natürlich, Schätzchen, dumm von mir.«*

*Mom hielt mir die Schachtel mit den Strasssteinchen hin, und ich durfte mir so viele aussuchen, wie ich wollte.*

*»Damit werde ich bestimmt Erste«, meinte ich vollkommen überzeugt, nachdem ich das letzte Strasssteinchen ausgewählt hatte.*

*»Ich muss noch ein paar Besorgungen machen und könnte euch beide in der Buchhandlung parken«, schlug Mom vor, nachdem sie die Strasssteinchen bezahlt und in ihrer Tasche verstaut hatte.*

*Mein Blick schnellte zu Dad, der mich ebenfalls grinsend ansah. Wir nickten eifrig und stimmten dem Angebot meiner Mom zu. Ich wusste schon ganz genau, welche Bücher ich unbedingt lesen wollte, und griff nach der Hand meines Dads. Gemeinsam mit Mom schlenderten wir aus dem Geschäft.*

*»Ich bin stolz auf dich. Ich wäre aber auch stolz auf dich, wenn du nicht die Erste wirst«, schob sie hinterher.*

*Ich sah zu ihr auf.*

*Dad drückte meine Hand. »Ich auch. Auch wenn du den letzten Platz machst oder irgendwann ganz mit dem Schwimmen aufhörst oder das Schwimmen sogar irgendwann wieder verlernst und wir die Schwimmflügel rauskramen müssen.«*

*Ich drehte mich zu meinem Dad und sah ihn verwirrt an. »Warum sollte ich jemals mit dem Schwimmen aufhören? So ein Quatsch, Dad.« Ich lachte und schüttelte dabei den Kopf.*

*Ich liebte es zu schwimmen, egal, ob im Meer, im See oder auf meiner Bahn im Schwimmbad. Ich liebte das Training und die Freunde in meinem Schwimmkurs. Ich liebte meine Trainerin, ihr Lob und dass sie mir jede Woche etwas Neues beibrachte.*

*»Wenn ich groß bin, werde ich Schwimmerin. So wie Amelia Rodriguez«, verkündete ich stolz.*

*»Bist du nicht schon eine Schwimmerin?«, antwortete Dad.*

*»Ja ... aber so richtig, meine ich.«*

*Meine Mom lachte leise. »So richtig?«, fragte sie nach. »Das musst du mir erklären, mein Schatz. Wie stellst du dir deine Zukunft vor, wenn du groß bist?«*

*»Ich studiere Schwimmen!« Ich blieb stehen und sah meine Eltern eindringlich an. »Ich will auf alle Wettkämpfe und sie gewinnen. Immer im Wasser sein und die Regionalmeisterschaften gewinnen so wie Amelia.« Ich hüpfte aufgeregt auf der Stelle. »Und dann trage ich den gelben Badeanzug! Und ihr könnt mir nie wieder sagen, dass ich aus dem Wasser rausmuss. Und ich werde jeden Tag schrumpelige Haut haben!«*

*Meine Eltern lachten, und Mom ergriff meine freie Hand.*

*»Und wir wünschen uns für deine Zukunft, dass du glücklich bist, Liebes.«*

# Kapitel 18

`Können wir reden?`

Jakes Nachricht überraschte mich nicht, trotzdem zögerte ich zunächst, sie zu lesen. Unser Streit war gerade einmal vier Tage her, aber es hatte sich angefühlt wie eine halbe Ewigkeit. Anstatt auf seine Fragezu antworten, beschloss ich, einfach zu ihm an den Campus zu fahren.

Der Geruch des gechlorten Wassers stieg mir in die Nase, noch bevor ich das Becken sah, in dem Jake hoffentlich gerade seine Bahnen zog. Ich atmete erleichtert auf, als ich seinen blonden Schopf aus dem Wasser auftauchen sah, durch das er gerade kraulte, und ging zum Startblock seiner Bahn.

»Hey«, grüßte ich ihn genau in dem Moment, als Jake am Beckenrand anschlug.

Er starrte mich überrascht an und griff nach der Metallstange am Startblock. »Hi.« Beherzt schüttelte er sich das Wasser aus den Haaren.

Einen kurzen Moment lang schwiegen wir uns an, und ich sah, wie er sich nervös auf die Lippe biss.

»Wie viel hast du noch?«

»Bin fertig«, sagte er knapp.

Ich fragte mich, ob es ein Fehler gewesen war, gleich herzukommen, und wurde zunehmend nervöser.

»Kaffee?«

Jakes Frage riss mich aus meinen Gedanken, noch bevor sie sich weiter überschlagen konnten. Ich nickte knapp und sah Jake zu, wie er sich mit einer gekonnten Bewegung aus dem Wasser schwang und sich vor mir aufrichtete. Tropfen liefen an seiner nassen Haut herunter, auf dem Fliesenboden sammelte sich bereits eine Pfütze um seine Füße.

»Ich geh mich nur schnell umziehen.« Jake ging Richtung Umkleiden. »Treffen wir uns draußen?«

Ich nickte und schaute Jake hinterher.

Er drehte sich noch einmal zu mir um. »Tia?«

»Ja?« Ich hob erwartungsvoll die Augenbrauen.

»Ich freue mich sehr, dich zu sehen.«

Das Lächeln, das auf seine Worte folgte, ließ die Schmetterlinge in meinem Bauch endlich wieder tanzen.

Keine zehn Minuten später kam Jake frisch geduscht und umgezogen aus der Schwimmhalle nach draußen, wo ich bereits auf ihn wartete. Wir kauften uns im Café einen Kaffee zum Mitnehmen und schlenderten über den Campus.

Jake zog sich die Kapuze seines College-Hoodies über die Haare. »Ich ... Es tut mir leid.«

»Ist schon okay«, meinte ich und schenkte ihm einen kurzen Blick. »Dir sind die Sicherungen durchgebrannt.«

Wir folgten dem Kiesweg Richtung Parkplatz, und ich hatte das Gefühl, wie auf rohen Eiern zu laufen. »Hör zu ... Du hast Dinge gesagt, die du nicht so gemeint hast, und ich habe einiges nicht richtig klargestellt.« Ich umschiffte die Tatsache, dass ich ihn viel zu lange hatte glauben lassen, eine Verletzung sei der Grund für mein Karriereende gewesen. »Aber ich meine das ernst, wenn ich sage: Ist schon okay. Da war viel Wut in dir, und in dem Moment war ich, genauer gesagt meine Entscheidung, der passende Kanal.« Ich war selbst überrascht, wie erwachsen und gefasst ich klang.

»Nein, es ist nicht okay, weil es unfair und falsch von mir war.«

»Es ist okay, solange es nicht noch einmal passiert«, stellte ich klar. »Manchmal überkommen uns die Emotionen, und wir müssen ihnen Raum geben, um sie zu verarbeiten. Es war falsch, aber jeder macht Fehler.« Ich war mir sicher, dass ich selbst schon ähnliche Fehler gemacht hatte oder noch machen würde. Das war menschlich. Ich konnte ihm nicht für etwas böse sein, was ich so gut nachvollziehen konnte.

Wir liefen eine Weile schweigend nebeneinanderher, als Jake sich räusperte. »Ich habe das Interview mit Aaron in der *Swimming World* gelesen.«

»Oh«, sagte ich nur, obwohl ich nicht wirklich überrascht war. So ziemlich jeder, der etwas mit dem Schwimmen zu tun hatte, hatte den Artikel gelesen.

»Ich war ein Holzkopf.« Jake lachte.

»Das warst du.« Ich lachte auch und genoss die Leichtigkeit, die wieder zu uns zurückkehrte.

»Was dein Trainer da erzählt hat ... Das war so absurd zu lesen. Ich hätte dir von Anfang an glauben sollen.«

»Ja, hättest du«, erwiderte ich und kickte ein Steinchen vor mir her. »Ich glaube, das ist es, was mich am meisten verletzt hat.«

»Es war schwer, diese Entscheidung zu treffen, aber sie war richtig. Den Vorwurf zu bekommen, man hätte etwas leichtfertig weggeworfen und alle anderen damit enttäuscht, das muss ... unangenehm gewesen sein.«

Ich sah Jake von der Seite an. »Vor allem, weil die Worte von dir kamen«, fügte ich hinzu und hoffte, er verstand, was ich meinte. Dass meine Worte kein Vorwurf waren, ich ihm aber doch erklären musste, was sie mit mir gemacht hatten.

»Es tut mir wirklich leid, Tia. Ich wollte dich nie verletzen und habe es doch getan.« Jake kickte ein Steinchen vom Weg ins frisch gemähte Gras.

Ich schwieg, wusste nicht, was ich darauf sagen sollte, und nickte nur, weil ich seine Entschuldigung annahm. Ich blieb stehen und sah Jake an.

»Was ist in dir vorgegangen, als dir die Sicherungen durchgebrannt sind?«

»Wie meinst du das? Emotionen halt. Wut und das alles.«

Ich schüttelte den Kopf, das meinte ich nicht. Mir war klar, dass er wütend gewesen war, dass all die

Gedanken und widerstreitenden Gefühle ihn in dem Moment überfordert hatten.

»Aber was hast du dabei gedacht? Es war doch nicht bloß *Wut*. Was war der genaue Gedanke, der dich so wütend gemacht hat?«

Jake blieb stehen. Er senkte den Blick und zog mit seinem Schuh Linien in den Kies. »Ich war wieder nicht genug. Das ist das Gefühl, der Gedanke, der sich in meinem Kopf immer wiederholt. *Nicht genug*.« Er hob den Blick, und in seinen Augen stand der tiefe Schmerz geschrieben, an dem er mich gerade teilhaben ließ. »Es ist schwer zu erklären.«

Ich konnte nur erahnen, wovon er sprach, hörte ihm aber mit jeder Faser meines Seins zu, weil ich ihn unbedingt verstehen wollte.

»Versuch es«, ermutigte ich ihn. »Lass mich an dem Chaos da oben teilhaben, dann können wir es zusammen entwirren.« Ich tippte mit dem Zeigefinger einige Male gegen seine Stirn.

Er lachte kurz auf und schnaubte. »Da ist immer dieser Gedanke, dass es nicht reicht, ich nicht gut genug bin, egal, wie sehr ich an mir arbeite. Weißt du: Ich gebe mein Bestes. Und es ist sehr frustrierend, immer wieder festzustellen, dass mein Bestes offenbar nicht gut genug ist. Das Gefühl, an eine Grenze zu stoßen, was mein Können angeht, ist verdammt hart.«

Ich sah ihn an, konnte den Blick nicht von seinen Augen wenden, die in weite Ferne schauten. Vermutlich überrollten Jake gerade Erinnerungen an die Momente, in denen er sich so gefühlt hatte.

»Und dann standest du vor mir. Die Verkörperung von allem, was ich niemals sein werde, und sagst mir, du hast dich gegen meine Träume entschieden. Es fühlte sich an, als hättest du dich gegen mich entschieden.«

Mein Herz setzte einen Schlag aus. »Jake ...« Meine Stimme klang brüchig.

»Ich weiß, dass du das nicht getan hast, Tia.« Er verlagerte sein Gewicht von einem auf das andere Bein. »Aber so hat es sich in dem Moment angefühlt.«

Ich nickte, versuchte, diese Dinge voneinander zu trennen, auch wenn es mir schwerfiel. »Ich würde mich niemals gegen dich entscheiden«, fand ich meine Stimme wieder und legte meine flache Hand an seine Wange.

Jake erwiderte meine Geste. »Ich hab da wohl ein bisschen was durcheinandergeworfen.«

Sein Sarkasmus entlockte mir ein leises Lachen, und ich war froh, dass wir uns einig waren.

»Meine Träume sind nicht deine Träume«, fügte er hinzu, »mein Leben ist nicht dein Leben ... Wobei ...«

Ich legte meinen Kopf schief und sah ihn fragend an.

Er streichelte mir mit dem Daumen über die Wange. »Vielleicht ändert sich das irgendwann.«

»Was willst du damit sagen?«, fragte ich unsicher nach.

»Vielleicht wird aus deinem und meinem Leben ja irgendwann *unser Leben*.«

Ich sah ihn völlig perplex an. *Unser Leben*, in dem seine Träume und meine Ängste dasselbe waren. Und doch hatte der Gedanke etwas Schönes. Er würde Verständnis haben, genau wie ich. »Vielleicht«, flüsterte ich nur.

»Darf ich dich küssen, Tia Rhodes?«

Ich lächelte und nickte. Da war es wieder: das Um-Erlaubnis-Fragen. Und er nannte mich bei meinem vollständigen Namen. Als meine Lippen endlich wieder auf Jakes lagen, gab ich mich ihm völlig hin. Ich ließ mich in diesen Kuss fallen, weil ich wusste, dass er mich hielt. Er mich und ich ihn. So konnte uns nichts passieren.

Ich goss die letzten Wassertropfen aus der Gießkanne auf die trockene Erde meiner Monstera. Die Pflanzen waren versorgt, die Regale abgestaubt und die Fenster geputzt. Ich hatte sogar den Teppich von unten gesaugt und danach voller Zufriedenheit alle Punkte auf meiner Aufgabenliste abgehakt. Ich hatte sogar ein Häkelset für Anfänger bestellt und Jake stolz das Foto der Bestellbestätigung geschickt.

Trotzdem hatte ich jede Sekunde an Aaron denken müssen. An den Artikel und alles, was ich ihm sagen wollte. Das Ganze musste ein Ende finden. Ich klappte meinen Laptop auf und schrieb alle Gedanken der letzten Stunden in ein leeres Dokument. Es waren Gesprächsnotizen, die es mir leichter machen würden, Aaron klar und deutlich meine Meinung zu sagen.

Ich wählte seine Nummer und wartete darauf, dass er meinen Anruf entgegennahm, während ich die Notizen auf meinem Laptop-Bildschirm las. Dabei kannte ich sie mittlerweile auswendig.

»Tia?«, hörte ich Aarons Stimme, die mir jahrelang so vertraut gewesen war. Doch jetzt klang sie fremd.

»Ja«, antwortete ich und konzentrierte mich auf den Grund meines Anrufs.

»Es freut mich, endlich von dir zu hören! Erholst du dich gut in deiner Pause? Wie geht's dir?«

»Wie es mir geht?!«, wiederholte ich aufgebracht. »Was glaubst du denn, wie es mir geht, wenn mein Handy ununterbrochen klingelt, weil die Leute wissen wollen, wann ich zurück nach Yale komme? Die Presse hat sogar meine Eltern kontaktiert, Aaron!« Ich atmete tief durch, es würde nichts bringen, ihn das gesamte Telefonat lang anzuschreien, auch wenn ich gerade nichts lieber täte. »Was zur Hölle hast du dir dabei gedacht, dieses Interview zu geben?«

»Was ich mir gedacht habe?« Aaron lachte mit einer Leichtigkeit, die mich anwiderte. »Ich habe mehrmals versucht, dich zu erreichen, Tia. Aber du hast dich versteckt wie ein kleines Kind.«

Mir wurde schlecht bei seinen Worten.

»Seit du weg bist, hat sich hier einfach alles verändert. Ich werde nie aufhören zu versuchen, dich zurück nach Yale zu holen. Das kann ich gar nicht.«

Ich rammte mir die Fingernägel in die Handfläche, um die Ruhe zu bewahren, die ich für dieses Telefonat so dringend brauchte. »Ist das eine Drohung?«

Meine kühle Stimme entlockte Aaron nichts weiter als ein Schnauben. Vermutlich belächelte er mich gerade sogar.

»Ach, Tia. Jetzt mach aber mal bitte kein Drama, wo gar keins ist. Ich kümmere mich nur um mein Team, wir sind eine Familie. Du gehörst doch dazu.«

Ich schüttelte den Kopf. *Familie*. Bei dem Gedanken daran, dass Aaron meine Familie sein sollte, wurde mir schlecht. »Ich gehöre nicht länger zur Yale-Familie, und du weißt, dass wir im Grunde niemals eine waren.« Ich dachte an all die Tage, die ich mich aus dem Bett quälen musste, weil jedes Fünkchen Motivation nach Jahren des Hochleistungssports einfach weg war.

»Das kannst du nicht ernst meinen, Tia.« Aaron klang zum ersten Mal wirklich erstaunt.

»Doch«, erwiderte ich kühl, weil ich mir selten einer Sache sicherer war.

»Du kannst nicht Yale und das *US National Swim Team* einfach so wegschmeißen.«

Aarons Vorwürfe hatten mich jahrelang aus der Bahn geworfen, aber dieses Mal war ich vorbereitet. Dieses Mal war der Mensch, der mir den Vorwurf machte, nicht mehr wichtig.

»Das kann ich, Aaron. Und glaube mir, ich habe diese Entscheidung nicht einfach so getroffen. Das Schwimmen hat mich kaputtgemacht, *du* hast mich kaputtgemacht. Und das lasse ich einfach nicht mehr länger zu. Mehr habe ich dazu nicht zu sagen.« Mein Frieden hing nicht davon ab, dass er wusste, auf wie viele Arten und Weisen er mich zerstört hatte.

»Ich ... Tia, bitte!« Er lachte, aber ich hörte die Beunruhigung in seiner Stimme heraus.

»Lass es gut sein, Aaron. Ich hasse das Leistungsschwimmen, ich hasse Yale und alles, wofür es steht. Ich habe sogar dich gehasst, aber ich glaube, dass ich dir vergeben kann.«

»Mir vergeben? Tia, ich ...«

»Schon gut, Aaron.« Ich schwieg ein paar Sekunden, atmete ein letztes Mal tief durch. »Ich komme nicht zurück nach Yale und werde auch nie wieder unter dir oder irgendjemandem sonst trainieren. Das ist alles, was du wissen musst.«

Darauf sagte er nichts mehr.

Meine Worte hatten ihm die Sprache verschlagen. Aber ich wollte sowieso nicht hören, was er zu sagen hatte, brauchte keine Ausreden und leeren Versprechungen, dass sich alles ändern würde. Ich brauchte nur die Gewissheit, dass er mich von jetzt an in Ruhe lassen würde.

»Leb wohl, Aaron.« Ich legte auf und klappte den Laptop zu. Ich hatte erwartet, vor Aufregung zu schwitzen, flach zu atmen, doch stattdessen fiel eine Anspannung von mir ab, von der ich nicht einmal gemerkt hatte, wie groß sie eigentlich war. Ich atmete durch und hatte das Gefühl, ein kleines Stück freier zu atmen. Und das hatte ich ganz allein mir zu verdanken. Mir und meiner Entscheidung, für mich selbst einzustehen. Endlich mal wieder an mich zu denken und mich nicht, wie die Jahre davor, an die letzte Stelle zu setzen, nur um alle anderen glücklich zu machen.

# Kapitel 19

Ich wischte mit dem Finger auf dem Handy-Display nach rechts und aktivierte dadurch die Schlummerfunktion des Weckers, dann drehte ich mich um und zog die Daunendecke über meinen Kopf. Nur noch ein paar Minuten. Ich schloss die Augen und wurde nach gefühlten fünf Sekunden erneut vom nervigen Klingeln des Weckers aus dem Schlaf gerissen. Dieses Mal gab ich mich geschlagen und schob die Decke mit einem resignierten Schnauben von mir. Barfuß tapste ich über den kühlen Holzboden zum Bad und kniff die Augen zusammen, als ich das Licht anknipste.

Ich hatte noch bis spät in die Nacht über den Skripten zum Modul *Basic Bookselling* gesessen, danach noch mit Jake telefoniert und in meinem Kalender die nächsten Wochen geplant. Gestern hatte sich das noch richtig angefühlt. Heute belehrten mich meine geröteten Augen und die dunklen Augenringe darunter eines Besseren. Ich duschte kalt, um die Müdigkeit von mir zu spülen, die unangenehm an mir klebte. Meine Schicht im *Attic* begann in weniger als einer Stunde.

Nachdem ich meinen Haaren mit dem Glätteisen leichte Wellen verpasst und etwas Wimperntusche aufgelegt hatte, machte ich mich überpünktlich wie immer auf den Weg zum *Book Attic*.

Die frische Dezemberluft strömte in meine Lunge und brachte meinen Kreislauf endgültig in Schwung. Ich kramte in der Manteltasche nach meinem Handy und wählte Dads Nummer.

»Hallo, Schätz…«, begann er, doch ein lautes Gähnen verschluckte die letzte Silbe seiner Begrüßung.

»Morgen, Dad«, begrüßte ich ihn. »Also, ich weiß, warum ich müde bin, aber du?« In New Haven war es immerhin bereits zwei Stunden später als in Amber Falls.

»Deine Mom und ich sind gestern bei unserem jährlichen *Star-Wars*-Marathon auf der Couch eingeschlafen. Als ich dann um vier völlig verwirrt aufgewacht bin, konnte ich nicht mehr einschlafen. Ich bin nicht für das Älterwerden gemacht.« Er schnaubte, was wenige Sekunden später in ein Lachen überging. »Was gibt's?«

»Ich habe mit Aaron gesprochen.«

»Ach, ja. Der kleine Eierkopf.«

»Dad!« Ich lachte. Noch nie hatte ich ihn fluchen hören, auch wenn ich mir nicht sicher war, ob *Eierkopf* schon in diese Kategorie fiel.

»Entschuldigung. Manchmal kann selbst ich mich nicht zügeln. Also?« Seine Stimme hörte sich angespannt an.

Ich sperrte die Ladentür auf. »Ich habe ihm sehr deutlich gemacht, dass ich nicht zurückkommen werde.« Während ich die Tür wieder hinter mir zusperrte und meinen Mantel ablegte, erzählte ich Details von dem Gespräch mit Aaron.

»Ich gebe zu, ich bin beruhigt.« Die Stimme meines Dads klang jetzt wesentlich entspannter.

»Das ist gut, dann kannst du ja jetzt gleich Mittagsschlaf machen, alter Mann. Und ich fange an zu arbeiten.«

»Vorsicht. Komm du erst mal in mein Alter.« Wir lachten, und ich versprach, mich bald wieder zu melden, bevor wir uns verabschiedeten.

Ich war an diesem Morgen zum ersten Mal allein im Laden. Mittlerweile kannte ich die Abläufe gut und war mir sicher, was ich zu tun hatte. Dennoch war ich aufgeregt. Ich stellte meine Tasche ins Büro und nahm eine der wichtigsten Aufgaben zuerst in Angriff: Kaffee. Ich füllte das Wasser auf, schüttete das Kaffeepulver in den Filter und schaltete die Maschine ein. Mein Handy vibrierte in der Tasche meiner Jeans. Es war Jake, dessen Lächeln mich auf dem Handy-Display breit anstrahlte. Laut meiner Smartwatch war es nicht mal acht Uhr. Verwundert nahm ich den Anruf an.

»Warum rufst du mich denn um diese Uhrzeit an?«

»Freuen Sie sich etwa nicht, meine Stimme zu hören, Miss Rhodes?« Jakes empörter Tonfall klang erstaunlich glaubwürdig und entlockte mir ein Schmunzeln.

»Doch, natürlich«, sagte ich und nickte zufrieden, während ich zusah, wie sich die Kaffeekanne langsam füllte.

»Dann müssen wir definitiv an deiner Diktion arbeiten.«

Ich runzelte die Stirn. »Meiner was?«

Ich hörte Jake leise lachen. »Deiner Diktion, Tia.«

Ich ging um den Schreibtisch herum. »Du hast wahrlich zu viel *Bridgerton*-Luft geschnüffelt, Jake.« Ich fuhr den Computer hoch und tippte mit der freien Hand im Zwei-Finger-Adler-Modus das Passwort ein, das Helen auf einem leuchtend gelben Zettel am Bildschirm kleben hatte. »Ich weiß ja nicht mal, was das Wort bedeutet.«

»Beweisführung abgeschlossen«, antwortete er lediglich.

Ich verstand noch weniger als zuvor und ließ mich auf den durchgesessenen Schreibtischstuhl fallen. Ich stellte Jake auf Laut und legte das Handy auf den Schreibtisch.

Ich googelte das Wort *Diktion* und fand heraus, dass es der lateinische Begriff für *Ausdrucksweise* war. Dann öffnete ich den Kalender des *Book Attic*. Für halb neun war eine Lieferung eingetragen.

»Also, was gibt's, Jake?«

»Ich wollte nur deine Stimme hören, bevor ich zur Uni muss.«

Ich blickte zu meinem Handy, aus dem Jakes sanfte Stimme drang. »Das ist wirklich sehr süß.«

Ich lächelte, während ich Helens Bestellliste öffnete und ausdruckte. Es schadete nicht, die Liste zur Hand zu haben und mit der Lieferung abzugleichen. »Was steht heute außer Uni bei dir an?«, fragte ich Jake, obwohl ich mich gerade viel lieber ganz auf meine Arbeit konzentriert hätte. Doch sein Anruf hatte mein Herz ein kleines Stück schneller schlagen lassen, und ich genoss es, seine Stimme zu hören.

»Ich muss einen Vortrag für morgen in der Bibliothek vorbereiten. Ansonsten der übliche Trainingswahnsinn.« Er lachte leise, doch ich vernahm die Anspannung in seiner Stimme ganz deutlich.

Ich nahm mein Handy und ging zur Kasse, um das System hochzufahren. »Du schaffst das schon, Jake«, versuchte ich, ihn ein wenig aufzumuntern. »Heute Abend bringe ich uns bei, wie man häkelt, und wenn es dir hilft, kannst du deinen Vortrag mit mir üben.« Ich hoffte, er verstand die Anspielung auf meine neueste Bestellung, und freute mich schon auf unseren gemeinsamen Abend.

»Danke, Tia.«

Ich hätte ihn gerne jetzt schon berührt, doch für den Moment musste ein kurzes »Immer doch« genügen.

Jake setzte gerade noch mal an, etwas zu sagen, als ich einen Lieferwagen auf der gegenüberliegenden Straßenseite einparken sah.

»Jake, ich muss dich leider abwürgen, die Lieferung ist da. Bis später?« Ich ging nach hinten, um meinen Schlüssel zu holen, während ich noch auf eine Antwort wartete.

»Klar. Bis später, Tia.« Die Anspannung in seiner Stimme war fast verflogen.

Ich legte auf und ließ das Handy wieder in die Tasche meiner Jeans gleiten, bevor ich aufschloss und die Lieferung annahm. Ich versuchte dabei, so souverän wie möglich zu wirken, denn ich wollte mir nicht anmerken lassen, dass ich das vorher noch nie allein gemacht hatte. Ich glich die Liste der Bestellungen mit der Lieferung ab, baute Stapel und verräumte die ersten Titel. Nach und nach konnte ich jeden Punkt auf meiner Liste abhaken.

Stolz öffnete ich pünktlich um neun Uhr den Laden. Alles war bereit und ich bereits so müde wie nach einem ganzen Arbeitstag.

Ich war freudig überrascht, als Em ein paar Stunden später den Laden betrat und mich mit einem Lächeln begrüßte. »Ich sehe, du hast den *Book Attic* richtig im Griff«, sagte sie und blickte sich um.

Ich bedankte mich bei ihr und freute mich über ihr Lob. »Kann ich irgendwas für dich tun? Magst du einen Kaffee?« Ich sah auf die Uhr, auch ich konnte eine kurze Pause vertragen.

»Gerne!«, antwortete Em und schlenderte zur Fantasy-Abteilung.

Einige Augenblicke später reichte ich ihr eine Tasse Kaffee mit Milch und Zucker. »Was bringt dich her?«

»Nichts Bestimmtes.« Sie zog ein Buch aus dem Regal und überflog den Klappentext. »Ich hatte nach dem Mittagessen im *Basil* noch etwas Zeit vor meinem nächsten Seminar. Und wo hält man sich lieber auf als hier?«

»Kann ich sehr gut nachvollziehen«, antwortete ich, und wir lachten.

Ich legte einen Thriller, dessen Umschlag eingerissen war, in die Kiste mit den Mängelexemplaren neben der Kasse.

Em folgte mir und lehnte sich gegen die Verkaufstheke. »Wie gefällt dir deine Ausbildung bisher?« Sie nippte an ihrem Kaffee. »Zwei Wochen und du darfst den Laden schon alleine schmeißen.«

»Ich bin verliebt«, schwärmte ich und sah Em mit einem strahlenden Lächeln an. »Und ich rede nicht von Jake.«

Em schüttelte amüsiert den Kopf. »Das freut mich.« Sie bedachte mich mit einem mitfühlenden Blick.

Ich lächelte sie an. »Danke, Em ... Gerade nach ...« Doch weiter kam ich nicht, da sich die Tür mit dem gewohnten Klingeln öffnete und eine junge Frau den Laden betrat. Ich stellte meine Tasse hinter die Kasse. »Willkommen im *Book Attic*«, spulte ich meine automatische Begrüßung ab und lächelte.

Die Kundin erklärte mir ihr Anliegen, und ich gab mir die größte Mühe, ein passendes Buch für sie herauszusuchen. Auch wenn es inzwischen Routine war, forderte mich die Beratung immer wieder aufs Neue heraus, da sie auch ein gewisses Maß an Feingefühl und Menschenkenntnis erforderte. Ich atmete erleichtert auf, nachdem die Kundin zusammen mit ihrer Wunschlektüre zufrieden den Laden verlassen hatte.

Em lächelte mich an. »Das hast du wirklich gut gemacht. Ich hätte es fast auch gekauft, dabei lese ich nicht mal Coming-of-Age-Romane.«

»Solltest du vielleicht, denn das Buch ist wirklich gut«, antwortete ich und schrieb mir eine Notiz, damit wir den Titel nachbestellten. Neuerscheinungen oder Bücher, die gut liefen, hatten wir immer auf Vorrat. Da das

*Book Attic* aber nur begrenzt Lagerraum zu bieten hatte, konnten wir das nicht mit allen Büchern so handhaben.

»Wo waren wir? Ich meine, bevor die Kundin kam.« Ich löste den Klebezettel vom Notizblock und drückte ihn an den Bildschirmrand.

»Du wolltest, glaube ich, noch irgendwas über die Ausbildung erzählen?« Em lehnte sich über den Kassentresen und musterte mich neugierig.

»Oh ... ja!« Ich griff nach meiner Kaffeetasse und trank einen Schluck lauwarmen Kaffee. »Wie schon gesagt, ich liebe es! Auch wenn es manchmal anstrengend ist.« Ich trank meinen Kaffee aus und setzte die Tasse ab. »Du auch noch einen?« Ich deutete auf Ems Tasse.

Sie schüttelte den Kopf, folgte mir aber trotzdem ins Büro. »Das klingt echt gut«, sagte Em, während ich mir Kaffee nachschenkte. »Ich glaube, Helen ist auch sehr froh, dich zu haben. Du bist eine echte Entlastung für sie.« Em ließ sich auf den Stuhl gegenüber von Helens Platz am Schreibtisch fallen und sah mich an. »Außerdem habe ich das Gefühl, dass dich das alles hier ziemlich glücklich macht.«

Auch wenn wir gerade nur im unspektakulären Büro saßen, wusste ich, was sie meinte. Ich nickte zustimmend.

»Da liegt dein Gefühl richtig.« Ich nippte am heißen Kaffee und schielte aus dem Büro in den Laden, nur um sicherzugehen, dass kein Kunde alleine umherirrte. »Es ist wirklich schön, endlich wieder was zu haben«, schob ich hinterher und sortierte ein paar Zettel auf dem Schreibtisch.

»Wie meinst du das?« Em sah mich fragend an und stellte ihre halb leere Kaffeetasse auf dem Tisch ab.

»Na ja, ich bin froh, dass das Thema Schwimmen für mich erledigt ist.« Ich schluckte und nahm zur Beruhigung einen weiteren Schluck Kaffee. »Aber das Schwimmen hat mir auch ein Ziel gegeben, eine Art Bestimmung.« Ich presste die Lippen aufeinander und senkte meinen Blick zur halb leeren Kaffeetasse in meiner Hand.

»Das war sicher nicht leicht.« Ems Stimme klang so nachdenklich wie ich mich fühlte.

Ich sah sie an. »Die Zeit danach war hart. Ich hatte das Gefühl, verloren im Nirwana zu schweben. Jetzt weiß ich endlich wieder, wie meine Zukunft aussehen soll, zumindest die nächsten Jahre. Versteh mich nicht falsch, aber so sehr ich meine Freiheit liebe, diese Gewissheit gibt mir eine beruhigende Sicherheit.« Ich trank meinen Kaffee mit einem letzten großen Schluck aus und stellte die Tasse neben die Maschine. »Ich nehme an, die trinkst du nicht mehr aus?« Ich zeigte auf Ems traurigen Kaffeerest. Sie reichte mir kopfschüttelnd die Tasse, und ich stellte sie neben meine. Ich würde sie wie immer später in der Mittagspause spülen oder einfach nach meiner Schicht, wenn ich vorher nicht mehr dazukam.

»Sehen wir uns heute Abend? Wir sind alle bei Lexie und Nate.« Ems hoffnungsvoller Blick bereitete mir ein mulmiges Gefühl.

»Ich bin schon mit Jake verabredet, aber wir sehen uns sicher nächste Woche wieder«, vertröstete ich sie und vermisste die Abende in der großen Runde ein bisschen, auch wenn der letzte noch nicht allzu lange her war.

Wir drückten uns zum Abschied, und ich freute mich, dass Em vorbeigekommen war. Ihr Besuch hatte mir nach dem anstrengenden Morgen den dringend benötigten Energieschub gegeben, der mich durch die restlichen Arbeitsstunden tragen würde.

Ich streifte mir die Schuhe von den Füßen und ließ mich mit dem Schnauben einer Rentnerin auf mein Bett fallen. Ich rieb mir meine schmerzenden Füße und fragte mich kurz, ob ich mich jemals daran gewöhnen würde, so viel zu laufen und zu stehen.

Helen war mit meiner Arbeit am Vormittag sehr zufrieden gewesen. Ich lächelte, während ich mich an ihr Lob erinnerte, und setzte mich mit frischer Energie im Bett auf. Doch die To-do-Liste, die ich auf meinem Handy öffnete, ließ mich die Augen verdrehen. Außerdem stand heute Nachmittag noch ein Online-Workshop zum Thema *Basic Bookselling* an.

Mein Blick wanderte von der To-do-Liste zum Wäscheberg, der sich vor meiner Kommode türmte. Ich machte ein Foto davon und schickte es an Jake.

`Dieser Wäscheberg stellt sich gerade unserer Beziehung in den Weg.`

Während ich auf seine Antwort wartete, sah ich mich um. Meine Pflanzen ließen traurig die Blätter hängen, und die Regale, auf denen sie standen, musste ich auch dringend mal wieder abstauben. Jakes Antwort ließ nicht lange auf sich warten.

`Sieht nach ernst zu nehmender Konkurrenz aus.`

Ich schickte ein paar lachende Smileys in unseren Chat. Danach ging ich die einzelnen Punkte auf meiner Liste durch und versuchte, grob abzuschätzen, wie viel Zeit wofür draufgehen würde. Traurig tippte ich Jake eine Nachricht.

`Neben dieser Konkurrenz warten noch Haushalt, Workshops, Abgaben und Skripte.`

Jake schickte mir eine Reihe trauriger Smileys und danach einen Text.

`Okay … Lässt sich da vielleicht was schieben?`

Ich fühlte mich schlecht, weil ich Jake versetzte, und hängte einen niedergeschlagenen Emoji an meine Nachricht.

`Nein.`
`Ich fürchte, wir müssen unseren gemeinsamen Abend verschieben.`

Ich wartete auf Jakes Antwort und sorgte mich ein wenig, weil ich mir nicht sicher war, wie er auf meine kurzfristige Absage reagieren würde.

Schade, aber dann ist das so.

Dann arbeiten wir heute beide unseren blöden Kram ab. Morgen Abend nur wir zwei?

Meine Stimmung hellte sich im Bruchteil einer Sekunde auf. Ich sagte schnell zu und schickte zwei Herzen an Jake hinterher. Jakes und mein Leben war voller Verpflichtungen, aber das waren wir gewohnt. Ich sagte nicht einfach so ab, und wenn jemand Verständnis für so etwas hatte, dann er. Glücklich, genau so jemanden gefunden zu haben, lehnte ich mich zurück in mein Kissen und verschnaufte noch kurz. Voller Elan widmete ich mich ein paar Augenblicke später der ersten Aufgabe auf meiner To-do-Liste. Eine Aufgabe nach der anderen, sonst würden die Punkte auf meiner Liste nie weniger werden.

# Kapitel 20

`Planänderung.`

Mehr hatte in der Nachricht von Jake nicht gestanden. Ich war gerade aus der Haustür raus, da tauchte dieses eine Wort zusammen mit einem Standort auf einer digitalen Karte auf. Ich tippte auf den Standort und stellte fest, dass ich fünfzehn Minuten zu Fuß brauchen würde. Der Standort – was auch immer sich dahinter verbarg – lag scheinbar in einem Wohngebiet, ziemlich zentral gelegen. Ich zoomte in die digitale Karte rein, verschob sie und zoomte wieder raus. Nicht wirklich schlauer machte ich mich auf den Weg.

```
Du verwirrst mich, aber das ist wohl Sinn der
Sache.
Bin um 19:20 da.
```

Ich schickte meine Antwort ab und ließ das Handy in meiner Jackentasche verschwinden. Die Route behielt ich auf meiner Smartwatch im Blick. Die Uhr navigierte mich durch das Labyrinth von Straßen und vibrierte jedes Mal, wenn ich abbiegen musste. Je näher ich dem Ziel kam, desto neugieriger wurde ich. Am Standort angekommen, schaute ich die Straße runter und blickte direkt in den Sonnenuntergang. Wie vermutet befand ich mich in einem ganz normalen Wohngebiet in der Innenstadt, vor einem Backsteinhaus mit rot gestrichenen Fensterrahmen. Was führte Jake im Schilde? Ich machte ein paar Fotos und schickte sie ihm zusammen mit einer Nachricht.

`Und jetzt?`

Während ich auf seine Antwort wartete, hielt ich Ausschau nach Jake oder einem Hinweis, der mir diese unfreiwillige Schnitzeljagd erklärte. Plötzlich ließ mich ein lautes Summen zusammenzucken. Es dauerte kurz, bis ich verstand, dass ein automatischer Türöffner diesen Sound machte. Ich drückte gegen die Haustür, die ebenso wie die Fensterrahmen in einem hellen Rotton gestrichen war.

»Ganz oben«, hallte Jakes Stimme durchs Treppenhaus.

Ich schüttelte verwirrt den Kopf und stieg die Stufen hoch. Der Tag oder besser gesagt die ganze Woche steckte mir noch in den Knochen, und ich war entsprechend außer Atem, als ich im vierten Stock ankam und Jake mich an der Wohnungstür erwartete.

»Miss Rhodes, wie schön, Sie zu sehen.« Sein Lächeln zog mich magisch an.

»Das kann ich nur erwidern, Mister Miller.« Ich legte meine Arme um ihn, während ich ihn küsste. Es kam selten vor, doch manchmal ließ ich mich auch dazu hinreißen, ihm genauso hochgestochen zu antworten.

Jake zog mich mit sich in die Wohnung. Sie war modern eingerichtet und in sterilen Grautönen gehalten. Auch wenn das nicht meinen Geschmack traf, sammelte die luxuriöse, offene Küche Pluspunkte bei mir.

»Und wo genau sind wir hier?«, fragte ich Jake, während ich meinen Mantel ablegte.

»In einem Airbnb.«

»Klar.«

Jake trat hinter mich und legte seine Arme um mich. »Klar.« Er stützte sein Kinn auf meine Schulter.

Ich hörte den amüsierten Unterton in seiner Stimme und sah ihn an. »Möchtest du mich aufklären?«

»Nein«, sagte er nur und grinste.

»Dachte ich mir.« Ich betrachtete ein abstraktes Gemälde, das geometrische Formen auf einer grauen Leinwand zeigte.

Jake schmiegte sich etwas enger an mich. »Die Wohnung gehört Nicks Familie und ist heute Abend rein zufällig frei. Ich habe den Schlüssel ganz überraschend in Nicks Kommode gefunden.«

»Das nennt sich Einbruch, das ist dir hoffentlich klar.« Ich ließ mich gegen ihn sinken und hielt mich an seinen Armen, die vor meiner Brust lagen, fest.

»Ein Einbruch, über den Nick und Nicks Dad vorher informiert wurden, ja.« Jake lachte, und auch mir stahl sich ein Lächeln auf die Lippen.

»Und du dachtest, wir verbringen den Abend hier, um mal ein bisschen Abwechslung reinzubringen? Weil deine winzige Acht-Quadratmeter-Wohnung uns nicht ausreicht?«, neckte ich ihn.

»Ich dachte nur, es wird mal Zeit für eine Wohnung mit der richtigen Ausstattung.« Er löste seine Arme von mir und ging an mir vorbei. »Hier gibt es zum Beispiel ein induktives Ceranfeld, auf dem das Wasser für einen guten Tee noch schneller kocht.« Er präsentierte mir den Herd wie ein Makler bei einer Hausbesichtigung, und ich musste lachen. »Oder einen Ofen, in dem Kuchen ganz einfach zubereitet wird.« Er öffnete die Klappe des Backofens und schaute hinein. »Außerdem eine Wärmeschublade, um all die Köstlichkeiten, die man hier zaubert, warm zu halten.« Er drückte auf einen blau leuchtenden Knopf, woraufhin eine breite Schublade unter dem Ofen hervorkam.

»Du klingst wie eine glückliche Hausfrau nach dem Teleshopping.« Ich lachte und machte einen Schritt auf ihn zu. Doch Jake hob seine Hand und bedeutete mir, stehen zu bleiben, wo ich war.

»Das mag sein.« Er nickte zustimmend und ließ die Hand sinken. »Aber ...«, er ging um die Kücheninsel herum, »du hast das Beste noch nicht gesehen.« Er betätigte einen Schalter an der Wand, und die anthrazitfarbenen Vorhänge fuhren mit einem leisen Surren zur Seite und gaben den Blick auf eine Dachterrasse frei, die die Breite der Wohnung hatte.

Ich trat ans Fensterglas und bewunderte staunend die Aussicht. Die bunten Lichter von Amber Falls reichten bis zum Horizont, wo ich noch die Konturen der Berge ausmachen konnte.

Jake öffnete die Dachterrassentür, die winterliche Nachtluft jagte mir einen Schauer über den Rücken, doch ich war zu fasziniert, um mich wirklich daran zu stören, denn was ich jetzt sah, verschlug mir vollends die Sprache.

»Jaja, das ungeschulte Auge mag jetzt meinen, dass der Whirlpool und die zweiundfünfzig brennenden Kerzen, die dieser feine Herr hier in Eigenregie aufgebaut hat, das Highlight sind, aber ich möchte die Dame bitten, einen Blick auf den kleinen Tisch neben dem Whirlpool zu werfen.«

»Was ... Wie ... Jake ...«, stammelte ich, nicht in der Lage, einen vollständigen Satz herauszubringen.

Jake ging zu dem Tisch. »Wenn ich eben kurz präsentieren dürfte.« Er hatte erneut die Maklerstimme aufgesetzt, und trotz all der tiefen Emotionen, die mich überrannten, lachte ich leise, während Jake fortfuhr: »Wir haben heißes Wasser und etwa sieben verschiedene Teesorten. Hier haben wir Steak-Sandwiches mit Fleisch, von dem ich dir nicht annähernd sagen kann, woher es kommt. Verwerflich? Vielleicht. Lassen wir uns davon den Moment ruinieren? Keinesfalls.« Er ging noch ein paar weitere Snacks und Getränke durch, und ich verstand schnell, was das hier war. »Und hier: mein persönliches Highlight.« Er hob den Deckel von einem kleinen silbernen Tablett und sah mich erwartungsvoll an.

Ich konnte die Tränen, die meine Augen füllten, nicht länger unterdrücken. »Mohnkuchen«, flüsterte ich.

»Ich bin manchmal nicht so gut darin, Emotionen zu lesen, aber deine tränengefüllten Augen und die Art, wie du Mohnkuchen geflüstert hast, geben mir Anlass zu glauben, ich hätte ein bisschen was richtig gemacht.«

Ich schmunzelte und trat mit zwei schnellen Schritten zu ihm an den Tisch. »Alles, Jake. Du hast absolut alles richtig gemacht!«, sagte ich, bevor ich meine Lippen auf seine presste. Ich legte meine Arme in seinen Nacken und zog ihn an mich, während wir beide uns in diesen hungrigen Kuss stürzten. Ich fuhr mit einer Hand seinen Nacken nach oben, griff in seine Haare und entlockte ihm ein kurzes Stöhnen, das ich direkt wegküsste.

»Jake«, hauchte ich.

»Hmm«, kam es von ihm. Das Geräusch kitzelte meine Lippen.

Ich löste mich aus unserem Kuss und drückte meine Stirn gegen seine. Unser Atem bildete ein großes gemeinsames Atemwölkchen, doch trotz all der Kälte um uns herum, hatte ich eine tiefe Wärme in mir drin, die ich mir nur durch Jake erklären konnte.

»Du. Ich. Pool.« Ich ließ keinen Raum für Fragen und sah das kurze Aufblitzen in seinen Augen.

»Etwas gewagt, das Planschbecken hier Pool zu nennen ...«

Ich stieß ihn sanft von mir, damit er aufhörte, Witze zu machen. Er taumelte einen Schritt zurück und hielt meinen Blick mit seinem fest. Einen kurzen Augenblick sagte keiner von uns etwas.

»Na gut«, sagte Jake, als hätte er gerade eine Herausforderung angenommen. Ehe ich antworten konnte, hatte er sich schon Pulli und Shirt über den Kopf gezogen und streifte sich mit einem gekonnten Griff auch Hose und Boxershorts von den Hüften. Zuletzt zog er sich seine Socken aus und warf sie auf den Klamottenhaufen. Ich musterte ihn, wie er splitterfasernackt vor mir stand und mich einfach nur ansah. Mein Blick wanderte von seinen breiten Schultern über seine definierten Bauchmuskeln bis hin zum gut erkennbaren V, dessen Spitze normalerweise in seiner Hose verschwand. Heute endete es genau dort, wo ich schon sehen konnte, dass er mich genauso begehrte wie ich ihn.

»Tia.«

Seine raue Stimme ließ mich den Blick heben. Unsere Augen trafen sich. »Hmm?«

»Du hast noch viel zu viel an, um gleich mit mir in dieses Planschbecken zu springen.«

Ich sah Jake an und spürte das Ziehen in meiner Mitte noch stärker. Ich erwiderte nichts, sondern zog den Hoodie aus. Jake musterte das schwarze, mit Spitze besetzte Bralette, bevor ich es mir ebenfalls über den Kopf zog. Sein Adamsapfel bewegte sich auf und wieder ab, als er schluckte, während sein Blick auf meinen Brüsten klebte. Ich mochte es, wie er diesen Moment auskostete. Ich hakte meinen Daumen im Bund der Leggings ein und zog sie mitsamt meinem Slip von meinen Hüften und stieg aus dem weichen Stoff heraus.

Ich spürte den kühlen Boden bereits durch meine Socken, doch ich zog sie ebenfalls eine nach der anderen aus, ließ sie fallen und stand ebenso nackt da wie Jake.

Er machte einen ersten Schritt auf mich zu, und mein Herz pochte vor Aufregung.

»Hör zu, Jake. Ich weiß nicht genau, was du vorhast und ob du noch andere Dinge geplant hast, aber um ehrlich zu sein ... weil also, na ja, es ist schon kälter als gedacht ...«

Jake streckte schmunzelnd eine Hand aus, und ich verstummte. Vor lauter Aufregung hatte ich mal wieder einfach losgeplappert.

Er zog mich sanft mit sich, und wir stiegen gemeinsam in den Whirlpool. Seine Arme legten sich um mich, und ich genoss das Prickeln genau dort, wo seine nackte Haut auf meine traf. Eng umschlungen trieben wir im warmen Wasser, bis Jake sich mit mir auf die eingelassene Bank setzte. Ich saß auf ihm, meine Knie neben seinen Hüften auf der Bank. Die kühle Winterluft fuhr mir über Nacken und Schultern, während ich Jake küsste. Er stöhnte meinen Namen, legte seine flachen Hände um meinen Hintern und presste mich an sich. Ich spürte seinen harten Penis und legte meinen Kopf in den Nacken, so sehr genoss ich das Ziehen, das er durch meinen Körper jagte, bereits. Während wir uns weiterküssten, umschloss ich seinen Penis mit meiner Hand und sah ihm tief in die Augen, während ich langsam begann, auf und ab zu fahren. Meine Brüste drückten gegen seinen Oberkörper. Jake fast schwerelos im Wasser so nahezukommen war neu für mich, doch die wohltuende Wärme entspannte mich zusehends, und ich ließ mich ganz in diesen Moment fallen. Ich verlor mich in seinen Augen, fand einen Rhythmus und bewegte mich dazu ganz sanft auf ihm. Er küsste meinen Hals, saugte an meinem Ohr, und sein Atem kitzelte, als er auf die feuchte Haut hinter meinem Ohr traf.

»Jake«, hauchte ich seinen Namen, und er verstand, was ich von ihm verlangte, bevor ich es formulieren konnte.

Er schob mich sanft von sich und beugte sich über den Rand des Whirlpools zu seiner Kleidung. Wassertropfen rannen an seiner Haut entlang, und ihn überzog eine Gänsehaut. Er streckte sich nach seiner Hose und musste sich aufrichten, um an die Sache zu kommen, die er suchte. Sein Hintern gab ein außerordentlich einladendes Bild ab. Ich war versucht, meine Hand danach auszustrecken, da fand Jake, was er gesucht hatte, und drehte sich wieder zu mir. Er stand auf, das Wasser reichte ihm gerade bis zur Mitte der Oberschenkel. Er streifte sich das Kondom über, ließ sich wieder ins Wasser sinken, und ich wollte mich gerade wieder auf ihn setzen, als er mich verschmitzt ansah und mit der Hand an der Außenseite des Whirlpools entlangtastete. Ein kurzes Piepen ertönte, und kurz darauf stiegen blubbernd die ersten Bläschen an die Oberfläche und kitzelten an meiner Haut.

»Komm her«, raunte er und zog mich zu sich.

Ich setzte mich erneut auf seinen Schoß. Jakes Hand verschwand im Wasser, und kurz darauf spürte ich seinen Daumen auf meiner empfindlichsten Stelle sanfte Kreise ziehen, während seine andere Hand auf meinem Rücken lag. Ich hielt mich mit beiden Händen am Rand des Whirlpools fest und ließ mich noch ein Stück tiefer in Jakes Berührung sinken. Mein leises Stöhnen, als er genau die richtige Stelle fand, vermischte sich mit dem Blubbern des Whirlpools.

»Jake«, stöhnte ich, legte meinen Kopf in den Nacken und bog den Rücken durch, während sein Daumen weiter Kreise zog und ich bereits spürte, wie sich alles in mir zusammenzog.

Einen Moment später wanderte seine Hand von meinem Rücken nach unten, und ich spürte seine Finger an meinem Eingang, während der Daumen seiner anderen Hand mich weiter liebkoste. Er ließ sich Zeit, doch als er mit einem Finger in mich glitt, konnte ich nicht anders, als ein weiteres lautes Stöhnen auszustoßen. Er ließ den Finger langsam aus mir heraus und wieder in mich hineingleiten und brachte mich mit der gleichmäßigen Bewegung seines Daumens schneller zum Höhepunkt, als mir lieb war. Ich zögerte ihn so lange wie möglich hinaus, doch als er im richtigen Moment in mir war, zog ich mich um ihn zusammen und ließ zu, dass der Orgasmus mich überrollte. Ein lautes Stöhnen entfuhr mir.

Noch schwer atmend ließ ich seinen Penis langsam in mich gleiten, nahm ihn ganz in mir auf und sah Jake dabei tief in die Augen. Er küsste mich, biss mir sanft auf die Lippe und zog daran, während ich mein Becken auf ihm kreisen ließ. Er keuchte leise, als ich meine Hüfte hob und mich erneut auf ihn sinken ließ. Immer schneller bewegte ich mich auf und ab, stürzte mich in unseren Kuss und das kribbelnde Gefühl, das er in mir auslöste.

»Tia.« Er flüsterte meinen Namen und legte seine Hände wieder um meinen Hintern. Meine Oberschenkel brannten bereits, doch ich erhöhte den Rhythmus ein letztes Mal, um Jake den Rest zu geben. Sein tiefes Stöhnen trieb mich weiter an, bis Jake unter mir zuckte und seine Finger fest auf meinen Hintern presste. Ich verlangsamte mein Tempo, saß schließlich ruhig auf ihm, er noch in mir, während wir beide schwer atmeten.

Jake lehnte den Kopf zurück gegen den Rand des Pools und schloss die Augen. Ich schmiegte mich an ihn und wartete, bis unsere Herzschläge sich beruhigt hatten. Er küsste mich noch einmal, bevor er aus dem Whirlpool stieg und ins Bad ging. Seine Füße hinterließen eine Spur aus kleinen Pfützen und nassen Fußabdrücken.

Ich ließ mich mit ausgestreckten Armen wie ein Seestern vom blubbernden Wasser tragen. Mit geschlossenen Augen genoss ich das Schweben im Wasser. Mein Puls ging ruhig, und mein Atem wurde ganz tief und gleichmäßig. In meinem Innern wurde es immer stiller. Jeder Muskel in meinem Körper entspannte sich. Ich fühlte mich frei. Frei wie die kleine Tia, die zum erstem Mal lernte, wie man an der Wasseroberfläche trieb. Frei wie die Tia, die nach einem anstrengenden Training auf dem Wasser schwebte, und frei wie die Tia, die endlich wieder im Wasser sein konnte, ohne an die grausamen letzten Jahre denken zu müssen.

Ich zuckte zusammen, als mich etwas Kühles am Bauch berührte, und sah zu, dass ich schnell Boden unter die Füße bekam. Jake sah mich amüsiert an und lachte, zwischen seinen Fingern einen Eiswürfel.

»Mein Gott, hast du mich erschreckt.«

»Das sehe ich.« Jake lachte erneut auf.

Ich fuhr mit der Hand durchs Wasser und schleuderte ihm einen Schwall entgegen.

Jake lief um den Whirlpool herum und ließ den Eiswürfel klirrend in ein hohes Glas fallen, das auf dem Tisch mit den Köstlichkeiten stand. »Also, ich weiß nicht, wie es bei dir aussieht, aber ich könnte jetzt was zu essen vertragen.«

Ich nickte und ließ mich bis zum Hals ins warme Wasser gleiten. »Dir muss doch unglaublich kalt sein.« Ich sah an Jake rauf und wieder runter, der nicht nur völlig nackt, sondern auch völlig nass in der Kälte stand.

»Männer frieren nicht«, entgegnete er und nahm eine silberne Gabel vom Tisch.

Ich bemerkte, wie die Gabel in seiner Hand ganz leicht zitterte. »Hast du dir das jetzt wirklich selbst abgekauft?« Ich hob die Augenbrauen. »Sollen wir nicht lieber drinnen essen?« Ich hatte die Frage nicht einmal zu Ende gestellt, da hatte er schon die Flucht ins Warme ergriffen und war ins Bad unter die heiße Dusche gerannt.

Ich stellte den Whirlpool ab, kletterte hinaus und begann ebenfalls, direkt zu frieren. Ich nahm das Tablett mit den Leckereien darauf und stellte es auf dem Couchtisch ab, danach hastete ich ebenfalls ins Bad.

»Da ist doch sicher noch Platz, oder?« Ich wartete keine Antwort ab, stellte mich einfach zu Jake unter die heiße Regendusche. Das Wasser brannte kurz auf meiner kalten Haut, doch bereits nach wenigen Sekunden genoss ich die Wärme. Und Jakes Nähe.

»Miss Rhodes, Sie sind mir wieder einmal so gefährlich nah.« Jake stand hinter mir und flüsterte mir die Worte ins Ohr. Er wusste ganz genau, was das mit mir machte. Ich drehte mich um und nahm seinen Kopf zwischen meine Hände, bevor ich ihn küsste. Das Wasser rann über unsere Haare, an unseren Gesichtern herunter, sodass ich es zwischen Jakes und meinen Lippen schmeckte. Wir duschten bestimmt zehn Minuten länger als nötig, ließen uns vom heißen Wasser wieder aufwärmen und konnten die ganze Zeit über die Finger nicht voneinander lassen.

Wir hatten uns jeder einen Bademantel übergezogen, den Fernseher im Schlafzimmer eingeschaltet und das Tablett mit dem Essen ans Fußende des großen Boxspringbetts gestellt. Ich kletterte auf das Bett und kuschelte mich ganz eng an Jake unter die Decke. Wir teilten uns ein kaltes Steak-Sandwich, während Phil aus *Modern Family* gerade das Alpaka mit nach Hause brachte und ich mich vor Lachen fast am Brot verschluckte.

»Du, Jake?«

Er kaute auf seinem Essen herum und sah mich an.

»Ich glaube, ich liebe dich.«

Jetzt war er es, der sich fast an seinem Brot verschluckte.

»Du musst das jetzt nicht erwidern, keine Sorge«, sagte ich schnell. »Und ich weiß, vielleicht findest du das alles ein bisschen früh oder so, ich glaube, manche würden damit bestimmt auch noch eine Weile warten, so etwas Bedeutendes zu sagen, aber ...«

»Tia«, unterbrach er mich, nachdem er den Bissen seines Sandwiches runtergeschluckt hatte. Er legte seine freie Hand auf meinen Arm und sah mich an.

»Ups«, sagte ich nur und hob entschuldigend die Schultern. Jake musterte mich und schenkte mir ein liebevolles Lächeln.

»Es ist nur ...«, begann ich erneut, doch dieses Mal war meine Stimme deutlich ruhiger. »Zeit mit dir zu verbringen, dich kennenzulernen fühlt sich nicht an, als würde ich mich fallenlassen in diese Beziehung, um Liebe zu finden. Es ist mehr wie ein Nachhausekommen.«

Ich sah Jake an, sah seine braunen Augen und wie es verdächtig darin glänzte. »Sagst du mir jetzt gleich, dass Männer nicht heulen dürfen?«, neckte ich ihn. Ein verzweifelter Versuch, den Moment etwas aufzulockern.

»Nein. Echte Männer heulen, was das Zeug hält.« Er lachte leise auf, während sich eine Träne löste und über seine Wange lief.

Unsere Lippen fanden sich, und dieser Kuss war anders. Es war weder ein erster zögerlicher Kuss des Kennenlernens noch ein hungriger, fordernder Kuss im Moment der Lust. Dieser Kuss war Ruhe und Sicherheit. Dieser Kuss war ein Nachhausekommen.

# Kapitel 21

Ich verlangsamte mein Lauftempo und hob die Arme, um durchzuatmen. Die kalte Luft brannte in meiner Lunge, und ich versuchte, mich darauf zu fokussieren, tiefe Atemzüge durch die Nase zu machen. Meine Wohnung war bereits in Sichtweite, ich senkte die Arme und wagte einen Blick auf meine Smartwatch. Mein Puls hatte sich schon fast wieder beruhigt, und die sechs Meilen, die meine Uhr aufgezeichnet hatte, machten mich stolz. Zum ersten Mal, seit ich hier war, war ich die sechs Meilen wieder in unter einer Stunde gelaufen. Ich schloss die Tür auf und griff nach meinem Handy, das ich auf der Kommode abgelegt hatte.

Ich wählte Jakes Nummer und stellte das Handy auf Lautsprecher, sobald das Freizeichen ertönte. Ich begann, frische Klamotten aus den Schubladen zu ziehen, die ich nach dem Duschen anziehen wollte, und entschied mich für Leggings, zusammen mit einem hellblauen luftigen Oberteil, da wir am Abend noch bei Will eingeladen waren.

»Ja, Sonnenschein?«, hörte ich Jakes Stimme.

Ich schmunzelte. »Ich wollte mal hören, wie dein Tag bisher war?« Ich hatte kitschige Beziehungen immer belächelt, in denen man sich mitten am Tag anrief, nur um die Stimme des anderen zu hören. Doch hier stand ich und schmunzelte, weil mein Freund mich *Sonnenschein* nannte.

»Ich habe die Hausarbeitsnote bekommen. Ich möchte ja nicht sagen, du hättest einen hyperintelligenten Freund, aber die eins Komma drei lässt sich durchaus sehen.«

Ich quietschte vor Freunde und hüpfte ein paarmal auf und ab, weil ich wusste, wie viel Arbeit Jake investiert hatte.

»Ein wahrer Vorzeige-Soziologiestudent«, antwortete ich glücklich. Ich warf Leggings und Oberteil aufs Bett und nahm zwei Handtücher aus der Kommode, für die ich im Bad zu wenig Stauraum hatte.

»Und bei dir? Frühschicht im *Attic* gut überstanden?«

Jake wusste, dass die Frühschichten für mich am anstrengendsten waren. Früh aufstehen – was mir überhaupt nicht lag – und dann auch noch all die Verantwortung, die ich trug, damit der Laden pünktlich öffnete und alles erledigt war.

»Gerade so, aber die sechs Meilen in unter einer Stunde haben mir darüber hinweggeholfen«, erzählte ich ihm stolz. Ich hatte mir dieses Ziel gesteckt und es erreicht. Das Eigenlob war angebracht. Auch etwas, das Jake nachvollziehen konnte, weil er genauso tickte.

»Aber nicht, dass du bald keine Zeit mehr für mich hast, bei allem, was du gerade machst«, antwortete

Jake, und ich meinte, einen leicht sorgenvollen Unterton in seiner Stimme herauszuhören.

Ich schob die offenen Schubladen an der Kommode wieder zu und lachte. »Für dich nehme ich mir immer und überall Zeit. Ich hole dich um sechs Uhr ab.«

»Passt. Ich habe allerdings vergessen, Salat zu kaufen, was ungünstig ist, da wir angekündigt haben, einen mitzubringen.«

Ich lachte und setzte mich an den Schreibtisch. »Salat ohne Salat ist dann wohl die extreme Diätversion.« Ich klappte meinen Laptop auf, öffnete meinen digitalen Kalender und klickte mich durch die Termine, die in farbig markierten Kategorien eingetragen waren.

»Könntest du auf dem Weg zu mir einen Salat mitbringen?«

»Sollte klappen. Ich muss vorher noch ein Skript durcharbeiten und die ersten Kapitel eines Leseexemplars überfliegen, aber ich denke, das schaffe ich zeitlich.«

Ich tippte *Salat kaufen* auf meine To-do-Liste und hakte *Arbeiten*, *Yoga* und *Laufen gehen* ab.

»Wie sehen die nächsten Wochen eigentlich bei dir aus? Wollen wir schauen, wann dein Training und die Uni mit meiner Arbeit und den Ausbildungsmodulen zusammenpassen?« Ich klappte den Laptop zu und ließ Leitungswasser in eine kleine graue Gießkanne laufen.

»Klingt schon ein wenig traurig, aber können wir gerne heute Abend mal durchsprechen.« Jake lachte, und auch ich musste bei dem Gedanken schmunzeln.

»Ach, Quatsch, das ist nicht traurig«, widersprach ich, während ich die Monstera goss. »Wir sind nur zwei Anfang Zwanzigjährige, die ihr Leben voll im Griff haben.« Ich stellte die Gießkanne halb voll zurück auf das Fensterbrett. »Und das kostet eben Zeit.«

Ich begutachtete die neu angebrachten Bücherregale, die ich ordentlich eingeräumt hatte, anstatt die schon existierenden Regale abzustauben. Aber immerhin waren jetzt die Bücherstapel vom Boden verschwunden. Die Spülmaschine musste dringend ausgeräumt und neu befüllt werden, aber das konnte sicher auch noch einen Tag warten. Oder zwei.

»Dann sehen wir uns um sechs?«, fragte ich Jake, da ich langsam in meinen durchgeschwitzten Thermosachen zu frösteln begann.

»Wenn mich bis dahin keiner gegen meinen Willen aus meiner Wohnung zerrt, bin ich hier.«

Ich verdrehte die Augen, auch wenn er mich damit mal wieder zum Lachen brachte. »Bis später, du Holzkopf.« Ich legte auf, startete die Musik auf meinem Handy und nahm es mit ins Bad, wo ich endlich unter die wohlverdiente Dusche sprang.

Um Viertel vor sechs klingelte ich bei Jake.

»Ja, bitte?«, hörte ich seine Stimme durch die Gegensprechanlage.

»Salatlieferung für Mister Miller.«

Der Türsummer ertönte, und ich lehnte mich gegen die Eingangstür und öffnete sie. Ich lief so schnell die Treppen hoch, dass sie erst wieder hörbar ins Schloss fiel, als ich schon in der ersten Etage angekommen war. Die Wohnungstür war angelehnt. Ich betrat Jakes Wohnung und schloss die Tür hinter mir.

»Bin in der Küche«, hörte ich Jake rufen.

Ich kam zur Tür herein, als Jake gerade Kichererbsen in den Mixer füllte.

»Ich dachte, wir machen Salat?«

»Und Hummus«, sagte er und stellte den Mixer auf die höchste Stufe. »Dafür hatte ich alles hier«, übertönte er den Lärm.

Ich gab ihm einen flüchtigen Kuss und stellte die Papiertüte mit dem Salat auf die Anrichte. Jake reichte mir eine große Schüssel. Ich stellte sie in die Spüle und ließ kaltes Wasser ein.

Jake stoppte den Mixer und öffnete den Deckel. »Ich habe übrigens in knapp zwei Wochen wieder einen Wettkampf.« Er suchte einige Gewürze zusammen. »Es werden wohl auch einige Scouts da sein.«

Ich drehte den Wasserhahn zu. »Oh, wow. Fühlst du dich gut vorbereitet?« Ich begann, den Salat zu waschen, während Jake den Hummus würzte und abschmeckte.

»Nicht wirklich, aber in zwei Wochen vielleicht.« Er legte die Stirn in Falten und sah den Hummus auf dem Löffel nachdenklich an.

Die Scouts sichteten Talente für das nächste Semester. Das war Jakes Chance. Eine Riesensache. Ich trocknete mir schnell die Hände an einem Geschirrtuch ab und legte meine Hand auf seine Schulter.

»Du schaffst das. Da bin ich mir sicher, ich glaube nämlich an dich.«

Er nickte, während er weiter den Hummus anstarrte.

Ich strich über seinen Rücken. »Hör zu, wir trainieren die nächsten zwei Wochen intensiv zusammen und bereiten dich so richtig gut auf diesen Wettkampf vor. Es steht viel auf dem Spiel, und das ist Angst einflößend, – aber lass dich nicht davon schrecken.«

»Danke, Tia.« Er sah mich von der Seite an und atmete laut hörbar durch. »Angst einflößend. Genau das ist es.« Er legte den Löffel, an dem der Hummus klebte, auf dem Rand des Mixers ab und lehnte sich gegen die Arbeitsplatte. »Wie hast du das immer gemacht? Was ist das Geheimnis deines Erfolgs, Tia Rhodes?« Er hob einen Mundwinkel an und verschränkte die Arme vor der Brust.

»Puh ...«, machte ich nur und verschränkte die Arme ebenfalls vor der Brust. »Geheimnis? Training ist natürlich wichtig, um mehr Routine zu bekommen und die Nervosität vor dem Unbekannten zu nehmen.« Ich dachte zurück an die Zeit in Yale und die Abende vor den Wettkämpfen, an denen ich wach in meinem Bett gelegen hatte und meine Rennen durchgegangen war. »Aber was wirklich viel für mich verändert hat, war das Mentaltraining. Das kennst du ja bereits.«

Er nickte.

»Aber ein Geheimnis? Vielleicht waren es meine Eltern«, fügte ich hinzu und bekam Gewissensbisse, weil ich mich schon wieder viel zu lange nicht bei ihnen gemeldet hatte. »Sie waren immer an meiner Seite und haben mich unterstützt. Das tun sie bis heute.«

»Darf ich mir deine Eltern mal für den nächsten Wettkampf ausleihen?«

»Vorsicht, mein Vater ist immer für solche Schnapsideen zu haben!« Ich lachte, und mich überkam das wunderbare Gefühl, dass Dad und Jake sich sehr gut verstehen würden. Auch meine Mom würde Jake mögen, da war ich mir sicher. Ich nahm ihn in den Arm und konnte es gar nicht erwarten, ihn meinen Eltern vorzustellen.

# Kapitel 22

Jake schwamm seine vorletzte Bahn. Ich klopfte ein paarmal gegen den Beckenrand, damit er auch unter Wasser mitbekam, dass ich ihn anfeuerte. Wenig später schlug er am Ende der Bahn an, und im gleichen Moment drückte ich den Knopf der Stoppuhr. Als ich die Zeit sah, sprang ich auf und hüpfte kreischend auf der Stelle. Jake schaute mich verwirrt an. Ich beugte mich zu ihm runter, gab ihm einen schnellen Kuss und umarmte ihn. Es störte mich nicht, dass mein komplettes Oberteil sich dadurch mit Wasser vollsog, während ich Jake fest an mich drückte.

»Bestzeit«, flüsterte ich ihm ins Ohr.

Er riss sich los, stieß sich vom Beckenrand ab und schlug mit der flachen Hand aufs Wasser. Ich drehte mich weg, bekam aber trotzdem eine volle Ladung Wasser ab. Er stieß einen triumphierenden Schrei aus, und ich lachte. Er schwamm wieder zu mir an den Rand und zog mich für einen weiteren Kuss zu sich. Ich musste mich abstützen, um nicht von seinem Gewicht ins Wasser gezogen zu werden.

Er löste sich von mir und hievte sich neben mich. »Danke, Tia.« Seine Beine paddelten weiter im Wasser, während er mich lächelnd ansah. »Das habe ich dir zu verdanken.«

Ich stupste ihn in die Seite. »Das hast du vor allem dir selbst und deiner harten Arbeit zu verdanken.« Ich nickte anerkennend und hoffte, dass er wenigstens dieses Mal mit sich zufrieden war. Dass es genug für ihn war. Er für sich.

»Wir sind einfach ein gutes Team.« Jake streckte die Hand aus, und ich ergriff und schüttelte sie. Darauf konnte ich mich gut einigen.

Ich schickte Jake zum Cool-down und packte währenddessen unsere Sachen zusammen. Die Flossen und Bretter räumte ich an ihren Platz im Schrank zurück und steckte den kleinen Zettel mit meinen Notizen zum heutigen Training zurück in meinen wasserdichten Beutel.

Nachdem Jake fertig war, gingen wir gemeinsam zu den Umkleiden. Ich hatte zwar nicht damit gerechnet, dass ich auch duschen müsste, aber so nass, wie ich heute geworden war, führte kein Weg daran vorbei.

»Ich bin wirklich sehr froh, dass es so gut läuft.« Er nahm meine Hand, und ich verschränkte meine Finger mit seinen. Ganz gleich, was Jake damit meinte: das Training, wir beide oder gleich das ganze Leben. Es fühlte sich gut an.

Frisch geduscht und umgezogen verließen wir etwas später die Schwimmhalle.

»Wollen wir uns noch einen Kaffee für den Heimweg holen?«, fragte Jake und hielt mir die schwere Glastür auf, die nach draußen auf das Campus-Gelände führte.

»Ehrlich gesagt habe ich noch was vor.« Ich hob entschuldigend die Schultern und hoffte, dass Jake mich nicht durchschauen würde. »Aber wir sehen uns auf jeden Fall morgen zu deinem Geburtstag«, schob ich hinterher und hob bedeutungsvoll meinen Zeigefinger. Hatte ich mich verraten?

»Okay.« Jake lächelte mich an und zog mich in eine Umarmung. »Dann bis morgen. Schreib mir, wenn du zu Hause bist.« Er küsste mich auf den Scheitel.

Ich sah zu ihm auf und gab ihm einen Kuss. »Mach ich«, antwortete ich und küsste ihn noch einmal.

Wir gingen in entgegengesetzten Richtungen vom Campus. Ich zum Parkplatz, er Richtung Café. Kaum war er außer Sichtweite, zückte ich mein Handy und wählte Lexies Nummer. Ich hatte seit Tagen alles für den heutigen Abend geplant, und doch war noch eine Menge zu tun, wenn die Überraschung perfekt werden sollte.

»Mein Gott, ich hätte es nicht jeden Tag über mich bringen können, meine Brüste in diesen Scheiß zu quetschen.« Lexie hüpfte auf und ab und zuppelte dabei an ihrem Zehn-Dollar-Korsett, das sie über eBay erstanden hatte.

Wir zogen uns in einem winzigen Nebenraum des *Basil* um. Ich war dem exzessiven Hype um *Bridgerton* sehr dankbar. Die Flut an Kleidung und Deko aus der

Regency-Ära zu erschwinglichen Preisen hatte meine Partyplanung enorm erleichtert, außerdem hatten wir alle zusammengelegt.

Em zog den Reißverschluss ihres blau geblümten Empire-Kleides hoch. »Du vergisst, das hätte immer jemand für dich gemacht«, erinnerte sie und zupfte die Puffärmel ihres Kleides zurecht.

Lexie zog an ihrem Korsett herum. »Es wird dich enttäuschen, das zu hören, Em. Aber ich hätte mir auch von niemand anderem die Brüste ins Korsett stopfen lassen.«

»Machst du nicht mal für mich eine Ausnahme?« Nate lehnte im Türrahmen und sah Lexie an, die verzweifelt versuchte, ihre Brüste in die passende Position zu drücken.

Sie schenkte ihm keine weitere Beachtung. Als sie endlich erfolgreich war, schaut sie auf und in den Spiegel.

»Ach du Scheiße!«, fluchte Lexie nur.

»Lexie, diese Sprache ziemt sich nicht für eine junge Dame.« Nate straffte seine Haltung, und seine tiefe Stimme verlieh ihm tatsächlich einen gewissen *Bridgerton*-Flair.

»Es ziemt sich nicht für einen unverheirateten Mann so unverschämt gut in Strumpfhose und Blazer auszusehen.« Lexie ging zu Nate und zog ihm den Kragen zurecht, bevor sie ihn innig küsste.

Nach ein paar Sekunden schob Nate sie von sich. »Hey, hey, kein Sex vor der Ehe.« Er hob tadelnd einen Finger und sah sie mit einem verschmitzten Grinsen an.

»Ich will euch beide nur ungern unterbrechen«, mischte ich mich ein und machte einen Schritt auf Lexie und Nate zu.

»Warum tust du es dann trotzdem?« Lexie sah mich an, während sie ihre Hände weiterhin in Nates Nacken verschränkt hielt. Kurz stockte ich, doch ihr zartes Lächeln verriet sie.

Ich legte den Kopf schief. »Sehr witzig.« Ich machte eine kurze Pause. »Aber Jake kommt in weniger als fünfzehn Minuten, und wir sind nicht mal annähernd fertig.«

Langsam wurde ich wirklich nervös. Nicht nur weil noch einiges vorzubereiten war, auch weil ich mich fragte, wie Jake reagieren würde.

»Ich kümmere mich um Lexie und mich.« Em schob mich Richtung Tür. »Und du gehst raus und kümmerst dich um die Deko.«

Im Gastraum hängten Cas und Andrew in ihren Regency-Ära-Kostümen die letzten Girlanden auf. Ich wusste selbst nicht genau, wie ich alle von dieser Schnapsidee überzeugen konnte, war ihnen aber unendlich dankbar und freute mich über ihre Begeisterung. Ein leises Knacken ertönte aus den Lautsprecherboxen, und kurz darauf war die Titelmelodie von *Bridgerton* zu hören. Ich sah zu Will, der mir hinter der Bar zulächelte und den Daumen in die Höhe streckte.

Die eleganten Blumengedecke auf dem Tisch vollendeten den Look. Alles war perfekt. Jede Gabel, jedes Messer und jeder Löffel lag an seinem Platz. Eigentlich musste ich nichts mehr zurechtrücken. Ich tat es trotzdem.

»Okay, Jake hat gerade geschrieben, er ist in fünf Minuten hier«, hörte ich Will sagen und drehte mich zu ihm.

Zu meinem Glück klappte bisher alles reibungslos.

Will schaltete die Musik wieder aus und kam hinter der Bar hervor, seine braunen Locken schmeichelten seinem dunkelblauen Anzug.

»Mein Gott«, sagte ich ungläubig und schüttelte den Kopf. Will legte nachdenklich die Stirn in Falten. »Was?«

»Ich kann nur hoffen, dass mein Freund auch nur annähernd so gut aussieht wie Nate und du in diesen Kostümen.«

Will lächelte, und ich stellte mir Jake in seinem Anzug vor, der im Nebenraum auf ihn wartete, während Nate, Em und Lexie fertig angezogen den Gastraum betraten.

»Der Mist zwickt an den falschen Stellen, ihr hättet mich ruhig mal vorwarnen können«, beschwerte sich Nate und zog an seiner Hose.

Wir dimmten das Licht. Ich konnte gar nicht glauben, dass tatsächlich alles erledigt war. Wir waren bereit. Ich war bereit.

»Ich sehe ihn, er ist gleich da«, sagte Will ein paar Minuten später und stellte sich in die Nähe der Eingangstür.

Wir anderen warteten etwas abseits, sodass Jake zuerst nur Will sehen würde, der ihn unter einem Vorwand herbestellt hatte. Ich sah Jake an der Glasfront entlanglaufen und konnte sein verwundertes Stirnrunzeln erkennen.

Will öffnete ihm die Tür. »Mister Miller. Wie schön, Sie zu diesem besonderen Abend zu begrüßen.« Will deutete eine Verbeugung an, und ich presste mir die Hand auf den Mund, um nicht laut loszulachen.

»Was zum ...«, begann Jake und schaute an Will hoch und runter.

»Lord Miller, meine Damen und Herren«, sprach Will laut in den Gastraum.

Das war unser Signal. Andrew schaltete die Lichter an, Lexie sorgte dafür, dass die Titelmelodie von *Bridgerton* lief, und dann traten wir alle gemeinsam aus dem Schatten und präsentierten uns Jake.

»Was zum ...«, wiederholte Jake, doch dieses Mal lachte er ungläubig.

Ich begrüßte ihn mit einem Kuss und einem Knicks.

Er nahm meine Hand und führte mich in eine Drehung, wie bei einem Tanz. »Miss Rhodes, wie erfreulich, Sie zu sehen.« Er schaute an meinem zartrosa Kleid herunter und nickte anerkennend. »Magst du mir erklären, wo ich hier gelandet bin?«

Ich zuckte nur mit den Schultern. »Ich dachte, du kennst das *Basil*. Oder bist du etwa neu hier in der Stadt?«, zog ich ihn mit den gleichen Worten auf, die er bei unserer ersten Begegnung schon zu mir gesagt hatte.

Em trat einen Schritt vor. »Willkommen zu deiner persönlichen *Bridgerton*-Party!«

Erst jetzt ließ Jake die Augen von mir und sah zu den anderen, die ihn alle freudestrahlend ansahen. »Meine Güte, wie seht ihr denn alle aus?« Jake schüttelte lachend den Kopf. Seinem Gesichtsausdruck nach zu urteilen, konnte er wohl immer noch nicht ganz glauben, dass wir in diesem Aufzug vor ihm standen.

»Komm, Großer.« Will bedeutete Jake, ihm zu folgen. »Ich zeige dir, wo dein Outfit des Abends liegt. Wenn ich da durch muss, kommst du garantiert nicht drumherum.«

Ich sah den beiden nach, bis sie im Nebenraum verschwunden waren.

»Setzen wir uns? Das Essen müsste jeden Moment fertig sein.« Cas scheuchte uns an den Tisch, was in den langen Kleidern schwerer war als gedacht. Die Vorspeise, ein Garnelencocktail, stand bereits parat.

Ich setzte mich auf den Platz mit meinem Namensschild und konnte es kaum erwarten, Jake wiederzusehen. Kurz darauf war es so weit, und Jake kam zu mir an den Tisch.

Ich hatte das spontane Bedürfnis, von ihm gehalten zu werden, während mein Blick über seine Arme und sein breites Kreuz wanderte, die seinen dunkelblauen Blazer perfekt ausfüllten. Darunter trug er ein eng sitzendes Hemd, unter dem sich seine gut definierten Muskeln abzeichneten. Ich war bereits völlig eingetaucht in unser *Bridgerton*-Rollenspiel.

»Lord Miller? Würden Sie bitte schauen, ob meine Handtasche noch auf dem Bartresen liegt?«, fragte ich und lächelte ihn an.

Jake drehte sich kurz von mir weg und blickte über den Tresen. Als er sich wieder zu mir umdrehte, sah er mich verwundert an und zeigte auf den Tisch. »Deine Handtasche liegt doch direkt vor dir.«

»Ich weiß.« Ich zuckte mit den Schultern. »Ich wollte nur wissen, ob dein Hintern in dieser Hose so gut aussieht wie in meiner Vorstellung.«

Ich hörte Em kichern und konnte mir das Lachen selbst nicht verkneifen.

Kopfschüttelnd setzte Jake sich neben mich und küsste mich auf die Wange. »Und?«, flüsterte er mir dabei ins Ohr. »Erwartungen erfüllt?« Er strich mir eine Strähne meiner Haare hinters Ohr und ließ seine Finger dort verharren.

»Erwartungen übertroffen.« Ich legte meine Lippen sanft aufeinander und befeuchtete sie mit der Zunge.

Jakes Blick schnellte zu meinem Mund, und ich hätte ihn am liebsten zu mir gezogen und geküsst, bis ich nach Luft schnappte, doch ein Räuspern holte mich aus meinen Gedanken.

Das Räuspern gehörte zu Lexie, die mich wissend ansah.

»Was denn?«, flüsterte ich und beugte mich zu ihr rüber. »Du hast Nate vorhin doch auch schon fast mit deinen Blicken ausgezogen«, sagte ich gerade so laut, dass sie mich hören konnte.

Sie hob verteidigend die Hände. »Ich habe rein gar nichts gesagt. Nur beobachtet und genossen, Tia.« Sie schmunzelte und strich mit ihren Händen eine Stoffserviette auf dem Tisch glatt. »Beobachtet und genossen«, wiederholte sie und hob vielsagend die Augenbrauen.

Ich nahm meinen Löffel und wollte gerade von meinem Garnelencocktail kosten, als ich bemerkte, dass alle Augen auf mich gerichtet waren. »Ihr erwartet jetzt aber nicht, dass ich etwas sage, oder?« Meine Stimme klang so nervös, wie ich mich fühlte. Das war nicht Teil des Plans.

»Also, wenn jemand was sagen sollte, dann du. Ohne dich würden meine Brüste heute Abend nicht in diesem Gefängnis stecken«, lachte Lexie und fummelte wieder an ihrem Ausschnitt herum.

Ich war froh, dass meine Brüste in meinem Kleid nicht andauernd verrutschten.

»Was Lexie sagen wollte ist: Danke, Tia, für die Planung«, schaltete Em sich vom Tischende ein.

»*Du* hast das alles geplant?«, fragte Jake.

Ich nickte langsam. »Ja, habe ich«, schob ich unnötigerweise hinterher.

»Wow.«

»Ich hatte aber jede Menge Hilfe. Ohne euch alle wäre das hier nie möglich gewesen.« Ich sah meine Freunde dankbar an.

Freunde. Das war dieser bunt zusammengewürfelte Haufen Menschen mittlerweile für mich. Ich lächelte Jake an. »Ich hoffe, du hast begriffen, dass du auf deiner eigenen Geburtstagsparty gelandet bist und wir heute reinfeiern.« Ich hob mein Glas, das mit fruchtig duftendem Weißwein gefüllt war.

Jake nahm ebenfalls sein Glas in die Hand. »Irgendwann habe ich rausgefunden, dass das nicht die *Bridgerton*-Selbsthilfegruppe ist, danke.«

Lexie grinste, während sie wie alle anderen auch ihr Glas hob. »Auch wenn die dir definitiv guttun würde.«

Alle sahen mich wieder erwartungsvoll an. Ich blickte in die Runde und wusste nicht so recht, was ich sagen sollte. Daher beschloss ich, es simpel zu halten. »Auf euch und auf Jake.«

Wir stießen an und ließen uns den ersten Gang schmecken, während im Hintergrund der Soundtrack von *Bridgerton* lief. Und während wir eine Weinflasche nach der anderen leerten und uns weitere Köstlichkeiten schmecken ließen, sprachen wir über uns, über die Uni, den *Book Attic* und die Zukunft.

Wir waren bereits beim Dessert angelangt, eine Variation verschiedenster Kuchen, als Em mit ihrem Löffel ihr Weinglas zum Klingen brachte. »Ich muss euch alle kurz mal für etwas Wichtiges unterbrechen.« Sie stand auf und wartete, bis wir ihr alle zuhörten. Dann griff sie in eine Tasche, die unter dem Tisch stand, und holte einen Stapel Zettel heraus, die wie vergilbtes Pergamentpapier aussahen. »Was wäre *Bridgerton* ohne ein wenig Lady Whistledown?«

Ich hob die Augenbrauen und sah dabei zu, wie Em die gefalteten Papiere abzählte und auf zwei Stapel aufteilte.

»Hast du ein eigenes Klatschmagazin geschrieben, in dem du all unsere dunkelsten Geheimnisse enthüllst?«, spottete Lexie.

Em sah sie leicht genervt an. »Quatsch, was denkst du von mir?« Sie schob die zwei Stapel auseinander. »Das werdet ihr schön selbst tun.«

Es wurde mucksmäuschenstill am Tisch. Alle waren gespannt, was als Nächstes kommen würde.

»Ihr müsst euch jetzt nicht in die Hosen machen. Das Ding ist recht selbsterklärend, und es passiert alles absolut anonym. Es macht aber nur Spaß, wenn ihr alle Fragen ehrlich beantwortet«, schob sie hinterher und ließ einen Stapel rechts und den zweiten Stapel links von sich rumgehen, anschließend folgten Stifte. »Nicht auffalten«, wies sie uns noch streng an.

Jeder nahm sich einen Stift und ein gefaltetes Papier und gab den Rest weiter.

»Hast du echt die Ränder extra mit einem Feuerzeug angekokelt, damit es älter aussieht?« Will musterte sein Blatt und sah seine Freundin an.

»Möglicherweise«, sagte Em nur, und wir alle lachten.

Erst als jeder Stift und Papier hatte, bat Em, die Papiere aufzufalten. Auf meinem Zettel stand:

*Wer an diesem Tisch würde am ehesten zum Juwel der Saison ernannt werden?*

*Welches der Bridgerton-Kinder ist dein Favorit?*

*Was ist deine größte Angst?*

Wir sollten die Fragen möglichst ehrlich beantworten, hatte Em gemeint.

Ich begann, meine Antworten auf den Zettel zu schreiben. Dass Eloise die Coolste unter den *Bridgerton*-Kindern war, stand für mich fest, und mein persönliches Juwel der Saison war offensichtlich.

Bei der letzten Frage hingegen musste ich sehr lange überlegen und sah den anderen dabei zu, wie ihre Stifte über das Papier flogen. Schließlich fasste ich mir ein Herz und schrieb: *Mich selbst zu verlieren, obwohl ich mich gerade erst wiedergefunden habe.*

Ich faltete das Papier schnell zusammen, denn allein die Frage nach meiner größten Angst schnürte mir bereits die Luft ab.

Em ging um den Tisch herum und sammelte die Zettel in einer Schale ein. Die Stimmung war angespannt. Jeder von uns hatte gerade seine größte Angst offenbart und wartete darauf, was als Nächstes passierte.

Em mischte die gefalteten Papiere einmal mit der Hand durch. »Jetzt ist es an Lady Whistledown, euch die größten Geheimnisse der anderen zu enthüllen.« Sie ging ein zweites Mal mit der Schale um den Tisch. Diesmal durfte sich jeder ein zusammengefaltetes Papier herausnehmen. »Wenn ihr euch selbst zieht, habt ihr leider Pech gehabt. Ich hatte keine Zeit, das System klüger zu durchdenken.«

Ich biss mir bei Ems Worten auf die Lippen. Ich wusste nicht einmal genau, was ich mir wünschte. Wollte ich lieber etwas über jemand anderen erfahren oder erleichtert sein, weil ich mich selbst zog und niemand von meiner größten Angst erfuhr? Jeder hatte nun einen Zettel, doch keiner rührte sich. Keiner wollte der Erste sein, der das Geheimnis eines anderen las. Es war eine komische Situation, und doch hatten wir alle eingewilligt, diese Gedanken zu teilen, als wir sie auf das Papier geschrieben hatten.

Wir nickten uns alle noch ein letztes Mal zu und falteten fast zeitgleich unsere Papiere auf.

Ich erkannte Jakes Schrift sofort. Ich schmunzelte über seine erste Antwort. In krakeliger Handschrift stand da: *Lexie – redet selbst die Queen gegen die Wand und krönt sich vermutlich ohnehin selbst.* Sein Lieblingskind unter den *Bridgertons* war Benedict.

Doch die Antwort zur letzten Frage musste ich dreimal lesen, bis ich sie verstand. *Die Angst, sie zu verlieren, weil es nicht genug ist, was ich ihr geben kann.*

Der Kloß in meinem Hals wurde fast unerträglich groß, doch ich versuchte, mir nichts anmerken zu lassen.

Lexie sah von ihrem Papier auf. »Es tut mir leid, ich kann mit solchen Situationen nicht anders umgehen, als dumme Witze darüber zu machen. Nur diesmal fällt nicht mal mir was ein.« Ich liebte Lexie für ihre Ehrlichkeit.

»Ich glaube, ich will gar nicht wissen, wessen Antworten du gezogen hast.« Will schüttelte den Kopf und richtete den Blick auf seine persönliche Lady-Whistledown-Ausgabe.

»Ich ehrlich gesagt schon.« Em zuckte mit den Schultern. »Aber so funktioniert das Spiel leider nicht.«

»Du hast es dir ausgedacht, Em.« Lexie wedelte mit ihrem Papier in der Luft und steckte es dann in ihren prall gefüllten Ausschnitt.

»Für jegliche Regeländerungen ist es jetzt allerdings zu spät.« Em zuckte mit den Schultern und leerte ihr Weinglas in einem Zug.

»Ich finde, es wird Zeit zu tanzen«, ergriff Andrew das Wort und schob lautstark seinen Stuhl zurück.

Cas schaute ihn verwirrt an. »Du willst ... was?«

Andrew streckte ihr jedoch nur die Hand hin und wartete ab, bis Cas sie mit einem leichten Augenrollen ergriff und mit ihm auf die Tanzfläche ging.

»Mylady?«, hörte ich Jakes raue Stimme.

Ich blickte zu ihm, direkt in seine dunklen braunen Augen. Er fuhr sich mit den Fingern durch seine blonden Locken und sah mich abwartend an.

»Bin ich jetzt sogar schon eine Lady?« Ich sah ihn fragend an und hob einen Mundwinkel.

»Du bist vor allem *meine* Lady. Lady Tia Rhodes. Und ich mache dir selbstverständlich den Hof.« Jake streckte seine Hand nach mir aus, und ich ergriff sie. Er zog mich mit sich auf die Tanzfläche.

»Lexie hat wirklich recht mit der *Bridgerton*-Selbsthilfegruppe und dir.« Ich stupste ihn in die Seite, hatte jedoch keine Zeit, eine Reaktion abzuwarten, weil er mich fordernd zu sich zog und mir dann beide Handflächen zeigte. Ich legte meine Handflächen auf seine, und wir begannen, im Takt der Musik zu tanzen. Zugegeben, es war kein vollendetes Menuett, und hin und wieder kam es vor, dass ich mich unsittlich nah an ihn presste und meinen Kopf an seiner Brust anlehnte. Aber es fühlte sich tatsächlich so an, als würde ich mit dem Mann, den ich liebte, auf einem Ball im neunzehnten Jahrhundert tanzen.

»Du wirst mich nicht verlieren«, flüsterte ich und spürte seine Wärme durch den dünnen Hemdstoff auf meiner Haut.

Jake führte mich in eine Drehung, doch ich war mir sicher, dass er mich gehört hatte.

»Ich werde dir vielleicht nie ganz die Angst nehmen können, nicht genug zu sein. Aber ich verspreche dir, dass du mich nicht verlieren wirst«, sagte ich.

Dieses Versprechen bedeutete viel, doch ich meinte jedes Wort ernst. Es bedeutete eine gemeinsame Zukunft. Es bedeutete, dass ich mir bei Jake, bei uns, sicher war. Er drückte meine Hand, und ich drückte sie zurück. Ich erwartete keine Antwort. Jake nah zu sein, sein Herz in seiner Brust schlagen zu hören, genügte mir. Und ich genügte ihm. Wir waren genug. Auch wenn Jake das vielleicht noch nicht sehen konnte.

# Kapitel 23

»Fuck!« Jake klatschte mit der flachen Hand aufs Wasser und schlug die Hände über seinem Kopf zusammen. Er trug eine blaue Badekappe und hatte seine Schwimmbrille hochgeschoben.

Ich musste ihm nicht sagen, was ich auf dem Display der Stoppuhr vor mir sah. Er spürte selbst, dass dieser Durchgang nicht gut gewesen war.

»Fuck, Fuck, Fuck«, wiederholte er und schlug bei jedem Wort erneut mit der Hand aufs Wasser.

Er war frustriert, und ich konnte es verstehen. Er tauchte unter, schwamm einen Zug zum Beckenrand und tauchte laut atmend wieder auf.

»Noch mal«, sagte er und sah auf die Stoppuhr in meiner Hand.

Ich presste die Lippen aufeinander, aber schüttelte den Kopf.

»Jake, du bist müde. Du hast ein ganzes Training und eine Wettkampfsimulation hinter dir«, begann ich ruhig zu sagen und hoffte, dass er verstand, was ich ihm gerade mitteilte.

»Na und, dann machen wir eben noch eine Simulation.« Er zog die Brille wieder auf und brachte sich am Startblock in Position.

»Jake.«

»Tia, verdammt, starte die Uhr!« Jake sah mich nicht an, doch seine deutlichen Worte kamen sehr wohl bei mir an.

»Nein«, sagte ich trotzdem, da ich meine Entscheidung längst getroffen hatte.

»Nein?« Jake löste seinen Griff um die Metallstange und drehte sich zu mir.

Ich schüttelte den Kopf und hoffte, er würde in meinem Blick lesen, dass ich es nur gut meinte.

»Verdammt! Was soll das?« Er stieß resigniert die Luft aus.

»Du hast keine Kraft mehr, Jake. Jetzt weiter zu trainieren, macht dich nur kaputt.« Ich versuchte, ruhig zu atmen und nicht daran zu denken, wie es mir an seiner Stelle gehen würde.

»Tia, ich habe in sechs Tagen den Wettkampf, der einfach alles entscheidet, das weißt du.«

Dieser Wettkampf war wichtig, ja. Aber es gab nie nur den einen Wettkampf, der alles entschied. Vor allem nicht, wenn es um Scouting ging. Das wusste Jake genauso gut wie ich, doch ich verkniff mir den Kommentar.

»Genau deshalb musst du jetzt aufhören.« Ich sah ihn eindringlich an. »Bitte.«

»Kommst du mir jetzt mit weniger ist mehr, oder wie soll ich das verstehen?«

Ich verdrehte die Augen, doch ich konnte es Jake nicht übel nehmen. Er steckte in den Gedanken an seinen Wettkampf fest.

»Ich will dir hier keine Glückskeks-Sprüche vorlesen, Jake. Ich will doch nur das Beste für dich.« Ich ging in die Knie, um ihm näher zu sein, doch er schnaubte nur abfällig.

»Und du weißt natürlich, was das Beste für mich ist.«

»Das ist nicht fair, Jake.«

»Ich weiß, tut mir leid. Ich kann da gerade nicht raus.«

Er mied meinen Blick, doch ich verstand, dass er den Wettkampf und den vermasselten Durchlauf von eben meinte. Ich richtete mich auf. »Okay. Ich muss jetzt trotzdem zur Arbeit.« Ich atmete erleichtert auf, als Jake mich doch endlich ansah, und sprach weiter. »Ich kann dich nur bitten aufzuhören, aber letztlich kann ich dir natürlich nichts vorschreiben.«

Ich verabschiedete mich und verließ die Halle. Das mulmige Gefühl hätte ich gerne zusammen mit Jake in der Schwimmhalle gelassen, doch es blieb den gesamten Weg zum *Book Attic* und verschwand auch nicht, als ich den Buchladen betrat, der die letzten Wochen fast zu meinem zweiten Zuhause geworden war.

Im Büro hängte ich meine Jacke und den Schal an die Garderobe und freute mich über den frisch aufgebrühten Kaffee in der Kanne. Ich goss mir eine Tasse ein und nahm einen kleinen Schluck davon.

»Du bringst ja echt den Sonnenschein von draußen mit.« Helen lehnte im Türrahmen und schaute über ihre

Schulter zum Schaufenster heraus auf einen wolkenverhangenen Himmel.

Ich ging wortlos an ihr vorbei an die Kasse und stellte die Kaffeetasse auf den hölzernen Tresen. »Du sagst, wenn ich was verräumen kann oder noch was anderes liegen geblieben ist, sonst verkrümele ich mich erst mal hinter die Kasse, wenn das in Ordnung ist.« Ich nahm einen weiteren Schluck Kaffee.

Helen sah mir nach. »Magst du darüber reden, oder soll ich dich lieber in Ruhe lassen?«

Helen hatte mir natürlich angemerkt, dass heute etwas nicht mit mir stimmte. Vermutlich war das sogar für jeden wildfremden Kunden ersichtlich, und dafür schämte ich mich. Ich durfte meine Stimmung nicht mit auf die Arbeit tragen.

»Es ist alles gu...«

»Jetzt sag bloß nicht, es ist alles gut, Tia. Du belügst dich ja nur selbst«, unterbrach mich Helen.

»Es ist gerade alles ein bisschen viel auf einmal.« Es stimmte. Es kam wirklich viel zusammen mit der Ausbildung, der Arbeit, Jake und seinem wichtigen Wettkampf.

Helen verschränkte die Arme vor der Brust. »Du weißt, dass du dir auch immer freinehmen kannst, Tia? Du hast dir bisher keinen einzigen Urlaubstag genommen.«

Das klang wirklich sehr verlockend. Ich bemerkte aber die Sorge in ihrem Blick und winkte schnell ab. Ich wollte nicht, dass Helen glaubte, ich könnte dem Druck nicht standhalten. Die Ausbildung und der *Book*

*Attic* waren das Wichtigste für mich, und ich würde niemanden enttäuschen. »Schon gut, Helen. Danke, aber das wird nicht nötig sein.« Ich versuchte mich an einem Lächeln, doch es fühlte sich schwerer an als sonst. »Ich kann dich doch nicht einfach so hängen lassen. Bald ist Weihnachten.«

Helen musterte mich noch eine Sekunde, bevor sie ihre Arme löste und sich aufrichtete. »Wie du meinst, Kind.«

Mit diesen Worten ließ sie mich an der Kasse stehen und verschwand im Büro. Ich sah ihr nach und wurde den Gedanken nicht los, dass sie fast so geklungen hatte, wie ich eben noch mit Jake im Wasser.

Die Schicht ging viel langsamer rum als jede Schicht davor, und ich zählte die Sekunden rückwärts, bis ich endlich nach Hause gehen konnte. Ich liebte die Arbeit im *Attic* immer noch wie am ersten Tag, ich wollte das wirklich, doch heute konnte ich an nichts anderes denken, als mich zu Hause ins Bett zu kuscheln. Nach Arbeitsschluss trottete ich zu meiner Wohnung und tat genau das. Ich hatte das Bedürfnis, liegen zu bleiben, bis am nächsten Morgen der Wecker klingelte, stattdessen klappte ich nach zehn Minuten Pause meinen Laptop auf. Eine Abgabe für meine Ausbildung stand nächste Woche an. Wenn ich heute nicht damit anfing, würde es mir den ganzen Wochenplan durcheinanderbringen, und die nächsten Tage waren bereits bis zum Anschlag mit Terminen und Aufgaben belegt. Statt mich an den Schreibtisch zu setzen, blieb ich dabei im Bett. Ein Kompromiss.

»Komm schon, Tia«, sagte ich zu mir selbst und schüttelte mich kurz in der Hoffnung, die Müdigkeit loszuwerden.

Ich öffnete das Skript. Mathe. Ich wollte kotzen. Aber um die Grundprinzipien von Buchführung und Kalkulation kam ich wohl nicht herum. Ich arbeitete mich durch das Skript und glich es mit meinen Notizen ab, die ich während der Vorlesung am Montagabend gemacht hatte. Doch egal, wie lange ich auf den Bildschirm starrte, die Zahlen ergaben keinen Sinn für mich. Ich griff nach meinem Handy und drückte die Kurzwahltaste für meine Mom. Sobald es bei ihr klingelte, stellte ich auf Lautsprecher und legte das Handy neben mich auf mein Bett.

»Tia«, hörte ich die fröhliche Stimme meiner Mutter, während ich eine Funktion in den Taschenrechner eintippte und ein eindeutig falsches Ergebnis aufleuchtete.

»Hey, Mom.« Ich löschte die Eingabe frustriert und pfefferte den Taschenrechner von mir weg.

»Wie schön, von dir zu hören, mein Schatz, wie geht es dir?« Die scheinbar unlösbare Matheaufgabe rückte in den Hintergrund, weil sich stattdessen mein schlechtes Gewissen wieder meldete. »Sorry, dass ich so lange nicht angerufen habe.« Ich lehnte mich zurück ins Kopfkissen und starrte an die Decke.

»Schon gut, ich weiß, du hast gerade wahnsinnig viel zu tun. Solange du weiterhin auf meine Nachrichten antwortest und ich nicht befürchten muss, dass dir etwas passiert ist, kann ich gut damit leben.« Meine Mom lachte. »Jetzt erzähl schon, mein Schatz, was gibt es? Wie geht es dir? Und Jake? Gibt es einen speziellen Grund, aus dem du anrufst?«

Meine Mom löcherte mich mit Fragen, während es mir schwerfiel, die Augen offen zu halten. Doch ich hatte sie angerufen ... Warum eigentlich?

»Wenn ich ehrlich bin ... Ich bin müde und frustriert und wollte nur deine Stimme hören.«

»Was frustriert dich?« Moms sanfte Stimme beruhigte mich. In meiner Vorstellung saß sie im Wohnzimmer auf ihrem Sessel und schaukelte vor und zurück.

»Mathe«, sagte ich und stieß resigniert die Luft aus. Ich sah zu meinem Handy, das neben mir auf der Bettdecke lag. »Diese Funktion geht einfach nicht in meinen Kopf. Ich hab sie während der Vorlesung schon nicht kapiert, und ich verstehe meine eigenen Notizen nicht mehr, ganz gleich, wie oft ich sie mir durchlese.« Ich rollte mich auf die Seite und zog die Beine an. »Wirklich, Mom, Mathe ist frustrierend«, schob ich nach und machte meinem Unmut Luft.

Meine Mom schwieg einen Moment, und ich fragte mich, was sie dachte. Wie gerne hätte ich ihr Gesicht gesehen.

Mom räusperte sich. »Ist wirklich Mathe frustrierend oder die Tatsache, dass du gerade an deine Grenzen stößt?«

Ich richtete mich auf und starrte das Handy an, sagte jedoch nichts.

»Oje, Tia. Ich habe das Abendessen im Ofen vergessen! Mir brennt gerade alles an, ich muss Schluss machen!«

Noch bevor ich widersprechen konnte, tutete es dreimal, und ich sah wieder den Sperrbildschirm, auf dem das Foto der Sonnenblumen zu sehen war, die ich mit Jake gepflückt hatte. Moms Frage geisterte mir im Kopf herum, doch noch mehr beschäftigte mich der Gedanke, dass meine Mutter niemals etwas anbrennen lassen würde.

# Kapitel 24

Ich lag eng an Jake gekuschelt in seinem Bett, während er sich mit der Fernbedienung durch das Filmangebot klickte.

»Wenn du keinen Wunsch äußerst, mache ich einfach *Vaiana* an«, drohte er und lehnte sich zurück. »Aber ich warne dich vor, ich kenne jeden Song auswendig und werde mitsingen.«

Er lachte auf und hob damit meinen Kopf auf seiner Brust ein paarmal an.

»Das lass ich mir doch nicht entgehen«, nuschelte ich in die Decke, die über uns ausgebreitet lag.

Jake strich mir sanft über den Hinterkopf. »Glaubst du, du schaffst sieben oder acht Minuten, bevor du einschläfst und dein süßes Schnarchen den Film übertönt?«

»Höchstens drei«, antwortete ich nur und versuchte gar nicht erst, ihm zu widersprechen. Ich wusste, dass ich schnarchte, auch wenn ich das nicht gerade als süß bezeichnen würde. Ich kuschelte mich noch enger an Jake und spürte, wie meine Lider immer schwerer wurden.

Jake legte die Fernbedienung weg. Das Disneyschloss verschwand vom Bildschirm, und die erste Szene von *Vaiana* begann.

So eng an Jake gekuschelt und unter der warmen Decke liegend, während seine Finger über meinen Kopf strichen, hatte ich Schwierigkeiten, nicht sofort einzuschlafen. »War ein anstrengender Tag«, entschuldigte ich mich.

»Vielleicht trage ich auch meinen Teil dazu bei, indem ich das eine oder andere Mal für Schlafmangel gesorgt habe«, meinte Jake amüsiert, und ich hob die Mundwinkel zu einem Grinsen.

»Das war aber guter Schlafmangel, das nehme ich gerne in Kauf«, erwiderte ich.

Der erste Song begann, und Jake summte tatsächlich mit. Hier und da hörte ich ihn sogar den Text mitsingen und wippte meinen Kopf im Takt.

»Du, Tia«, Jake pausierte den Film mitten im Song, »ich habe nachgedacht.«

»Okay.« Mein Herz schlug unweigerlich schneller, und ich war plötzlich hellwach. Kaum ein gutes Gespräch startete mit *Ich habe nachgedacht.*

»Darf ich dir eine Frage stellen?«

Ich zögerte kurz. »Okay«, sagte ich wieder und legte meine flache Hand auf seinem Bauch ab.

»Was macht dich so richtig glücklich?«

Ich sah ihn verwirrt an. Wieso stellte er diese Frage mitten in einem Disneyfilm?

»Na ja, also ... in welchen Momenten bist du so richtig, richtig glücklich?«

Ich sagte eine Weile nichts, musterte Jake nur, bevor ich meinen Kopf wieder auf seinen Bauch legte. »Das ist eine schwere Frage.« Ich grübelte und sah auf die Uhr, die auf Jakes Kommode stand. »Vor allem nach zehn, Jake. Du hast Glück, dass ich überhaupt noch wach bin.« Ich lachte kurz auf. »Ich denke ehrlich gesagt zuerst an meine Kindheit.«

Ich presste meine Lippen aufeinander und ließ zu, dass die Erinnerungen sich wie kurze Filmzusammenschnitte vor meinem inneren Auge abspielten. »Ich denke an meine Mom und meinen Dad, wie ich mit ihnen viele von diesen glücklichen Momenten verbracht habe, Momente, in denen wir uns vor Lachen den Bauch gehalten haben.« Ich hörte die Freude, die ich damals empfunden hatte, auch jetzt in meiner Stimme, und das Lächeln lag ganz automatisch auf meinen Lippen. »Es ist vor allem Unbeschwertheit, woran ich denke«, fuhr ich fort und strich mit meinen Fingern sanft über Jakes Bauch. »Momente, in denen nichts anderes zählte als das Hier und Jetzt. Weil man einfach so gefangen war in dem, was man gerade tat, dass nichts anderes eine Rolle spielte.« Ich atmete ruhig ein und aus, versuchte, dieses Gefühl so gut es ging festzuhalten. »Und wenn ich heute nach dem gleichen Gefühl suche, ist da ... weniger.« Ich schluckte bei dieser Erkenntnis. Weniger Unbeschwertheit. Weniger glückliche Momente.

Ich war häufig glücklich, würde ich jederzeit von mir selbst behaupten. Doch diese Momente echten, puren Glücks ... die waren wertvolle Seltenheit.

»Zum Beispiel zusammen mit dir mitten im November durch ein Feld voller Sonnenblumen zu rennen, das war auch ein echter Glücksmoment. Oder als ich mit Lexie und Em gelacht habe, während wir uns in billige *Bridgerton*-Kostüme gequetscht haben.« Ich fühlte, wie die Emotionen dieser Momente mich überrollten und dass allein die Erinnerung daran ausreichte, um mich erneut glücklich zu machen.

»Denkst du dabei je an das Schwimmen?«

»Nein.« Meine Antwort kam schnell. Das Kapitel war für mich abgeschlossener, als ich dachte. »Zumindest nicht so«, schob ich nach. Ich war mir sicher, wenn ich nur lange genug kramte, weit genug in meinen Erinnerungen zurückging, würden einige glückliche Momente wieder auftauchen.

»Ich auch nicht.«

Ich stützte mich auf einen Ellenbogen und sah Jake mit zusammengezogenen Augenbrauen an. »Du auch nicht?«

Jake schüttelte den Kopf.

Ich setzte mich in den Schneidersitz. »Woran denkst du dann?«

Jakes Mund öffnete sich leicht, doch er sagte nichts. Er sah mich weiter an, räusperte sich und setzte erneut an. »An Momente mit dir oder mit meiner Familie. An Abenteuer mit Lexie, Will, Em, Nate und ...« Er stockte, wich meinem Blick aus und schien die Worte in seinem Kopf neu sortieren zu müssen. »Und an mein Praktikum in dem Wohnheim der Jugendhilfe, wo ich mit Jugendlichen zusammengearbeitet und ihnen das

Schwimmen beigebracht habe. An diese Momente denke ich.«

Ich nickte, hörte ihm zu und versuchte herauszufinden, was es war, das er jetzt brauchte. »Was bedeutet das jetzt?«

»Ich weiß es nicht.« Er fuhr sich durchs Haar und sah kurz aus dem Fenster. »Ich weiß aber, dass ich es in ein D1-Programm schaffen will.« Er sah mich an, als müsse er erst checken, ob er mit diesen Worten auch mich überzeugte. »Die letzten Wochen waren hart, da waren nicht viele glückliche Momente dabei. Ich ... Ich habe nur Angst, dass das Schwimmen mich vielleicht nie wieder glücklich machen wird.«

*Dass es nicht genug für mich sein wird*, vervollständigte ich seine Ausführungen in Gedanken. Ich griff nach Jakes Hand und drückte sie.

»Du kannst nicht wissen, was dich in Zukunft glücklich machen wird.« Ich sprach das Offensichtliche aus, doch manchmal musste man auch die Dinge hören, die auf der Hand lagen. »Du kannst aber wissen, was du jetzt – in diesem Moment – willst. Und wenn es das Schwimmen ist, der Erfolg, in ein D1-Programm aufgenommen zu werden, dann ist es richtig, weiterhin alles dafür zu tun«, bestätigte ich ihm und hoffte, es würde ihm weiterhelfen.

Jake sah mich dankbar an und drückte meine Hand, die immer noch in seiner lag. »Ich will diesen verdammten Wettkampf gewinnen. Ich will mein Ziel immer noch erreichen. Teils weil ich es schon immer wollte, teils weil es mir noch genug gibt, um es meinen Traum zu nennen. Nur vielleicht nicht mehr meinen einzigen Traum.« Jakes Stimme war ruhig und fest.

»Na, dann weißt du, was in den nächsten Tage noch vor uns liegt.« Ich lächelte ihn an und war erleichtert, als er mein Lächeln erwiderte.

»Uns?« Jake sah mich fragend an.

»Natürlich. Oder warum, glaubst du, habe ich die letzten Wochen so viel Zeit und Energie in dein Training investiert?« Ich zuckte mit den Schultern und stellte bei meinen Worten fest, wie wohl ich mich die letzten Wochen in der Rolle der Trainerin gefühlt hatte. Jake war mir wichtig, weil er Jake war. Aber Jake als Schwimmer, sein Erfolg bei diesem Scouting-Wettbewerb, war mir aus ganz anderen Gründen wichtig.

Jake lachte und küsste mich sanft auf die Wange. »Dann kann ja eigentlich nichts schiefgehen. Du gewinnst doch jeden Wettkampf, bei dem du anwesend bist.«

»Da ist was dran. Zumindest sagen die ganzen Zeitungsartikel, die meine Mutter sammelt, ziemlich genau das.« Ich zuckte gleichgültig mit den Schultern, als wäre es nichts Besonderes, in seiner gesamten Karriere keinen Wettkampf zu schwimmen, bei dem man nicht auf dem Treppchen landete.

Jake streckte die Fernbedienung dem Fernseher entgegen und sah mich an. »Ich wäre jetzt bereit weiterzusingen.«

Ich schüttelte lachend den Kopf. »Ob du es glaubst oder nicht: ich auch.«

Jake ließ sich das nicht zweimal sagen, drückte auf Play, und so saßen wir die nächsten neunzig Minuten auf Jakes Bett, sahen *Vaiana* dabei zu, wie sie die Insel ihres Volkes rettete, und sangen jeden einzelnen Song mit.

Das hier war einer dieser richtig echten Glücksmomente, an die ich mich noch lange erinnern würde. Da war ich mir sicher.

Ich zog die Schlafzimmertür auf und stolperte in die Dunkelheit. Jake schnarchte bereits vor sich hin und hatte nicht einmal mitbekommen, dass ich den Fernseher nach dem Filmabspann ausgeschaltet hatte. Ich tapste die Treppe ein Stockwerk tiefer und ging ins Wohnzimmer, wo mein Laptop noch auf dem Couchtisch stand. Ich klappte ihn auf und öffnete das Mathe-Skript sowie eine Internetseite, die zum Thema passende Tutorials hochgeladen hatte. Die Kopfhörer auf meinen Ohren blendeten die Nacht um mich herum aus, und so konnte ich dem Mathe-Studenten auf meinem Bildschirm tatsächlich folgen, als er mir erklärte, wie man die Beispielfunktion ableitete.

»Oha.« Ich hörte meine eigene Stimme nur gedämpft durch die Kopfhörer und staunte über meinen Erfolg. Ich hatte die erste Beispielaufgabe richtig nachgerechnet und wollte mir vor Stolz am liebsten selbst auf die Schulter klopfen.

Schritt für Schritt kam ich voran, und es keimte sogar die Hoffnung wieder auf, dass ich das Thema doch noch verstehen würde.

Ich machte mir in der Küche einen Kaffee und hoffte, das Geräusch des Mahlwerks würde Jake nicht aufwecken. Ich atmete den Kaffeeduft tief ein und trank den ersten Schluck, während ich mich zurück auf die Couch und an meinen Laptop setzte. Der Kaffee leistete mir die nächste halbe Stunde Gesellschaft, während ich die Tutorials zu Ende schaute und glücklich alle Beispielaufgaben nachvollziehen konnte.

»Wenn das so weitergeht, beende ich die Abgabe heute Nacht auch noch mit Auszeichnung.« Ich sprach mit mir selbst und lachte ein klein wenig über meinen eigenen Witz. Nach Mitternacht durfte man so etwas. Ich öffnete das PDF mit den Aufgaben und freute mich, weil ich jetzt zumindest die Aufgabenstellung verstand. Der Gedanke, mir hiermit ein wenig Freizeit zu verschaffen, vielleicht sogar Zeit, die ich mit Jake verbringen konnte, gefiel mir sehr, und so tauchte ich noch weiter in die mathematischen Untiefen ab und war mir sicher, dass meine Rechenwege richtig waren.

`Schau mal, ich lebe noch, UND ich kann jetzt Mathe.`

Ich sendete Drew ein Bild von einer besonders komplizierten Rechnung und meinen Notizen. Das würde sie genauso überraschen wie mich. Immerhin hatte ich Semester für Semester von ihr abgeschrieben, sobald es um Mathe ging.

In der Nachrichtenübersicht entdeckte ich eine Nachricht von Lexie mit Bildern von Jakes Geburtstagsparty im Anhang. Ich bedankte mich bei ihr und klickte mich durch die eingefangenen Erinnerungen des Abends. Ein Bild zeigte Jake und mich eng aneinandergeschmiegt auf der Tanzfläche. Wir blickten in die Kamera. Mein Kopf lehnte an seiner Brust, und seine Wange lag auf meinem Kopf. Wir sahen aus wie zwei Teile eines Puzzles, die perfekt zusammenpassten. Auch wenn es nur ein sanftes, kaum erkennbares Lächeln auf Jakes Lippen war, sah er unglaublich glücklich aus. Jegliche Anspannung war an diesem Abend von ihm abgefallen und ... Ich schaute genauer hin und musterte mich selbst ... Ich sah genauso glücklich aus, so eng an Jake geschmiegt. Wir blickten beide in die Kamera, und ich fragte mich, wie Lexie das angestellt hatte, denn ich hatte gar nicht gemerkt, dass sie uns fotografiert hatte.

Ich wischte durch die restlichen Schnappschüsse und lächelte, während ich mich an den Abend erinnerte. Aufnahmen, auf denen wir alle vor Lachen nicht mehr gerade stehen konnten, tanzten und uns amüsierten. Ich leitete die Bilder an Jake weiter und hoffte, sie würden ihm genauso gefallen wie mir.

Zuletzt schickte ich Em noch eine Nachricht:

Glaube, die Ausbildung ist perfekt und genau das, was ich gebraucht habe.
Ich zieh mir hier sogar Mathe-Tutorials rein, um Bestnoten zu schreiben.

Ich setzte noch ein paar lachende Smileys dahinter und schickte ihr das gleiche Foto, das ich auch Drew geschickt hatte. Die Ausbildung zur Buchhändlerin war perfekt für mich, und es würde sich lohnen, die nächsten Wochen und Monate weiterhin hart dafür zu arbeiten. Das Beste war: Ich allein hatte die Entscheidung getroffen, das durchzuziehen. Endlich hatte ich das Gefühl, angekommen zu sein und etwas gefunden zu haben, was meinem Leben wieder einen Sinn und eine Zukunft gab. Mein ganzes Leben wollten ich und auch andere, dass ich die beste Schwimmerin aller Zeiten werde. Ich war diese Schwimmerin. Doch jetzt war ich nicht mehr nur Schwimmerin.

Ich war Tia. Tia, die angehende Buchhändlerin.

Ich schreckte hoch und blickte verwirrt um mich. Es dauerte einige Sekunden, bis ich mich erinnerte, dass ich bei Jake war. Die Jalousien waren komplett heruntergelassen und ließen kein Licht ins Zimmer. Ich war in den frühen Morgenstunden zurück zu ihm ins Bett gekrochen und sofort eingeschlafen. Ich sah auf meine Uhr, das Display leuchtete auf und zeigte zehn Uhr an. So spät! Ich schlug die Decke zurück und schlüpfte in die Hausschuhe, die ich vor dem Bett abgestellt hatte. Ich eilte nach unten in die Küche, schon auf den Treppenstufen schlug mir der Duft von frischem Kaffee entgegen.

»Morgen. Auch einen?« Jake stand im grauen Jogginganzug in der Küche und deutete auf den Kaffee, der gerade in seine Tasse lief.

Ich fasste mir an die Stirn. »Jake, wir haben nach zehn!«

Der Kaffee war fertig durchgelaufen. »Ich weiß.« Er reichte mir die Tasse.

»Hast du heute nicht Training?«

Jake öffnete den Hängeschrank und griff nach einer neuen Tasse. »Doch, na klar. Ich bin vor zehn Minuten zurückgekommen.« Er stellte die Tasse in die Maschine, während ich immer noch regungslos im Türrahmen stand, den dampfenden Kaffee in meiner Hand.

»Wieso hast du mich nicht geweckt?« Ich sah ihn fragend an, doch Jake runzelte nur die Stirn und schaltete den Kaffeeautomaten erneut ein.

»Oh Mist, hattest du etwa Schicht? Das tut mir leid! Ich dachte, du hättest gestern Abend gesagt, du hast frei.« Jake wirkte verunsichert.

»Nein, nein.« Ich winkte schnell ab, um ihn zu beruhigen, und stellte meine Tasse auf der Arbeitsplatte ab. »Ich muss zwar nicht arbeiten, aber ich habe auch nicht frei, Jake. Ich wollte lernen, und außerdem wollte ich früh laufen gehen, sonst komme ich bei dem vollen Tag heute nicht mehr dazu.« Ich raufte mir die Haare und ging im Kopf bereits durch, wie ich den Tag neu planen konnte, jetzt, wo mir fast drei Stunden fehlten. Ich sah auf meine Uhr, die mich bereits an eine Erledigung erinnerte.

»Okay ... Dann gehst du halt mal einen Tag nicht laufen. Ich dachte nur, du könntest den Schlaf gebrauchen.« Er zuckte mit den Schultern, doch ich spürte, dass ihm die Situation unangenehm war.

»Warum das denn?«

»Tia, du hast mir um halb drei Uhr morgens Bilder weitergeleitet.« Er griff nach seinem Kaffee und sah mich eindringlich an. »Entschuldige bitte, dass ich dachte, der Wecker um halb sieben tut dir vielleicht nicht gut.«

Ich nahm meine Kaffeetasse von der Arbeitsplatte und trank einen Schluck. »Sorry, du hast es nur gut gemeint, ich weiß«, entschuldigte ich mich. Er konnte nicht wissen, wie viel ich vorhatte und dass ich heute Nacht den Gedanken gefasst hatte vorzuarbeiten. »Lass uns erst mal den Kaffee trinken.«

Ich ging ins Wohnzimmer, und Jake folgte mir. Ich fand mich mit dem Gedanken ab, dass ich die Zeit, die ich geschlafen hatte, nicht zurückbekam und genoss stattdessen den Kaffee mit Jake. »Bleibt es dabei, dass morgen unser letztes Training ist?«

Er nickte. »Morgen ist unser letztes gemeinsames Training, Donnerstag habe ich Training mit dem Team, und Freitag ist nur lockeres Shake-out, damit wir alle für den Wettkampf fit sind.«

Ich nickte und ging in Gedanken bereits durch, wie ich meine eigenen Termine entsprechend planen könnte. »Das wird sicher gut«, meinte ich und trank meinen Kaffee aus.

»Ich hoffe es, Tia.« Jake nippte an seinem Kaffee, und eine Weile saßen wir schweigend da, bis wir beide beschlossen, dass es an der Zeit war, den restlichen Tag anzugehen.

# Kapitel 25

Ich rieb mir die müden Augen, die mittlerweile an der Tagesordnung standen, und bereute es nicht, noch einen zweiten Kaffee auf dem Weg zum Training geholt zu haben. Jake beendete gerade die letzte Bahn seines Warm-ups und tauchte vor mir auf.

»Wir müssen nach dem Training definitiv noch einen Kaffee trinken gehen«, sagte ich, »sonst bin ich heute zu rein gar nichts mehr zu gebrauchen«, witzelte ich halb ernst.

»Kein Problem. Das schaffen wir.« Jake klammerte sich an den Beckenrand.

Ich öffnete die Notiz auf meinem Handy, die Jake und ich am Vorabend erstellt hatten. »Jetzt machen wir Tempo-Bahnen.«

Wir hatten beschlossen, so kurz vor dem Wettkampf keine weitere Simulation zu schwimmen, sondern stattdessen ein Tempo-Training zu machen. Das war anstrengend und killte jeden Muskel. Aber man ging hart an seine Grenze, wissend, dass jeder Zug sich am Tag des Wettkampfes auszahlen würde.

»Tempo-Bahnen. Auf die habe ich absolut keine Lust, und doch kann ich es nicht erwarten.« Jake lachte.

Wir trainierten noch eine gute Stunde. Ich feuerte Jake an, und er legte sein Bestes in jeden einzelnen Zug.

Nach dem Training hob Jake sich schwungvoll aus dem Wasser. Wir gingen beide mit einem Lächeln auf den Lippen Richtung Umkleiden, denn wir waren zufrieden und stolz nach dem heutigen Training.

»Aber bei aller Liebe, ich brauche jetzt wirklich dringend meinen Kaffee«, sagte ich.

»Ich beeile mich.« Er hielt mich noch kurz an der Taille fest und gab mir einen Kuss, während er mir versprach, dass ich schon bald meinen Kaffee haben würde.

Eine knappe halbe Stunde später saßen Jake und ich im *Basil*, direkt unter einer besonders üppig bewachsenen Kräuterpalette. Vor mir auf dem Tisch stand ein dampfend heißer Cappuccino, den Andrew mir vor wenigen Sekunden auf den Tisch gestellt hatte. Ich starrte das heiße Gebräu an und wartete darauf, dass es abkühlte, damit ich es in möglichst einem Zug runterkippen konnte. Langsam wurde der Koffeinmangel unerträglich. Ich sah vom Cappuccino auf und blickte in zwei nachdenkliche Augen.

»Was ist?«, fragte ich.

»Ich ...«, begann Jake und sah mich weiter an.

Die Gewissheit, dass Jake nicht versuchte, mir auszuweichen, sondern offenbar nur darüber nachgrübelte, wie er seine Gedanken am besten mit mir teilte, ließ mich geduldig warten.

»Wir müssen unsere gemeinsame Zeit mittlerweile wochenlang im Voraus in unseren Kalendern einplanen«, sagte Jake schließlich.

Ich zog die Augenbrauen nachdenklich zusammen, sah Jake weiter in die dunklen braunen Augen.

»Ich würde mir manchmal wünschen, wir hätten mehr gemeinsame Zeit, die nur uns gehört.«

»Wünschst du dir das tatsächlich?«, fragte ich nach, um Zeit zu gewinnen.

Er nickte. »Ja, ich merke das jetzt schon seit einer ganzen Weile.« Jake hob seine Kaffeetasse kurz an und stellte sie wieder auf der Untertasse ab.

»Okay«, meinte ich und sah kurz zur Bar, wo Andrew gerade den Siebträger in die Maschine drehte. »Ich genieße auch jede Sekunde, die wir miteinander verbringen, und verstehe auch, dass dir das manchmal nicht reicht.« Ich probierte meinen Cappuccino. »Aber wie stellst du dir das vor?« Ich wollte nicht provokant klingen, doch ich konnte nicht verhindern, dass man meiner Stimme anhörte, dass ich Angst hatte, er würde mich darum bitten, etwas aufzugeben, was mir wichtig war.

Er zuckte mit den Schultern. »Ich weiß es auch nicht, um ehrlich zu sein.« Er nahm seine Tasse am Henkel. »Ich wollte dir nur sagen, wie ich mich fühle.« Er hob die Tasse an und trank einen Schluck. »Es liegt an der Gesamtsituation, das weiß ich selbst. Mein Studium und das Schwimmen füllen ja allein zwei Leben. Dann deine Ausbildung, die Arbeit im *Attic*, das Training mit mir, dein Sport, unsere Freunde. Und dann soll man das alles irgendwie koordinieren und die verbliebene Zeit, in der wir uns abends todmüde nebeneinander ins Bett legen, Quality-Time nennen.«

Ich schluckte. Ich konnte jedes seiner Worte nachvollziehen. Die letzten Wochen waren von Müdigkeit und Anstrengung geprägt, und das letzte Mal, das Jake und ich uns Zeit füreinander außerhalb des eingespielten Alltags genommen hatten, war sein Überraschungsdate in der Luxuswohnung von Nicks Eltern gewesen. Aber ich liebte mein Leben auch, und zwar genau so, wie es war. Und Jake ging es, soweit ich wusste, ähnlich.

»Es tut mir leid, dass unsere Beziehung vielleicht darunter leidet«, antwortete ich.

»Das muss es nicht«, erwiderte er schnell. »Keinen von uns trifft irgendeine Schuld. Ich mache dir ja auch keinen Vorwurf und versuche, mir selbst auch keinen zu machen.« Seine radikale Ehrlichkeit traf mich genau dort, wo es wehtat, und ich schluckte.

»Es tut mir trotzdem leid«, wiederholte ich, weil es der Wahrheit entsprach.

Er nickte nur und nahm einen weiteren Schluck von seinem Kaffee. Die drückende Stimmung zwischen uns war mir unangenehm, doch ich konnte nichts daran ändern. Jake hatte jedes Recht auszusprechen, wie er sich fühlte.

»Wir könnten nach deinem Wettkampf ein paar Tage gemeinsam wegfahren«, schlug ich vor.

Ich sah Jake die Enttäuschung darüber an, dass mein Vorschlag zwar nett gemeint, aber doch genau das

Gegenteil von dem war, was er sich für uns wünschte: Spontaneität.

»Samstag ist schon der 20., Tia. Ein paar Tage später ist Weihnachten. Wann sollen wir denn da wegfahren?«

Ich hörte die Mutlosigkeit in seiner Stimme und mochte nicht, dass ich oder besser gesagt die wenige Zeit mit mir der Grund dafür war. »Oh«, sagte ich nur, weil mir das wirklich entfallen war. Während ich mit Lexie, Em und den anderen feiern würde, reiste Jake über die Feiertage zu seiner Familie.

»Ja, oh«, wiederholte Jake und seufzte. »Sorry, ich will hier auch keine miese Stimmung machen. Mir gefällt nur der Gedanke nicht, dass wir endlich diesen verdammten Wettkampf hinter uns haben, und ich am nächsten Morgen schon im Flieger nach Hause sitze.« Er lehnte sich zurück. »Erinnere mich bitte daran, dass ich dir zum Wettkampf dein Geschenk mitbringe, okay? Nicht dass ich das vergesse.«

Meine Mundwinkel hoben sich, und ich grinste ihn schief an.

»Mein Geschenk?«

»Na, was ist denn Weihnachten ohne Geschenke, Tia?« Jake lachte und griff meine Hand. »Wir sehen uns vielleicht nicht, aber ich werde dir wohl trotzdem etwas schenken dürfen, oder?«

Ich zuckte mit den Schultern. »Das ist nur fair, da ich vorhabe, der gleichen gesellschaftlichen Konvention zu folgen, und du ebenfalls ein Geschenk von mir angedreht bekommst.«

Jake legte den Kopf schief. »So?«

Ich nickte heftig. »Ja, so richtig kitschig in rotem glänzendem Papier mit einer fetten Schleife obendrauf. Und so viel Tesafilm drum herum, dass du wirklich lange brauchen wirst, um es zu öffnen.«

Wir lachten beide, ich trank meinen Cappuccino aus und bestellte mir mit einem kurzen Handzeichen bei Andrew direkt den nächsten. Es konnte sicher nicht schaden, die Koffeinreserven für den restlichen Tag aufzufüllen.

»Du, Tia?«

»Hmm?«

»Ich weiß, das willst du nicht hören, aber vielleicht solltest du wirklich einen Gang runterschalten.« Jakes Stimme war ruhig, sein Blick ernst.

Ich sah auf meine Cappuccinotasse und wünschte mir, sie wäre nicht bereits leer. Dann hätte ich wenigstens etwas, um den fahlen Geschmack runterzuspülen, der sich bei Jakes Worten in meinem Mund breitgemacht hatte.

»Ich dachte, wir hätten geklärt, dass wir das schon hinkriegen. Vielleicht nicht mehr vor Weihnachten aber ... irgendwann.« Ich legte die Stirn in Falten, während Jake an seinem braunen Pullover nestelte.

»Es geht mir nicht um uns, Tia.«

Die Falten auf meiner Stirn verschwanden nicht. »Sondern?«

Jake sah mir direkt in die Augen. »Um dich.«

»Aha«, sagte ich nur.

»Ich mache mir Sorgen um dich«, versuchte Jake, es mir zu erklären, und ich begann zu verstehen.

»Das musst du nicht«, entgegnete ich, auch wenn ich wusste, dass diese Worte nichts brachten. Man musste sich nie Sorgen um die Menschen machen, die einem wichtig waren, und doch tat man es. Ununterbrochen. Die Frage war nur immer, ob die Sorgen auch berechtigt waren.

»Wenn du nicht arbeitest, dann lernst du. Oder du schenkst mir deine Zeit im gemeinsamen Training. Und auch sonst werden die Punkte auf deiner To-do-Liste nicht gerade weniger.«

»Es ...«, begann ich und stockte. »... Die Ausbildung zur Buchhändlerin ist das, was ich will, aber die Finanzmodule fallen mir wirklich schwer, ganz gleich, wie viel Zeit ich hinein investiere. Und das ist das wirklich Schwere daran«, sprach ich zum ersten Mal laut aus, was mir seit Tagen zu schaffen machte.

»Wie meinst du das?« Jake sah mich fragend an, und ich zog an meinen Fingern, weil ich nicht wusste, wohin mit ihnen.

»Ich meine, dass ich bisher immer und überall die Beste war, wenn ich nur genug Zeit oder Aufwand in etwas investiert habe. Egal, ob im Schwimmen oder in der Schule. Mit den Finanzmodulen bin ich aber an eine Grenze gekommen«, wiederholte ich die Worte meiner Mutter. Endlich glaubte ich verstanden zu haben, auf welchen Gedanken sie mich in unserem letzten Telefonat hatte stoßen wollen.

»Manchmal vergesse ich, wie dein Leben vorher ausgesehen hat.« Jake lächelte und sah mich gleichzeitig mitfühlend an. »Aber ist das schlimm?«

Jake hatte die gleiche Frage gestellt, die mich während der letzten Tage ebenfalls beschäftigt hatte. »Nein, nur neu.« Ich atmete tief aus. »Ich muss mich nur daran gewöhnen, noch härter an mir zu arbeiten, um meine Ziele zu erreichen.«

»Oder dich mit dem Gedanken anfreunden, dass es nicht mehr dein Ziel sein muss, immer die Beste zu sein. Gerade wenn es um Mathe geht.« Jake lächelte mich an. »Wobei Mathe durchaus ganz nett sein kann«, schob er nach und zuckte mit den Schultern.

Ich erwiderte sein Lächeln und erinnerte mich an das Kürbisgewichtschätzen auf dem *Fall Fest* zurück. »Du bist mir suspekt.«

»Dein suspekter Freund ist aber auch jederzeit bereit, dir bei Mathe zu helfen, wenn du das magst.«

»Danke«, sagte ich schnell, »aber du hast schon genug zu tun. Ich schaffe das auch ohne deine Hilfe.« Ich lachte auf und wollte mich nicht länger der Verzweiflung hingeben, die dieses Thema in letzter Zeit in mir ausgelöst hatte.

»Das bezweifele ich auch nicht.«

»Ich schaffe das schon, du brauchst dir also wirklich keine Sorgen um mich zu machen«, wiederholte ich und schwieg, während Andrew freundlich lächelnd meinen zweiten Cappuccino servierte.

»Ja, du schaffst das. Aber du planst jeden Moment deines Tages durch, Tia«, sagte Jake, nachdem Andrew wieder weg war.

»Na und? Ich plane eben gerne«, antwortete ich und dachte an meinen bunt beklebten Kalender.

Jake stieß resigniert die Luft aus und musterte mich, als müsse er abschätzen, wie weit er noch gehen konnte. »Solange du bei all der Planerei nicht dich selbst vergisst.«

Mein Herz setzte einen Schlag aus, doch ich traute mich nicht, Jakes Blick auszuweichen.

»Wann bist du das letzte Mal morgens aufgestanden und hattest keinen Termin in deinem Kalender stehen, Tia? Wann bist du das letzte Mal wach geworden mit dem Wissen, du kannst an diesem Tag einfach mal das machen, worauf du Lust hast?«

Ich dachte an meinen ersten Tag in Amber Falls zurück, als es noch genau so war, wie Jake es beschrieben hatte. »Ist 'ne Weile her«, nuschelte ich und wollte nicht mehr länger über dieses Thema sprechen.

Jake sah mich nur weiter an. Er wusste genau, dass ich das nicht weiter ausführen wollte, das ließ ich ihn spüren.

Er reichte mir erneut die Hand. »Ich will nur, dass du auf dich aufpasst.«

Ich verschränkte meine Finger mit seinen und schaute auf unsere Hände, die ineinander lagen. »Das tue ich. Wirklich«, versicherte ich ihm. Dieser Moment fühlte sich perfekt für mich an. »Ich werde auf mich aufpassen.«

»Okay.« Er streichelte mit dem Daumen sanft über meinen Handrücken. »Versprich mir aber, wenn es dir zu viel wird ... Ich will nur sagen ...«, Jake beugte sich näher zu mir, »du enttäuschst niemanden, wenn du weniger machst oder diesen ganzen Wahnsinn nicht gleichzeitig stemmen kannst.«

Seine Worte berührten einen wunden Punkt. Wenn das wirklich so war, warum hatte es sich bisher immer in meinem Leben so angefühlt? In meinen Augen brannten die Tränen, und doch rang ich mir ein Lächeln ab und bemühte mich um Fassung. Ich löste meine Hand aus Jakes, spülte die schlechten Gefühle mit Cappuccino herunter und sagte mir, dass es schon werden würde.

# Kapitel 26

»Mein Gott, ich kann nicht fassen, wie alt wir geworden sind.« Lexie ließ sich auf die Couch in Wills Wohnzimmer fallen und streckte die Beine lang von sich.

Jake sah sie mit hochgezogenen Augenbrauen an. »Echt? Das ist der Schluss, den du daraus ziehst?«

»Was soll ich denn sonst denken, wenn Will einfach mal so in den Raum wirft, dass wir alle bald unseren Abschluss machen, du Einfaltspinsel?« Lexie schüttelte entrüstet den Kopf.

Nate hob entschuldigend beide Hände und setzte sich auf die Couch. »Also, ich persönlich nehme mich da ja raus. Ich bin schon lange durch mit College.«

»Dich hat keiner gefragt, alter Mann.« Lexie schielte ihren Freund von der Seite an, doch dieser verschränkte nur lachend die Arme vor der Brust.

»Aber jetzt mal im Ernst«, mischte Em sich ein, »was wird aus uns, wenn wir alle in ein paar Monaten mit dem College fertig sind?«

Mit einem Mal lag alle Aufmerksamkeit auf Em, die die entscheidende Frage gestellt hatte. Ich lehnte mich etwas tiefer in das Polster, weil ich wohl am allerwenigsten die Antwort auf diese Frage kannte.

»Ich glaube«, meldete sich Jake zu Wort, »wir werden alle unsere Wege gehen und hoffen, dass sie alle auf derselben Route liegen oder sich zumindest, so oft es geht, kreuzen.«

»Und wo läuft deine Zukunft lang, du kleiner Poet?«, rief Lexie.

Lexie würde es sich nie anmerken lassen, doch der Gedanke, nicht mehr inmitten dieser Chaotentruppe zu Hause zu sein, beunruhigte sie, das wusste ich.

»Warum sagst du mir denn nicht stattdessen, wohin *du* unterwegs sein wirst, und ich schließe mich einfach dir an?«, konterte Jake.

Lexie hob nur herausfordernd eine Augenbraue.

»Also, ich bleibe hier«, unterbrach Em die beiden. »Ich habe ein Jobangebot von *Peak Press*. Und um ehrlich zu sein, kann ich mir auch nicht vorstellen, jemals woanders zu leben als in Amber Falls.«

»Es wird jetzt vermutlich niemanden überraschen, wenn ich euch erzähle, dass ich ebenfalls vorhabe hierzubleiben«, sagte Will und lachte.

»Das einzig Überraschende dabei wäre, wenn Cas Em tatsächlich erlaubt, mit dir zusammenzuziehen«, rief Lexie.

»Hey«, stieß Em aus und verpasste Lexie einen kleinen Seitenhieb.

»Lass dich doch nicht immer so von Lexie ärgern«, warf ich ein und lachte, »du machst es ihr zu einfach. Da hat sie viel zu viel Spaß dran.«

»Tia hat es erkannt«, bestätigte Lexie und grinste.

»Lexie, was ist mit dir?«, fragte Nate und sah Lexie herausfordernd an. »Hör endlich auf, dich um eine Antwort zu drücken.«

Lexie schenkte ihrem Freund einen bösen Blick. »Und du? Willst du heute Nacht auf der Couch schlafen, oder wie soll ich das verstehen?«

Nate lachte. »Du pokerst zu hoch. Es ist Winter, du brauchst mich in deinem Bett, um deine kalten Füße an mir zu wärmen.«

Lexie schmollte und schwieg. Nate war ihr ein ebenbürtiger Gegner, was Wortgefechte anging. »Na gut«, sagte sie eine Weile später und warf die Hände in die Luft. »Ich weiß es nicht, okay?« Sie sah in die Runde. »Ich werde mich hier und da bewerben. Was es am Ende wird, kann ich nicht sagen, und ich finde es selbst gruselig, keine Ahnung zu haben.« Sie lehnte sich zurück und nuschelte noch etwas.

Ich glaubte verstanden zu haben, dass sie sich ebenfalls vorstellen könnte, Amber Falls noch für eine Weile ihr Zuhause zu nennen. Lexie war ein Freigeist. Es musste ihr schwergefallen sein, das auszusprechen.

Lexie sah Nate an, der nur grinste, woraufhin Lexie ihm die Zunge rausstreckte. »Zufrieden?«

Wir lachten und bedienten uns am Popcorn, das auf dem Couchtisch in einer Schüssel angerichtet war.

»Ich kann mir mehrere Richtungen vorstellen«, begann Jake leise, »auch wenn das ...«, Jake schluckte, »... wenn das D1-College niemals etwas werden sollte.«

Ich hielt kurz die Luft an. Meine Ausbildung band mich an Amber Falls.

»Ein Mensch kann mehr als einen Traum haben. Vielleicht fange ich auch etwas mit meinem Soziologiestudium an.«

»Hört, hört.« Lexie nickte anerkennend.

Wohin es Jake auch verschlagen würde, gerade war ich nur glücklich darüber, dass er die vielen Möglichkeiten sah und nicht mehr nur verbissen an diesem einen Traum vom D1-Kader festhielt. Einem Traum, von dem er nicht einmal sicher war, ob die Erfüllung ihn eines Tages wirklich glücklich machen würde.

»Und du, Tia?« Ems Stimme riss mich aus meinen Gedanken, und ich sah sie mit weit geöffneten Augen an.

»Was?«, fragte ich unsicher nach, obwohl ich ihre Frage genau gehört hatte.

Em lächelte mich an. »Wohin geht es nach deiner Ausbildung im *Book Attic*?«

»Ich habe ja gerade erst angefangen, da mache ich mir über so etwas noch gar keine Gedanken.« Ich lachte, und mein Blick traf auf Jakes. »Aber ... angenommen, einige Faktoren bleiben so, wie sie gerade sind, dann wäre ich gerne da, wo Jake ist.« Ich meinte ein leises *Awww* von Em zu vernehmen, doch ich hatte nur Augen für Jake, der über beide Ohren strahlte.

»Ich glaube, du bist mit Faktor gemeint, Jake«, sprach Lexie das Offensichtliche aus.

»Ich weiß, danke«, meinte Jake nur, ohne den Blick von mir zu nehmen, und ich hatte wieder einmal das

Gefühl, dass ich stundenlang in seine Augen blicken könnte.

Wir saßen noch einige Zeit zusammen, sprachen über unsere Zukunftspläne, bis wir schließlich die Genauigkeit der Darstellung von Zeitreisen in *Zurück in die Zukunft* diskutierten.

Ich stand auf und ging in die Küche, um mir ein Glas mit Wasser zu füllen.

»Will hätte dir sicher auch etwas Extravaganteres gemixt«, hörte ich Jakes Stimme und drehte mich zu ihm um. Er lehnte im Türrahmen und sah mich amüsiert an.

»Schon gut, das hier ist absolut in Ordnung«, sagte ich und füllte das Glas mit Leitungswasser auf. Mit dem Glas in der Hand lief ich auf Jake zu und zog die Augenbrauen zusammen, als er sich nicht von der Stelle bewegte. »Darf ich zurück zu den anderen?«, fragte ich und lachte leise auf.

»Noch nicht«, sagte er und stemmte demonstrativ einen Arm in den Türrahmen.

»Möchtest du mir auch erklären, wieso?«

Jake nahm seinen Arm wieder runter und griff in den Beutel seines Hoodies. »Ich habe etwas für dich.« Jake zog eine weiße Schachtel hervor, auf der leicht schief eine rote Schleife gebunden war.

»Was ...«, sagte ich nur, stellte das Wasserglas auf die Anrichte und nahm sein Geschenk entgegen.

»Nachdem du von deinen Einpackkünsten gesprochen hast, habe ich mir extra Mühe gegeben. Die Schleife ist ein wenig schief geworden, und es kam mehr Tesafilm und Kleber zum Einsatz, als ich jemals zugeben werde. Aber ich finde, der Wille zählt.«

»Definitiv. Der Wille zählt.« Ich hielt sein Geschenk mit beiden Händen fest. »Aber ich dachte, du wolltest es mir erst morgen nach dem Wettkampf geben? Ich habe meins jetzt gar nicht dabei ...«, ich hob den Blick und sah Jake entschuldigend an.

»Schon gut. Es sollte ja eine Überraschung sein.« Jake kratzte sich am Hinterkopf und hob dann den Zeigefinger vor meine Nase. »Aber nicht vor Weihnachten aufmachen, ja?«

Ich schüttelte schnell den Kopf. Auf diese Idee würde ich niemals kommen. Jake trat zur Seite, ich ging zu meinem Rucksack im Flur und öffnete ihn.

»Jake?«

Er hob fragend die Augenbraue.

»Danke«, sagte ich, kehrte mit dem Geschenk noch einmal zu ihm zurück und küsste ihn.

»Du weißt doch noch gar nicht, ob es dir gefallen wird«, meinte Jake, nachdem wir uns wieder voneinander gelöst hatten.

»Das wird es«, flüsterte ich und strich über die rote Schleife, denn ich konnte es kaum erwarten, sie am Weihnachtsmorgen zu öffnen.

# Kapitel 27

Ich zog gerade mit Lineal und leuchtend gelbem Textmarker einmal quer übers Blatt, um die Überschrift hervorzuheben, da vibrierte mein Handy. Mein Display leuchtete nur schwach auf und zeigte statt einer Benachrichtigung nur einen kleinen lilafarbenen Mond an. Ich wollte während des Lernens ungestört sein und hatte deshalb jegliche Benachrichtigungen abgestellt. Ich wischte einmal nach unten. Es war eine Mail vom *Book Attic*, die ich sofort öffnete. Helen hielt nicht viel von Technik, doch immerhin war sie in der Lage, Mails zu schreiben.

Betreff: Book Attic am 20.12. geschlossen.

Liebe Tia,

aufgrund von Krankheit können wir heute nicht wie gewohnt öffnen. Ich schreibe gleich eine Rundmail über den Kundenverteiler und hoffe, dass niemand vor dem geschlossenen Laden stehen wird. Ich werde ebenfalls reinschreiben, dass bestellte Bücher und Weihnachtsgeschenke hoffentlich trotzdem die nächsten Tage

abgeholt werden können. Mach dich also auf ein paar volle Schichten gefasst und den einen oder anderen Kunden, der sich beschweren wird, dass er das Buch nicht innerhalb eines Tages bekommen hat.
Wir sehen uns.
Helen

Ich hörte Helens Stimme in meinem Kopf, während ich die Mail las, und sah ihr Kopfschütteln bei der Passage über die genervten Kunden. Ich wählte ihre Nummer.

»Ah, Tia, mein Kind.« Helens kratzige Stimme klang wirklich nicht gut. »Was gibt es?« Sie hustete ein paarmal in den Hörer. Das waren wohl zu viele Worte am Stück. Ein Kessel pfiff, vermutlich machte sie sich gerade eine Tasse Tee.

Ich räusperte mich kurz, weil mir allein von Helens Stimme der Hals kratzte. »Ich habe eben deine Mail gelesen.« Ich zupfte mit meinen Fingern an dem dünnen Stoff meiner Leggings. »Ich dachte mir, dass es sicher ziemlich ungünstig ist, so kurz vor Weihnachten noch mal schließen zu müssen«, wiederholte ich fast die Worte aus ihrer Mail.

»Ja, das ist es wirklich«, sagte sie mit schwacher Stimme.

»Es wäre wirklich schlecht fürs Geschäft, wenn die Leute heute nicht wie geplant ihre Weihnachtsgeschenke abholen können, oder? Vielleicht fliegen ja auch manche schon morgen nach Hause und haben heute auf uns gezählt oder so. Also ...«

»Was genau möchtest du mir sagen, Tia?« Sie hustete. »Du hast Urlaub.«

Ich ließ meinen Blick über meinen Laptop und die vielen Notizen schweifen. Doch ich konnte Helen und den *Book Attic* nicht so einfach hängen lassen.

»Ich mache den Laden auf und arbeite heute, trag es mir doch einfach als Überstunden ein oder so«, schlug ich vor und hoffte, dass Helen auf meinen Vorschlag eingehen würde.

»Bist du dir sicher, Tia? Du hast dir den Tag extra freigenommen, um zu lernen.«

Sie musste mich nicht daran erinnern, dass ich mal wieder meine eigenen Pläne umschmiss. Außerdem – aber das würde ich ihr nicht unter die Nase reiben – konnte ich sicher auch mal in meine Skripte schauen, wenn gerade kein Kunde im Laden war und ich nichts zu tun hatte. »Ja, ich bin mir sicher«, antwortete ich entschlossen.

»In Ordnung«, sagte Helen nur, auch wenn sie immer noch nicht wirklich überzeugt klang. »Danke, Tia.« Sie lachte leise, was nach nur wenigen Sekunden wieder in ein Husten überging. »Was würde ich nur ohne dich tun?« Helens Stimme war kaum mehr als ein dankbares Flüstern, und ich nickte nur, auch wenn sie es nicht sehen konnte.

Ich würde sie nicht enttäuschen und auch die Kunden nicht. Der *Book Attic* hatte heute geöffnet!

Ich machte mich sofort nach dem Gespräch mit Helen auf den Weg und schaffte es gerade noch rechtzeitig, den Laden pünktlich für die Buchanlieferung aufzusperren. Jetzt vor Weihnachten wurden fast täglich zwei prall gefüllte Kartons mit bestellten Büchern angeliefert.

Ich bat den Boten darum, die beiden Kartons neben der Kasse aufzustellen und legte danach Mantel und Tasche im Büro ab. Erst dann fiel mir auf, dass ich mein Handy zu Hause vergessen hatte. Auch mein Magen knurrte, weil ich noch nicht gefrühstückt hatte. Ich machte mir eine große Kanne Kaffee und hoffte, der würde etwas helfen. Doch gerade als ich mir die erste Tasse eingeschenkt hatte, kündigte die Türglocke einen Kunden an. Ich stellte die Kaffeetasse wieder ab und eilte aus dem Büro in den Verkaufsraum.

»Guten Morgen«, rief ich fröhlich.

»Guten Morgen«, antwortete der Mann im feinen Sakko tonlos und sah mich ernst an. »Ich hatte ein Buch bestellt.«

Ich nickte freundlich. »Dann bräuchte ich einmal bitte Ihren Namen.« Ich schaltete die Kasse ein.

»Newman.«

Ich ging die Bücher, die zur Abholung bereitstanden, durch. Um jedes der Bücher spannte sich ein Gummiband, unter dem der Bestellzettel lag. Ich ging das ganze Regal mit den alphabetisch sortierten Büchern durch, fand jedoch keinen Newman. Danach durchsuchte ich auch die beiden Kartons mit der Buchlieferung vom Morgen, dort fand ich aber ebenfalls nichts. Vielleicht hatte ich ja nur etwas übersehen? Langsam wurde ich nervös, denn die Bestellung war einfach nicht da.

Ich sah den Kunden entschuldigend an. »Es tut mir sehr leid, ich kann nichts finden. Haben Sie vielleicht

Ihre Abholbestätigung? So könnte ich mit der Bearbeitungsnummer eine Systemsuche starten«, schlug ich vor.

»Nein, ich habe keine Abholbestätigung. Ich habe das Buch gestern telefonisch bestellt.«

Ich ahnte, worauf das hier hinauslaufen würde. Und wenn ich recht behalten sollte, würde es ihm nicht gefallen, ohne Buch wieder rauszugehen. »Okay, könnten Sie mir dann vielleicht sagen, welches Buch Sie bestellt haben? Ich schaue dann ins System.« Ich umklammerte mit beiden Händen die Tischkante, während der Mann vor mir in genervtem Ton einen Titel nannte.

Ich tippte den Titel in das System und fand die Bestellung. »Okay, die gute Nachricht ist, ich habe die Bestellung gefunden.«

Der Mann nickte und sah mich eindringlich an.

»Ich fürchte allerdings, ich habe auch die Erklärung gefunden, warum Sie noch keine Abholbestätigung bekommen haben.« Ich zeigte auf den Bildschirm der Kasse. »Das Buch wird voraussichtlich erst morgen angeliefert.«

»Was? Morgen erst?!«

Ich zuckte leicht zusammen, doch noch im gleichen Moment fragte ich mich, warum ich mich eigentlich von diesem Mann so einschüchtern ließ. Ich atmete tief ein und straffte die Schultern. »Der bestellte Titel hat aktuell Lieferschwierigkeiten. Das kommt manchmal vor, gerade um die Weihnachtszeit herum«, erklärte ich ihm und hoffte, wenigstens auf etwas Verständnis zu treffen.

»Das darf doch nicht wahr sein!« Der Mann warf beide Hände in die Luft. »Und wie komme ich jetzt heute an mein Buch?«

»Ich kann Ihnen leider nicht weiterhelfen. Ich kann Ihnen aber sagen, dass die Bestellung im System ist und das Buch voraussichtlich morgen früh angeliefert wird. Sie werden dann auch eine Abholbestätigung von uns per E-Mail erhalten.« Ich blieb freundlich, sah ihn lächelnd an und wartete auf die nächsten genervten Worte, die seinen Mund verlassen würden.

»Kein Wunder, dass immer mehr Leute über Amazon bestellen. Die hätten mir das Buch bestimmt heute schon geliefert«, grummelte er vor sich hin.

»Auch Amazon hat den Titel gerade nicht auf Lager, und er ist dort sogar erst wieder nach Weihnachten lieferbar.« Ich lächelte ihn an. »Ich kann Ihre Bestellung aber gerne stornieren, wenn Sie es lieber woanders probieren möchten.« Ich öffnete die Buchbestellung auf dem Bildschirm, woraufhin der Kunde schnell zurückruderte.

»Nein, nein, schon gut. Ich werde dann wohl morgen wiederkommen, sobald ich die Abholbestätigung bekommen habe.« Er nickte zum Abschied und ging Richtung Ausgang.

Mit einem freundlichen »Auf Wiedersehen« verabschiedete ich ihn und atmete erleichtert auf, als die Tür hinter ihm endlich wieder ins Schloss fiel. Wer brauchte schon Unterhaltungsfernsehen, wenn es auch die Weihnachtszeit im Buchhandel gab?

Ich ging zurück ins Büro, trank meinen lauwarmen Kaffee in einem Zug aus und schenkte mir sofort frischen nach, den ich mit zur Kasse nahm. Auf einem Klebezettel notierte ich die nächsten Aufgaben:

*Abholungen einsortieren*
*Bestellungen prüfen*
*Anlieferung Schaufenster*
*Banderolen Em*

Ich klebte den Zettel an den Bildschirmrand der Kasse. Wie viel davon ich erledigen konnte, würde sich zeigen, denn die Bedienung der Kunden hatte immer Vorrang.

Zehn unglaublich anstrengende Stunden später machte ich die Abrechnung an der Kasse. Ich hatte alle Aufgaben erledigt und sogar die beiden Kisten mit den Bücherlieferungen einsortiert.

Die Türglocke bimmelte und erinnerte mich daran, dass ich vergessen hatte abzuschließen.

»Wir haben bereits geschlossen«, rief ich, ohne vom Bildschirm aufzusehen.

»Ich weiß.«

Mein Kopf schnellte hoch, als ich Jakes Stimme erkannte.

Er hatte die Sporttasche über der Schulter hängen, und seine blonden Locken lagen feucht und strubbelig kreuz und quer auf seinem Kopf.

»Fuck!« Ich starrte Jake an. Die Sporttasche. Die frisch gewaschenen Haare. »O mein Gott, nein!«, sagte ich nur und lief um die Kasse herum.

»Fuck? Das trifft es ja nicht mal annähernd, Tia.«

Ich blieb stehen.

Er schüttelte den Kopf, und sein enttäuschter Blick brach mir das Herz. Ich hatte seinen Wettkampf vergessen.

»Es tut mir so leid, Jake.«

»Toll! Tut es dir leid, weil du einen der wichtigsten Tage in meinem Leben ...«, er schaute sich um, »... einfach gegen das hier getauscht hast?«

Ich schüttelte schnell den Kopf, hob beschwichtigend eine Hand. »Nein, ich ... Helen ist krank und wollte den *Attic* schließen. Das konnte ich vor Weihnachten nicht zulassen«, versuchte ich mich zu erklären. »Ich bin für Helen eingesprungen und habe den Laden geöffnet, und es war einfach so unglaublich viel los und zu tun und dann ...«, ich stockte, sah den Blick in Jakes Augen.

»... dann hast du mich einfach vergessen«, vollendete er meinen Satz und stieß ein ungläubiges Schnauben aus.

Ich wollte widersprechen, doch letztlich war genau das passiert. Ich nickte langsam.

»Warum, Tia? Du hattest doch Urlaub.« Seine Stimme war brüchig, und in jedem seiner Worte lag der Vorwurf, den er mir machte. Zu Recht.

»Ich musste, Jake.«

Er schüttelte ungläubig den Kopf. »Du musstest? Erklär mir, Tia: Wer genau zwingt dich jetzt, hier zu sein?« Jake ließ seine Sporttasche mit einem dumpfen Knall auf den Boden fallen, und ich zuckte zusammen. »Wer zwingt dich, an deinem freien Tag zu arbeiten? Wer zwingt dich, mir nicht einmal Bescheid zu geben, dass du zu meinem Wettkampf nicht kommst? Einem Wettkampf, für den wir wochenlang gemeinsam trainiert haben.«

»Ich ... ich ...«, stotterte ich.

»Ja, Tia. Du.« Jakes Wut stand ihm im Gesicht geschrieben. »Du bist die Einzige, die von dir verlangt, dass du hier sein musst.« Er schüttelte erneut den Kopf. »Du bist die Einzige, die dich zu alldem hier zwingt. Du bist die Einzige, die von dir verlangt, drei Leben gleichzeitig zu führen.«

»Aber ...«, begann ich mit zitternder Stimme, doch Jake sprach bereits weiter.

»Merkst du nicht, dass das nicht klappt, Tia? Du machst alles kaputt! Dich und mich und vor allem uns.«

Seine Worte schmerzten, und meine Augen füllten sich mit Tränen. »Nein.« Meine Stimme war kaum mehr als ein Flüstern.

»Du willst alles gleichzeitig und vergisst dabei die Menschen um dich herum. Du vergisst dich selbst.« Er sah mich eindringlich an, ging einen winzigen Schritt auf mich zu. »Oder willst du mir erzählen, dass es dir gut geht mit alldem hier?«

Ich wollte ihm nicht länger zuhören. Ich wollte nicht hören, wie er mir sagte, was ich alles falsch machte. »Nein, das siehst du falsch«, entgegnete ich kühl. »Es tut mir leid, dass ich deinen Wettkampf verpasst habe, wirklich.« Ich sah ihn eindringlich an. »Ich habe dich im Stich gelassen, und das tut mir leid. Aber ich will das alles hier.« Ich wurde lauter. »Und du kannst nicht einfach in diesen Laden marschieren und das Gegenteil behaupten.« Ich ballte meine Hände zu Fäusten und konnte nicht glauben, was hier gerade passierte.

»Warum, Tia?« Jake wurde ebenfalls lauter. Er atmete heftig, und auch in seinen Augen glänzte es verdächtig. »Warum ...«

»Weil es verdammt noch mal alles ist, was ich habe!«, schrie ich ihm entgegen. Ich atmete flach und starrte Jake an, der die Augen aufriss.

Ganz langsam begann er, den Kopf zu schütteln. »Das ist nicht wahr, Tia.«

Die Tränen liefen mir heiß über die Wangen, und das Atmen fiel mir mit jeder Sekunde schwerer. »Ach ja?« Ich lachte auf, doch meine Stimme bebte. »Warum fühlt es sich dann so an?« Ich wischte mit dem Handrücken über meine Wange. »Warum ist es dann alles, was ich fühle?« Meine Stimme war ein leises Flüstern, doch ich war mir sicher, dass er jedes Wort hörte.

»Du weißt, dass du mich hast.« Ich sah, wie er schwer schluckte und sich eine Träne aus seinen dunklen Augen löste. »Das habe ich dir versprochen.«

Ich schüttelte zaghaft den Kopf. »Das ist nicht genug, Jake«, flüsterte ich. »Das reicht mir nicht.«

Er starrte mich an, und ich konnte sehen, wie etwas in ihm zerbrach. Ich sog scharf die Luft ein, ging einen schnellen Schritt auf ihn zu. »Jake, ich ...«

Er hob die Hand. »Schon gut.«

Ich hielt inne, wie erstarrt.

Jake griff nach seiner Sporttasche und verließ, ohne sich noch einmal zu mir umzudrehen, den *Book Attic*. Das Glöckchen über der Tür bimmelte noch leise, nachdem die Tür hinter ihm bereits wieder zugefallen war.

Ich stand einfach nur da, sah ihm nach und konnte mich nicht bewegen. Was hatte ich nur getan? Ich hatte ihm das Herz gebrochen und mir gleich mit. Vor allem aber hatte ich das Versprechen, das ich ihm an unserem *Bridgerton*-Abend gegeben hatte, gebrochen.

Shit.

Ich atmete einige Male tief durch, kämpfte gegen die Tränen an und starrte in die Leere, die ich auch in mir fühlte. Nur noch ein paar Minuten. Nur noch ganz kurz durchhalten, sagte ich mir, ging zurück an die Kasse und spürte bei keinem meiner Schritte meine Beine. Alles in mir war taub. Ich schloss die Abrechnung ab und beendete alle Programme, bis als Letztes das Fenster mit der Bestellübersicht offen war. Ich erstarrte.

Nein, das durfte nicht wahr sein. Nein! Mein Herz begann zu rasen, ich konnte kaum atmen. Ich griff nach dem Ladentelefon und wählte die Nummer meiner Mom.

»Mom?« Ich heulte bereits und schluchzte ihren Namen, bevor sie überhaupt etwas gesagt hatte.

»Was ist passiert, Schätzchen?«

»Mom ...«, weinte ich in den Hörer, »ich ... ich ... hab ... hab einen Fehler gemacht«, stotterte ich und verstand ihre Antwort nicht. Alles, was ich hörte, war mein Weinen. »Zweihundert Bücher, Mom. Ich hab mich vertippt. Zweihundert statt zwanzig«, ächzte ich und schloss die Augen.

»Das ist doch sicher nicht so schlimm«, hörte ich ihre Antwort zwischen meinen Schluchzern.

Doch, das war es. Es war schlimm, und ich konnte nichts mehr daran ändern. Ich stützte mich auf den Tresen, während meine Knie langsam nachgaben.

»Ich habe alles kaputt gemacht.« Ich sank in mir zusammen, kauerte mich auf den Boden hinter der Kasse und bekam kaum noch Luft, weil ich nicht aufhören konnte zu heulen. »Einfach alles.«

Meine Mom sagte nichts. Sie saß Tausende Kilometer von mir entfernt und hörte mir zu, während ich in meinem eigenen Schmerz ertrank.

# Kapitel 28

Ich schob die kleine Abdeckung des Flugzeugfensters nach oben und starrte auf die Wolken, die wir durchflogen. Das stetige Surren der Flugzeugmotoren begleitete mich bereits seit einigen Stunden, auch wenn sich die Stunden angefühlt hatten wie wenige Sekunden und doch jede Sekunde wie eine eigene kleine Unendlichkeit.

Das Flugzeug setzte auf der Landebahn in Hartford auf, ich holte meinen Rucksack und ließ mich von meiner Mutter in den Arm nehmen, bevor ich mich ins Auto setzte. Em und Lexie schrieb ich eine kurze Nachricht, dass ich Weihnachten doch zu Hause verbrachte. Ich starrte aus dem Autofenster und tat das Gleiche wie die letzten zwölf Stunden. Atmen und damit leben, wie weh es tat, einfach nur zu atmen.

Zwei Tage verließ ich mein altes Zimmer kaum und schlief viel. Wenn ich nicht schlief, starrte ich an die Decke, denn ich wollte nicht an die leeren Wände starren, an denen meine Urkunden und Fotos einmal gehangen hatten. Ich wollte auch nicht den leeren Platz anstarren, wo einmal meine Kommode gestanden hatte. Die Kommode, die ich zusammen mit Jake in meine Wohnung geschleppt hatte. Meine Mom klopfte tagsüber beinahe stündlich an meine Zimmertür und sah nach mir.

Ich wachte auf. Es war kurz vor Mitternacht, und ich hatte zum ersten Mal, seit ich bei meinen Eltern war, wieder richtig Hunger.

Ich trottete die Treppe nach unten in die Küche und band meine fettigen Haare zu einem unordentlichen Dutt. In der Küche knipste ich das Licht an und zog meinen flauschigen Cardigan enger um mich. Cornflakes und Milch, hatte ich auf dem Weg die Treppe runter beschlossen. Ich schüttete eine Portion Cornflakes aus der Schachtel in die Schüssel und goss Milch darüber.

»Noch wach?«

Ich erschreckte mich so sehr über die Stimme meines Dads, dass ich die Milch verschüttete. »Fuck«, sagte ich nur und schnappte mir schnell ein Küchentuch, um die Sauerei wegzuwischen.

»In solchen Momenten wünsche ich mir, wir hätten ein Fluchglas. Dann würden du und deine Flucherei mir meinen neuen Computer finanzieren«, lachte mein Dad, und ich schüttelte den Kopf, während ich mir einen kleinen Löffel aus der Schublade nahm.

»Solltest du nicht eher deine Erziehung infrage stellen, wenn ich den ganzen Tag fluche?« Ich zeigte mit dem Löffel auf ihn und spürte, wie sich ein kleines Lächeln auf meine Lippen stahl.

»Keinesfalls!« Mein Dad zuckte mit den Schultern. »Dazu ist aus dir viel zu viel geworden.«

Ich setzte mich zu meinem Dad an den Küchentisch und stocherte mit meinem Löffel in den Cornflakes. »Na ja …«, murmelte ich und blickte zu meinem Dad, der mich mit schief gelegtem Kopf beobachtete.

Er legte seine Stirn kurz in Falten und sah mich dann lächelnd an. »Erzähl mir ein bisschen was aus Amber Falls. Wie ist der Buchladen, in dem du arbeitest?«

Ich nahm einen Löffel meiner Cornflakes und sah Dad dabei nicht an. »Du würdest ihn lieben, Dad.« Meine ruhige Stimme drang durch die Küche meiner Eltern, die mir so vertraut war und jetzt doch so fremd auf mich wirkte. »Der *Book Attic* ist total verwinkelt und klein und wirkt doch unendlich groß mit den dunklen, in die Wände eingelassenen Holzregalen. Ich glaube, du hättest mich als Kind nicht ohne drei neue Bücher wieder da rausschleppen können.« Ich lachte leise und löffelte weiter meine Cornflakes.

»Machen wir uns nichts vor.« Mein Dad lächelte und schüttelte den Kopf. Ich erinnerte mich an eine Zeit in meiner Kindheit, in der seine dicken Haare dabei auf seinem Kopf gewackelt hatten. Jetzt verharrten seine lichten dünnen Haare an Ort und Stelle, ganz gleich, wie sehr er seinen Kopf bewegte. »Ich habe dich noch nie mit weniger als drei Büchern aus einem Buchladen bekommen.«

»Manchmal vermisse ich diese Tia«, sagte ich leise, mehr zu mir als zu meinem Dad, und starrte in die Milch.

»Ich auch«, flüsterte er.

»Ich glaube, sie ist irgendwo zwischen Highschool und Yale im Wasser verloren gegangen.« Ich ließ den

Löffel an meine Schüssel stoßen. »Ertrunken und seitdem unauffindbar.« Ich lachte bei diesem düsteren Gedanken auf.

»Ich bin mir sicher, diese Tia existiert noch.«

Ich hob meinen Blick.

Dad sah mich nachdenklich an. »Irgendwo in dir.« Er verzog die Lippen zu einer schmalen Linie.

»Da ist nichts mehr, Dad«, sagte ich und teilte damit mehr mit meinem Vater, als ihm klar war. Da war weder die alte Tia noch irgendetwas anderes. Keine Freude, keine Hoffnung, nur absolute Leere.

»Sie ist noch da. Irgendwo ganz tief in dir drin. Verborgen unter all den Schichten, die mit dir gewachsen sind, bis du zu der Tia geworden bist, die du heute bist.« Dads sanfter Blick berührte etwas in mir, von dem ich bereits geglaubt hatte, dass es für immer verloren war. »Tia, unter all den Schichten verborgen liegt jede Version von dir, die du irgendwann einmal warst. Sie sind für immer da und machen dich aus. Du hast dich nicht verloren, Liebes.«

Die Tränen stiegen mir in die Augen, doch ich wollte nicht, dass Dad mich so sah. Ich schob meinen Stuhl zurück, ließ die Schüssel, in der meine labbrigen Cornflakes schwammen, auf dem Tisch stehen und ging zur Tür.

»Sorry, ich bin müde, Dad«, sagte ich leise und stieg die Treppen hoch in mein Zimmer.

Doch Dads Worte hatten etwas mit mir gemacht. Ich konnte es nicht beschreiben, doch noch während ich die Treppe in mein Zimmer hochlief, umarmte ich mich selbst. Es fühlte sich gut an, jede einzelne Version von mir, die in mir lebte, zu umarmen. Mich selbst festzuhalten. Das Wissen, dass ich mir all das für immer bewahren würde und niemals verlieren konnte, auch wenn es sich manchmal so anfühlte.

Am nächsten Morgen zog ich die Haustür hinter mir zu, steckte mir Kopfhörer in die Ohren und band meine Laufschuhe zu. Ich drehte mein Handgelenk ganz automatisch, um einen Blick auf meine Smartwatch zu werfen, doch da war nichts. Nur ein heller Streifen, der sich von meiner gebräunten Haut abhob. Die Uhr hing in meinem Zimmer am Ladegerät, weil ich zwei Tage lang in meinem Bett gelegen hatte, ohne mich dafür zu interessieren, dass sie schon längst ausgegangen war.

Ich zog die Kapuze meiner Jacke über den Kopf und begann zu laufen. Ich hörte meine Schritte auf dem dumpfen Asphalt nicht, auch nicht meinen schweren Atem, nur die ruhige Indie-Musik aus meinen Kopfhörern.

Entspannt und mit tiefen Atemzügen joggte ich die Straße runter, bis ich etwa eine Viertelmeile später auf mein normales Tempo erhöhte. Eine weitere Meile später bog ich an einer Kreuzung ab und blieb abrupt stehen. Ich war geradewegs zum Campus von Yale gelaufen und erkannte bereits die Schwimmhalle in der Ferne.

Alles sah aus wie immer, hier hatte sich rein gar nichts verändert, und doch war *für mich* alles anders. Meine Atmung ging flach, doch ich beruhigte mich schnell, während ich einfach so dastand und mein altes College anstarrte.

Ich ging die Straße entlang, die die Zufahrt zum Campus bildete, bis ich durch ein großes offenes Metalltor lief und vor einem Ziegelsteingebäude stand, in dem ich den Großteil meiner Vorlesungen gehabt hatte. Ich setzte mich auf eine Bank neben dem verblichenen Rasen, der das Gebäude umgrenzte, und beobachtete die Leere um mich herum. Es war kurz vor Weihnachten, kaum ein Mensch war noch hier, doch ich wusste, wie es während des Semesters hier war. Überall wuselten Studenten und Professoren herum. Studenten, die auf dem Rasen ihre Pause mit einem aufgeschlagenen Buch verbrachten oder in Gruppen zusammensaßen, Professoren, die zur nächsten Vorlesung eilten.

Trotz meiner Thermoleggings fror ich bereits. Ich umarmte mich selbst und sah über das leere Campus-Gelände. Ich wollte aber noch nicht gehen und zog mein Handy aus der eingenähten Tasche an meiner Hüfte und entsperrte es. Ich wollte Jake schreiben, dass ich ihn vermisste und dass es mir leidtat. Ich wollte Lexie und Em schreiben und ihnen erzählen, wie verwirrend es war, auf einer Bank in Yale zu sitzen. Sogar Drew wollte ich schreiben und sie fragen, wie es ihr ging. Stattdessen starrte ich minutenlang das dunkle Display an, bis ich das Handy einfach wieder wegsteckte. Ich hatte nichts zu sagen. Rein gar nichts.

# Kapitel 29

»Guten Morgen, mein Schatz.«

Ich war kaum die Treppe runter, da schloss meine Mom mich bereits in eine feste Umarmung. Für sie war es ein guter Morgen, denn es war der erste, den wir wirklich zusammen verbrachten. Doch noch einen weiteren Tag in meinem Zimmer in Selbstmitleid zu versinken, konnte ich ihnen nicht antun. Schließlich war Weihnachten.

»Morgen«, nuschelte ich.

Mom und ich gingen gemeinsam in die Küche, wo mein Dad bereits am Herd stand und einen Löffel Pancake-Teig in die Pfanne ließ. Es duftete köstlich nach Bacon, der in einer anderen Pfanne vor sich hin brutzelte.

»Pfannkuchen-Türme«, flüsterte ich.

»Natürlich, es ist schließlich Weihnachten.« Mein Dad wendete die Pancakes. Seit ich denken konnte, aßen wir an jedem Weihnachtsmorgen zusammen Pfannkuchen-Türme. Ich half ihm und briet die Spiegeleier. Zusammen stapelten wir die fertigen Pancakes auf drei

Teller, legten Eier und Bacon dazwischen und servierten die Türme, die ich gleich in Ahornsirup ertränken würde, im Wohnzimmer.

Unser Weihnachtsbaum stand wie immer in der Ecke neben dem Fernseher und leuchtete bunt. Keiner von uns sagte etwas, und doch war es genau so perfekt. Ich war bei meinen Eltern. Ich war zu Hause. Ich aß wie jedes Jahr an diesem Tag Pancakes, Eier und Bacon, und auch wenn es sich nicht so anfühlte, konnte ja vielleicht doch eines Tages alles wieder gut werden.

Eine gute halbe Stunde später lagen mein Dad und ich auf der Couch und verdauten stumm die Pancakes. Meine Mom war mit einem Kuchen zu den Nachbarn gegangen, den sie wie jedes Jahr gebacken hatte.

»Kannst du mir einen Gefallen tun? Ich habe hinter der Couch noch das Geschenk für deine Mom versteckt. Du weißt, wie sie ist. Wenn es schon unterm Baum gewesen wäre, hätte sie es längst heimlich aufgemacht.«

Wir lachten bei der Erinnerung an ein Weihnachten vor einigen Jahren, als meine Mom uns gebeichtet hatte, dass sie ihr Geschenk bereits kannte. Sie hatte es am Abend zuvor geöffnet und wieder zugeklebt. Seitdem traf mein Dad Vorsichtsmaßnahmen.

Ich richtete mich auf und griff hinter die Couch. »Ich habe gar nichts für euch, Dad«, sagte ich, als ich das Geschenk zu fassen bekam. »Tut mir leid, ich ...«

»Dass du hier bist, ist Geschenk genug, Schatz.«

Ich saß mit dem Geschenk in der Hand auf der Kante der Couch und sah meinen Dad an, während mein Bauch laut gluckerte.

»Manchmal kann ich dich nicht ernst nehmen, Dad.« Ich schüttelte lachend den Kopf.

»Manchmal vergisst du einfach, wie sehr du mich liebst«, antwortete mein Dad und zuckte mit den Schultern, was im Liegen ganz schön komisch aussah.

Ich suchte einen Platz unter dem Baum und schob einen Zweig zur Seite. Mein Herz überschlug sich, als ich die weiße Schachtel mit der schiefen roten Schleife sah. »Wieso ist das hier?«, sagte ich, setzte mich auf den Boden und sah Dad an.

»Deine Mom hat es in deinem Rucksack gefunden und unter den Baum gestellt.«

Ich verfluchte mich selbst, dass ich zu müde gewesen war, um ihr zu widersprechen, als sie meine Kleidung waschen wollte. Ich war völlig überstürzt aus Amber Falls abgereist und hatte genau so gepackt. Jakes Geschenk musste noch in meinem Rucksack gewesen sein. Ich griff nach der Schachtel und hielt sie in meinen zitternden Händen.

»Was ist, mein Schatz?« Mein Dad richtete sich auf, und die Sorge in seiner Stimme war nicht zu überhören.

»Ich ... Das ist von Jake«, flüsterte ich und mein Blick klebte immer noch an der Schleife, für die Jake sich so bemüht hatte.

»Okay«, sagte er nur und versuchte immer noch, die Situation zu verstehen. »Und warum ist das etwas Schlechtes?«

Ich wollte den Kopf schütteln und gleichzeitig nicken. Ich wollte ihm vehement widersprechen und zustimmen. »Ich weiß es nicht«, flüsterte ich stattdessen und ließ die Schachtel auf meine Beine sinken, während ich gegen meine Tränen ankämpfte. »Ich weiß es wirklich nicht.«

Ich dachte an den Moment in Wills Küche, als Jake mir mein Geschenk überreicht hatte und wie ich ihm seins nie geben konnte, weil ich nicht bei seinem Wettkampf aufgetaucht war.

»Ist das der Grund, warum du hier bist?«, fragte mich Dad.

Ich nickte ganz langsam. »Ich hab es so richtig verbockt, Dad.« Ich ließ meine Finger sanft über das rote Band gleiten.

Mein Dad richtete sich auf und setzte sich an die Kante der Couch. »Die Bestellung?«

»Nicht die Bestellung.« Ich schüttelte den Kopf und wollte auflachen, doch die Erinnerung an den Moment im *Book Attic* schnürte mir die Luft ab. »Das mit der Bestellung war natürlich ein Fehler, aber meine Chefin hat es geklärt und mir versichert, dass sie es mir nicht übel nimmt.« Ich sagte eine Weile nichts und sah weiter in die geduldigen Augen meines Dads. »Ich habe Jake in einem der wichtigsten Momente allein gelassen, ich habe ein Versprechen gebrochen und ihm so richtig wehgetan.« Ich schluckte schwer, vorbei an dem Kloß, der in meinem Hals saß, und kämpfte gegen die Tränen an.

Mein Dad hörte zu, während ich ihm vom Wettkampf, von den gemeinsamen Trainingseinheiten, von den Sonnenblumen und vom Mohnkuchen erzählte. Und von unserem Streit.

»Okay«, meinte er, nachdem ich fertig war, und setzte sich mit einem leisen Ächzen neben mich auf den Teppichboden. »Luft oder Lösung?«

Ich starrte ihn an und wartete darauf, dass die Entscheidung mir zuflog. Das letzte Mal, als meine Mutter mich das gefragt hatte, war ich aus Yale geflohen und nach Amber Falls gekommen. Jetzt saß mein Dad vor mir, nachdem ich erneut weggelaufen war.

»Lösung«, sagte ich mit erstickter Stimme und zweifelte, ob ich wirklich über all das sprechen konnte, was mich beschäftigte.

»Warum bist du wirklich hier?«

Ich öffnete meinen Mund, doch es kam nichts raus.

»Ich weiß, was du mir erzählt hast. Aber du würdest vor diesem Konflikt nicht wegrennen. Nicht mehr.«

Verwirrt zog ich die Augenbrauen zusammen.

»Jake ist dir wichtig. Zu wichtig, um vor dem Gespräch mit ihm zu fliehen.« Mein Vater streckte sein Bein aus, sein Knie knackte. Er rieb es und sah mich an. »Die einzige Person, vor der du schon immer weggelaufen bist, bist du selbst, Tia.«

Ich bewegte mich nicht, obwohl sich in mir auf einmal alles überschlug, während er diesen Gedanken mit mir teilte.

»Bin zurück!«, rief meine Mom durch den Flur, während ich meinen Dad ansah und noch über eine Antwort nachdachte.

»Wir sind hier!«, rief Dad, und wenige Sekunden später stand meine Mom im Türrahmen. Sie hob verwundert die Augenbrauen, als sie uns da so auf dem Boden vor dem Weihnachtsbaum sitzen sah, und setzte sich kurzerhand zu uns.

Später am Abend saß ich auf der Kante meines Bettes und starrte die weiße Schachtel in meinen Händen an. Stundenlang hatten wir Geschenke ausgepackt, gelacht und Weihnachtslieder gehört. Wir hatten alle zusammen *Jingle Bell Rock* gesungen, während wir das Abendessen kochten, und meine Mom hatte vor Freude fast geweint, während sie das Geschenk von meinem Dad ausgepackt hatte: drei riesige Fotoalben, die er selbst zusammengestellt hatte. Unzählige Fotos der ganzen letzten Jahre, gepaart mit typischen Dad-Jokes, die er auf jeder zweiten Seite untergebracht hatte.

Doch jetzt saß ich hier, die Weihnachtsmusik war verstummt, um mich herum nichts als drückende Stille. Hinter meinem Fenster lag die dunkle Nacht, und im Zimmer nebenan stupste meine Mom vermutlich meinen Dad an, damit er aufhörte zu schnarchen, so wie sie es immer tat.

Ich löste die rote Schleife und legte das Band vorsichtig neben mich aufs Bett. Einige Sekunden noch starrte ich die weiße Schachtel an, ehe ich mich bereit fühlte, den Deckel anzuheben. Ich blickte auf die Rückseite eines Fotos und auf Jakes krakelige Handschrift:

Für Miss Rhodes.

Ich lächelte, während die Gefühle mich bereits überrollten. Ich drehte das Foto um. Meine Augen füllten sich mit Tränen, als ich Jake und mich in unseren *Bridgerton*-Kostümen auf dem Foto sah. Seine flache Hand lag auf meinem Rücken, während er mich mit der anderen über die Tanzfläche führte. Ich starrte auf das Bild, während sich eine Träne aus meinen Augen löste und auf das Foto tropfte. Genau auf mein Gesicht, dort, wo auf dem Bild meine verliebten Augen auf Jakes trafen. Auf seinen zarten Blick, sein sanftes Schmunzeln, das immer auf seine Lippen getreten war, sobald er mich angesehen hatte. Doch dann bemerkte ich auch die dunklen Schatten unter meinen Augen. Ich war glücklich gewesen in diesem Moment, und doch ... sah ich müde aus. Der Schlafmangel war mir deutlich anzusehen genauso wie der Druck, den ich mir jeden Tag selbst gemacht hatte. Einmal mehr war ich froh, dass Jake mich genau in diesen Momenten gehalten hatte.

Ich legte das Foto zur Seite und entdeckte in der Schachtel einen weißen Briefumschlag, der zwischen zerknülltem Seidenpapier lag.

*Tia, weil du – Miss Rhodes – meine Lady bist.*

*Aber dann jetzt wirklich Mylady.*

Ich runzelte die Stirn und riss den Briefumschlag auf. Jakes Worte ergaben keinen Sinn für mich. Doch was mich erwartete, verschlug mir die Sprache.

## Urkunde

Tia Rhodes, Lady of Glencoe,
Besitzerin von
1 Quadratfuß Land in den Highlands von Schottland

Ich schüttelte ungläubig den Kopf und zog ein weiteres Blatt aus dem Umschlag. Es war eine Karte, auf der ein Pfeil auf ein rotes X zeigte. *Hier ist deins*, hatte Jake über den Pfeil geschrieben. Direkt daneben war ein blaues X gemalt und ein weiterer Pfeil, der auch beschriftet war. *Das hier, direkt neben dir, ist mein Land. In Liebe, dein Lord of Glencoe* stand dort. Zwischen die beiden Beschriftungen hatte Jake ein kleines, unförmiges Herz gemalt.

Tränen liefen über meine Wangen, und ich konnte nicht länger leugnen, wie sehr ich ihn vermisste. Ich musste das mit ihm klären. Ich wollte den Mann, der ein Stück schottisches Land für mich gekauft hatte, damit ich wirklich seine Lady war, endlich wieder in den Arm nehmen können.

# Kapitel 30

Der Mond spiegelte sich in der Glastür, vor der ich seit Minuten stand. Es war kurz nach Mitternacht. Ich hatte keinen Schlaf gefunden und mich irgendwann entschlossen, zur Schwimmhalle von Yale zu gehen. Es war nicht das erste Mal, dass ich in der Dunkelheit vor diesem Eingang stand, und doch fühlte sich alles daran anders an. Ich betrachtete das Eingabefeld des elektronischen Türschlosses, und ehe ich länger darüber nachdenken konnte, tippte ich den sechsstelligen Code ein. Ich kannte ihn genauso auswendig wie den Geburtstag meiner Mom. Es piepte zweimal, und das kleine Lämpchen unter dem Zahlenfeld leuchtete grün auf. Erleichtert atmete ich aus, während ich mich gegen die Tür lehnte und sie öffnete. Der Zugangscode war die letzten drei Jahre nicht geändert worden. Früher war ich sehr oft außerhalb der normalen Schwimmzeiten hier gewesen. Zum Schwimmen, Trainieren, oder einfach um allein mit dem Wasser zu sein. So leise wie möglich ging ich zu den Umkleiden, vorbei an der Rezeption, an der ich mir jeden Morgen meinen detaillierten Trainingsplan abgeholt hatte. Noch während ich meine Sachen in meinen alten Spind packte und meine Kleidung gegen einen dunkelblauen Badeanzug und Badeschlappen tauschte, fragte ich mich, was ich hier eigentlich tat.

Die Unterwasserbeleuchtung des Pools ließ das Wasser blau schimmern. Ich stellte mich zwischen zwei Startblöcke und starrte auf das ruhige Wasser. Ich atmete langsam, während meine Gedanken wilde Wellen schlugen. Ich war nach Amber Falls gegangen, um mich selbst zu finden, nur um dann doch mit dem gleichen Gefühl des Verlorenseins wieder zurück nach Hause zu rennen. Ich lachte leise auf, doch das Geräusch hallte in der Halle nach, und ich erschreckte mich vor meiner eigenen Stimme.

»Wer bist du?«, rief ich und hörte nur, wie meine eigene Stimme mir diese Frage wieder entgegenschrie.

»Und warum machst du immer alles kaputt?«, flüsterte ich so leise, dass es dieses Mal kein Echo gab.

Es brannte bereits in meinen Augen, die sich mit Tränen füllten, während ich mich an den Beckenrand setzte und die Füße in das kühle Wasser tauchte. Irgendwo zwischen der ersten und der achten Bahn war ich falsch abgebogen und von da an nur noch in die falsche Richtung geschwommen.

Doch gerade zog es mich in genau dieses Becken. Ich ließ mich ins Wasser gleiten, tauchte unter und einige Meter weiter wieder auf. Ich schüttelte den nassen Zopf, der sonst immer unter einer Badekappe versteckt gewesen war, mir jetzt jedoch nass auf den Schultern klebte. Ich schwamm auf der Stelle, während mein

Blick zum Beckenrand ging und ich mich daran erinnerte, wie ich mich dort immer aufgewärmt hatte. Ich sah zum Eingang, den ich so oft mit einem gequälten Gesichtsausdruck durchschritten hatte, weil ich nicht hier sein wollte. Und ich sah mich am Startblock mit Aaron diskutieren.

Ich tauchte erneut unter, um all diese Bilder loszuwerden, und als ich wieder auftauchte, sah ich andere Versionen von mir selbst in dieser Schwimmhalle. Eine Tia, die zusammen mit ihren Eltern stolz diese Halle betrat, von der sie immer geträumt hatte. Eine Tia, die ihren Eltern zeigte, weshalb sie hierhergezogen waren.

Ich drehte ab und kraulte die Bahn entlang. Erst langsam, dann immer schneller. Ich tauchte unter, holte alle drei Züge Luft und pflügte durchs Wasser. Am Bahnende machte ich eine Rolle und stieß mich wieder mit voller Kraft ab.

Ich stellte mir vor, wie die vergangenen Tias am Beckenrand standen und mir zusahen. Ich hielt auf den ersten hundert Metern mein Tempo, auch die zweiten fielen mir nicht schwer. Doch dann spürte ich, wie meine Muskeln ermüdeten, ich war nicht mehr in Form. Ich kraulte weiter, jetzt aber langsamer, während die früheren Tias gespannt darauf warteten, was ich tun würde.

Ich stoppte mitten auf der Bahn. Ich legte mich auf den Rücken und trieb auf dem Wasser, atmete flach, während mein Puls raste. Ich hatte fast fünfhundert Meter geschafft. Es war ewig her, dass ich mehrere Hundert Meter am Stück geschwommen war. Dieses

Becken bedeutete den Höhepunkt meiner Karriere, bis ich in das *US National Swim Team* berufen worden war. Bis ich an den Punkt gekommen war, an dem ich es nicht mehr ausgehalten hatte.

Ich trieb wie ein halb toter Seestern im Wasser und starrte an die Decke, während ich an meine Zeit in Amber Falls dachte. Meine Ankunft dort und meine verzweifelte Suche nach mir selbst. Ich dachte an den *Book Attic*, durchlernte Nächte, Joggingrunden im Wald, Nachmittage im *Basil*, das *Fall Fest*, Thanksgiving und den *Bridgerton*-Ball.

Ich paddelte an den Beckenrand, als ich schlagartig etwas realisierte. Ich hob mich schwungvoll aus dem Wasser, schlüpfte in die Badeschlappen und rannte in die Umkleide. Ich musste dringend zu Jake.

## 2004

*Ich platschte ins Wasser und erschrak, sobald mein Kopf untertauchte. Nach Luft schnappend kam ich wieder an die Oberfläche. Mit Armen und Beinen paddelte ich zurück zum Beckenrand und klammerte mich daran fest. Ich war schon völlig außer Atem, aber jetzt aus dem Wasser zu kommen, kam nicht infrage. Meine Schwimmflügel lagen am Beckenrand, aber ich wollte sie nie wieder anziehen. Ich wollte noch vor dem ersten Schultag schwimmen können.*

*»Du schaffst das!«, rief mein Dad, der zusammen mit meiner Mom nicht weit von mir im Wasser wartete.*

*»Wir sind hier!« Die Stimme meiner Mom machte mir Mut.*

*Ich schloss die Augen. Das kühle Wasser um mich herum trug mich. Es half mir. Es beruhigte mich. Ich stieß mich mit aller Kraft vom Beckenrand ab und ... schwamm. Ich holte aus, zog große Kreise mit den Beinen wie ein Frosch. Ich hielt meinen Kopf über Wasser und sah nur zu meinen Eltern, denen ich mit jedem Zug immer näher kam. Ich hatte nur Augen für das Strahlen auf ihren Gesichtern. Ein letzter Zug, dann hob Dad mich aus dem Wasser und wirbelte mich hoch. Wir lachten laut, bevor er mich an sich presste und Mom uns in eine Umarmung schloss.*

*»Ich kann's, Dad! Ich kann's! Hast du das gesehen, Mom?« Ich lachte laut und konnte mich kaum halten vor Freude. »Ich kann schwimmen!«*

# Kapitel 31

Wenn ich gekonnt hätte, wäre ich noch nachts und mit nassen Haaren von New Haven nach Amber Falls zu Jake gerannt. Stattdessen hatte ich den nächsten Rückflug gebucht, meinen Rucksack gepackt und mich bei meinen Eltern bedankt, bevor ich ins Flugzeug gestiegen war.

Zwölf Stunden später stand ich vor Jakes Wohnung. Ich klingelte, war bereit, mich gegen die Tür zu lehnen, um direkt danach die Treppen hochzustürmen. Doch er öffnete nicht. Ich klingelte erneut, nichts passierte. Ich schaute auf mein Handy und prüfte den Kalender. Er war heute in den frühen Morgenstunden vom Besuch bei seinen Eltern zurückgekehrt. Er musste zu Hause sein. Ich drückte die Klingel erneut, doch es regte sich immer noch nichts. Kurz überlegte ich, ihm eine Nachricht zu schreiben, entschied mich aber doch dagegen. Ich wollte, dass ich vor ihm stand, wenn ich sagte, was ich zu sagen hatte. Ich setzte mich auf die Stufen vor seinem Wohnhaus und wartete. Der Bildschirm flimmerte kurz unter meinem Daumen, bevor ich erleichtert aufatmete. Die Ergebnisse des Wettkampfs waren bereits online. Jake hatte es geschafft. Er war auch ohne mich Bestzeit geschwommen, was den Scouts sicher nicht entgangen war.

»Jake!« Ich sprang auf, sobald er um die Ecke kam.

»Tia?«, fragte er verwundert und kam kurz vor mir zum Stehen. »Was machst du hier?«

Kein *Ich freue mich, dich zu sehen*, kein Lächeln, das ich so an ihm liebte. Das hatte ich aber auch nicht erwartet. »Können wir reden?«

Er nickte.

Kurz darauf folgte ich ihm in seine Wohnung und setzte mich auf die Couch. Mit viel zu viel Abstand setzte er sich ebenfalls.

»Wie war dein Weihnachten?«, versuchte ich verzweifelt, das Gespräch in Gang zu bringen und nicht die Frage zu stellen, vor deren Antwort ich mich fürchtete.

»Du musst das nicht tun«, meinte er nur, und es fiel mir schwer, den Ausdruck in seinem Gesicht zu lesen. »Du musst nicht versuchen, das Thema, das zwischen uns steht, zu umschiffen«, schob er hinterher.

Natürlich. Er war ja nicht dumm.

Der Kloß in meinem Hals wurde unangenehm groß, sobald ich an den Abend im *Book Attic* zurückdachte und an die Worte, die ich ihm an den Kopf geworfen hatte. »Ich ... Es tut mir leid, Jake. Ich hätte das nicht sagen dürfen.«

»Du darfst immer alles sagen.« Er zuckte fast gleichgültig mit den Schultern. »Nur hat alles, was du sagst, auch Konsequenzen.«

Seine Worte versetzten mir einen Stich. »Können wir darüber reden?«, fragte ich, anstatt nach den Konsequenzen zu fragen.

»Sollten wir.« Er nickte, doch der kühle Ton in seiner Stimme machte mir Angst.

»Hör zu, Jake. Ich weiß gar nicht, wo ich anfangen soll. Ich habe so viel falsch gemacht, habe schlechte Entscheidungen getroffen und nicht einmal gesehen, was ich damit angerichtet habe. Aber das Schlimmste ist, dass ich dich verletzt habe. Ich habe dir wehgetan. So richtig. Ich habe mein Versprechen gebrochen, und ich weiß nicht, ob ich mir das verzeihen kann.« Ich holte tief Luft. »Aber ich konnte die letzten Tage an nichts anderes denken als an die Hoffnung, dass du es mir vielleicht verzeihen kannst.« Ich legte all meine Gefühle in den Blick, den ich Jake schenkte. Ich sah in seine dunklen Augen, hoffte zu erkennen, dass er meine Gefühle erwiderte. Ein winziges Lächeln huschte über sein Gesicht, und mein Herz schlug mit einem Mal leichter. »Was?«, fragte ich verunsichert, sobald sein Lächeln breiter wurde.

»Ich bin gar nicht in der Lage, dir etwas nicht zu verzeihen, dazu liebe ich dich zu sehr.« Erleichtert atmete ich aus, während er weitersprach. »Aber deine Entschuldigung zu hören, war trotzdem sehr schön.«

»Ich ... Du ...«, versuchte ich, in Worte zu fassen, was mir auf der Zunge lag. Ich sah ihn liebevoll an und startete einen neuen Versuch. »Warum ist das so unkompliziert?« Sicher, ich freute mich, doch Jakes Reaktion verwirrte mich auch. Ich war darauf gefasst gewesen, mich stundenlang bei ihm zu entschuldigen, ihm alles zu erklären und ihn anzuflehen, mir zu verzeihen. Doch auf diese Reaktion war ich nicht vorbereitet.

»Weil es nicht immer kompliziert sein muss. Das Leben ist schon kompliziert genug, finde ich.« Jake lächelte und zuckte mit den Schultern. »Du hast mich verletzt. So richtig.«

Ich zuckte zusammen.

»Aber ich habe dich auch verletzt. Und ich habe verstanden, warum das passiert ist. So wie du heute verstehst, warum du mich verletzt hast.«

Ich nickte.

»Du warst an deiner Grenze, Tia. Eigentlich schon darüber hinaus, und manchmal funktioniert das simpelste Geradeausdenken in dem Moment nicht mehr. Es ist hart, und es ist richtig, dass du dich entschuldigst, aber warum sollte ich dir etwas nachtragen, von dem ich weiß, dass es dir leidtut?«

Ich grinste ihn an. »Ist das dieses Erwachsenwerden, von dem immer alle reden?«

Jake lächelte und runzelte gleichzeitig die Stirn. »Ich fürchte schon.«

»Jake.« Ich rückte näher an ihn heran. »Ich weiß, ich wiederhole mich, aber es tut mir leid.«

Jake nickte und legte eine Hand auf meinen Oberschenkel. »Ich werde versuchen, mich zu bessern«, versprach ich ihm.

»Du musst dich nicht bessern, Tia.« Er strich sanft mit seiner Hand über meinen Oberschenkel. »Du musst dich nicht optimieren und irgendetwas erreichen. Du musst nur lernen, auf dich aufzupassen. Lernen, dich selbst nicht an die letzte Stelle zu setzen und den Gedanken hinter dir zu lassen, alles gleichzeitig tun und in allem die Beste sein zu müssen.«

Ich nickte. Ziemlich genau diese Gedanken hatten mich meinen gesamten Rückflug über begleitet, doch jetzt, da Jake sie aussprach und wir diese Gedanken teilten, ergaben sie noch mehr Sinn. »Ich werde mir Mühe geben«, sagte ich, und wir beide lachten. »Natürlich nicht zu viel«, schob ich hinterher und versuchte, die neuen Gedanken gleich umzusetzen.

Jake griff nach meiner Hand. »Ich mir auch.«

Wir beide hatten vieles, woran wir noch arbeiten mussten, und es hatte eine Weile gedauert zu erkennen, dass das nichts Schlimmes war. Wir waren verdammt noch mal Anfang zwanzig, wer erwartete da schon von uns, alles im Griff zu haben? Es war quasi vorgesehen, dass alles schiefging. Doch ich war mir sicher, mit Jake an meiner Seite würden sich die Dinge, die schiefgingen, gar nicht mehr so schrecklich anfühlen. Solange ich alles mit Jake teilte, meine Gedanken, Probleme und Gefühle, war alles einfacher. Wie ging noch der Spruch? Geteiltes Leid war halbes Leid. Doch erst durch Jake hatte ich erfahren: Geteiltes Glück war doppeltes Glück.

# Epilog

Ich lag in Jakes Armen und starrte auf den Sonnenuntergang, der orange leuchtend an den Bergspitzen über dem Lake Neelam hing. Lexie lag in Nates Armen, und auch Em war eng an Will gekuschelt.

»Eine kitschige Pärchenrunde schaut sich einen kitschigen Sonnenuntergang an«, bemerkte Lexie, und ich musste lachen.

»Ist das jetzt das Ende?«, fragte Em.

Ich sah Em an. »Das Ende wovon?« Meine Hand lag in Jakes Nacken, und ich fuhr immer wieder sanft durch seine Haare.

»Von allem«, erwiderte Em und blickte nachdenklich in den Sonnenuntergang. »Wir haben unseren Abschluss, sind in einer Beziehung und haben uns selbst gefunden«, flüsterte sie. »Dieses Ende.«

»Nein. Es ist gerade erst der Anfang«, meinte ich.

»Der Anfang wovon?« Nate sah mich an und strich Lexie sanft über den Scheitel.

Jake fuhr mir über das Haar. »Der Anfang vom Rest unseres Lebens?«

Es war zwar ein glückskeksreifer Spruch, doch er hatte recht. Das war es. Ich lächelte Jake an.

Em blickte fragend in die Runde. »Und wie sieht dieser Anfang aus?«

»Absolut keine Ahnung«, antwortete Will und sah uns alle glücklich lächelnd an.

Ich lächelte zurück und sah zu Em, die Wills Hand hielt. Die beiden hatten sich nach vielen Schwierigkeiten gefunden und zählten seitdem zu den glücklichsten Menschen auf der ganzen weiten Welt. Mein Blick wanderte zu Lexie und Nate, die einander nicht gesucht und doch gefunden hatten und seitdem die Person im Leben des jeweils anderen waren, der sie endlich alles anvertrauen konnten. Und ich sah Jake, in dessen Armen ich lag. Jake, der mich verstand, ohne dass ich mich erklären musste. Jake, mit dem ich jeden Moment meines Lebens teilen wollte, weil ich zusammen mit ihm zu der Tia geworden war, die nicht nur ihn, sondern endlich auch wieder sich selbst liebte.

»Keine Ahnung«, wiederholte ich Wills Worte und schaute der untergehenden Sonne zu, die gerade hinter den Bergen verschwand. »Aber ist das nicht das Schönste daran?«

ENDE

# Danksagung

Es ist zugegebenermaßen komisch zu realisieren, dass diese Reihe jetzt wirklich zu Ende ist. Ems, Lexies und Tias Geschichten sind erzählt, und das könnte mich nicht glücklicher machen. Gleichzeitig weiß ich nicht, ob ich mich jemals bereit fühle, Amber Falls loszulassen. Aber vielleicht muss ich das ja auch gar nicht.

Ich sitze, während ich diese Zeilen tippe, in Kanada, während alle Menschen, die an diesem Buch beteiligt waren, in Deutschland schlafen. Hoffentlich zumindest ... Immerhin ist es fast fünf Uhr morgens.

Ich habe jahrelang an dieser Reihe gearbeitet, geschrieben und überarbeitet, hatte zu jedem Zeitpunkt unglaubliche Unterstützung und konnte nur deshalb *Words We Share* beenden.

Dieses Buch war meine bisher größte Herausforderung. Es war nicht nur zeitlich knapp, auch alles drumherum war nicht leicht. Meine Motivation, meine Kreativität, mein Glaube daran, dass ich das wirklich kann, haben mich manchmal verlassen.

Und doch ist *Words We Share* das Buch geworden, das mich bisher am meisten bewegt hat und bei dem ich meinen Freunden zum ersten Mal glaube, wenn sie sagen, dass es das Beste ist, was ich bisher geschrieben habe.

Ein riesengroßes Dankeschön an das gesamte Team von HEYNE, dass ihr Amber Falls ein Zuhause gegeben habt. Danke dir, Frederike, dass du jederzeit erreichbar bist, wenn ich verzweifle, und auch dann die Ruhe bewahrst, wenn ich dir sage, dass das alles nicht so richtig klappt, wie ich will. Dank dir und deiner klugen Einfälle ist Tia zu der Protagonistin geworden, die ich heute so liebe.

Danke Nina, dass du mich von Anfang an bei dieser Reihe begleitet hast und ich über diese drei Bücher mit deiner Hilfe über mich hinauswachsen konnte.

Meiner Agentin Eva danke ich fürs Eva-Sein. Du bist immer nur einen Anruf entfernt und tust alles, damit ich mich ins Schreiben fallenlassen und damit glücklich sein kann. Spoiler: bin ich!

Meinen Freunden und meiner Familie danke ich in jedem Buch – das gehört sich so, habe ich gehört. Aber dieses Mal fühlt es sich besonders an. Weil ich es dieses Mal ohne sie nicht geschafft hätte. Ganz im Ernst. Ihr habt dieses Buch durch eure Co-Working-Sessions, die motivierenden Arschtritte und die aufbauenden Worte quasi mitgeschrieben. Zumindest so ein bisschen.

Sarah fürs Beste-Freundin-Sein. Du bist immer da, kennst mich besser als ich mich selbst und fängst mich auf, noch bevor ich falle. Das ist eine Gabe. Ähnlich wie dein Talent, in wenigen Sekunden Rabattcodes zu finden, wenn ich online bestellen will. Behalte dir beides.

Leia, weil du und ich Lavendel sind.

Lena, weil ich finde, die Tatsache, dass du, während ich in Kanada bin, bei mir einziehst, damit Lucky nicht so einsam ist, wie ich befürchtet hatte, absolut alles sagt.

Danke auch den Uni-Girls Anna, Marieke, Jana und Lena E. Ihr seid viel mehr als nur die Uni-Girls, aber den Namen habt ihr jetzt für immer. Ich bin traurig, dass wir irgendwie bald fertig sind und unseren Bachelor machen. Aber bitte erwartet jetzt nicht von mir, dass ich nächstes Semester die Bachelor-Arbeit schreibe. Seriously. Don't.

Jessi, danke für Luft oder Lösung und die Tatsache, dass du mein Safe Space bist.

Juli, danke für zeilenlange Nachrichten und Gespräche, in denen du für mich denkst, wenn ich es nicht kann.

Jacky, danke fürs Beste-größte-Schwester-Sein.

Mama ... kann ich dir das einfach persönlich sagen? Du sitzt eh gerade neben mir.

Danke J., weil ich weiß, dass du bei dem Kitsch jetzt die Augen verdrehst, mir bestimmst sagen würdest, ich solle lieber aufräumen, als das hier zu tippen, aber du es doch lieber hörst, wenn ich dir sage, dass du echt total akzeptabel bist. Außer wenn du *Harry Potter* ohne mich schaust. Die Sache ist noch nicht durch!

Danke an all die Menschen, die mich während dieser gesamten Reihe begleitet haben. Ihr seid mir alle schrecklich dolle ans Herz gewachsen und habt diese Zeit zu etwas Besonderem gemacht. Ich freue mich auf alles, was noch kommt, und werde ganz bald auf alle ungelesenen Nachrichten antworten. Auch auf die aus 2021. Versprochen!

Mein größtes Danke geht allerdings an dich: an alle Leser*innen, die Amber Falls als ihren Wohlfühlort bezeichnen, Ems Geschichte als Lieblingsbuch oder Lexies Buch als genau die Worte, die sie gebraucht haben, ansehen. Und ganz besonders an all die, die Jake schon geliebt haben, noch bevor sie die erste Seite dieses Buchs gelesen haben. Ihr habt die Welt verstanden.

Eure Nachrichten und Worte zu den Büchern machen mich unendlich glücklich, und ich kann euch gar nicht genug dafür danken, dass ich dank euch meinen Traum leben und weiter Geschichten mit euch teilen darf.

HEYNE <